琼瑶

作品大合集

还珠格格

第三部

天上人间 2

琼瑶 著

作家出版社

琼瑶，本名陈喆，作家、编剧、作词人、影视制作人。原籍湖南衡阳，1938年生于四川成都，1949年随父母由大陆赴台生活。16岁时以笔名心如发表小说《云影》，25岁时出版首部长篇小说《窗外》。多年来笔耕不辍，代表作包括《烟雨蒙蒙》《几度夕阳红》《彩云飞》《海鸥飞处》《心有千千结》《一帘幽梦》《在水一方》《我是一片云》《庭院深深》等。

多部作品先后改编成为电影及电视剧，琼瑶也因此步入影视产业。《六个梦》系列、《梅花三弄》系列、《还珠格格》系列等，影响至深，成为几代读者与观众共同的记忆。

琼瑶以流畅优美的文笔，编织了众多曲折动人的故事。其作品以对于梦的憧憬和爱的执着，与大众流行文化紧密结合，风靡半个多世纪，成为华文世界中极重要的文学经典。

我為愛而生，我為愛而寫
文字裡度過多少春夏秋冬
文字裡留下多少青春浪漫
人世間雖然沒有天長地久
故事裡火花燃燒愛也依舊

瓊瑤

第二十四章

这是慈宁宫里最隐秘的一个房间，严格说起来，就是慈宁宫里的监牢。整个房间都是石壁，只有在高墙的上方，有几个鸟都飞不进来的小孔，透着一点儿天光。厚重的铁门，用重重的门闩和铁链锁着，在门的上方，有一个可以从外面开启的小窗，以便监视门里犯人的举动，和送饭菜之用。在宫里，这种密室都是用来禁闭侍卫、惩罚太监用的，几乎每个宫里都有几间。因为许多侍卫，都身怀绝技，这种房间，几经改建，也越建越牢。在慈宁宫，这个密室早已废弃不用，太后顶多只用到偏院的暗室。但是，这次，为了小燕子等六个人，这间房间又派上用场了。

房里静悄悄的，地上，横七竖八地躺着六个人，小燕子、紫薇、晴儿躺在一边。另一边，是尔康、永琪和箫剑，六个人都在沉睡。室内有简单的桌椅，桌上有盏油灯，兀自冒着火焰，四壁萧然，房里充满了诡异和肃杀的气氛。

慢慢地，大家逐渐从沉睡中醒来，翻身的翻身，伸手伸脚的

1

伸手伸脚。

第一个醒来的是小燕子，她呻吟了一声，睁开了眼睛。一时之间，不知置身何处，迷糊地问："我怎么睡着了？哎，好硬的床……"她一翻身，撞到旁边的紫薇，一惊，这才蓦然醒觉，"这是什么地方？"

她飞快地坐起身子，四面一看，发现自己坐在地上，身边躺着紫薇和晴儿，再过去，尔康、箫剑、永琪都躺在地上。她惊愕而困惑，还没想起是怎么回事，赶紧去推紫薇和晴儿，喊着：

"紫薇！晴儿！赶快醒一醒，我们为什么睡在这里？我们不是在和老佛爷喝酒吗……"她蓦地住口，脑子里，许多画面浮了起来。喝酒干杯、老佛爷翻脸、箫剑的话、杀父之仇、身世之谜、打架……她想起来了。

这时众人纷纷转醒。尔康跳起了身子，急喊："紫薇！小燕子！晴儿！你们怎样了？"紫薇迷糊地看了尔康一眼，立刻坐起来，只觉得头昏脑涨，思想混沌："我们怎么睡了一地？这是……"尔康扶住紫薇，着急地说："我们被老佛爷下了药……你赶快起来活动一下，看看有没有头晕眼花什么的？"他四面一看，抽了一口冷气，"这是慈宁宫的密室，我们被囚禁了！"

晴儿坐起身，揉着眼睛说：

"我是醉了吧？全身都没力气！"她看着众人，顿时醒悟，抬头看房间，惊呼着，"密室，我们在密室里！"她急切地喊，"紫薇，尔康，箫剑，小燕子，五阿哥……大家都在吗？都活着吗？"

永琪迷迷糊糊地惊跳起身，以为自己还在慈宁宫里打架，嘴里大嚷："高庸！你敢让人打还珠格格，我跟你们拼命！"但头一晕，身子又一晃。尔康跳过来，一把扶住，永琪看也没看清楚，抡拳就打。尔康毫无防备，被打了个正着，慌忙抓住永琪的双臂，摇着。

"别打别打！是我呀！清醒一下，睁大眼睛看看！"永琪睁大眼睛，醒了，不敢相信地看着众人，陷进思索里。萧剑也摇摇晃晃地站起来了，环视众人问：

"大家都好吗？有没有人受伤？"永琪看看这个，看看那个："我想起来了，老佛爷要我们来喝酒……难道……老佛爷把我们关起来了？"

尔康点头，沉痛地说："是！老佛爷把我们统统关起来了。还好，那个酒里，只有迷药，没有毒药。否则，我们这么不小心，这么没心眼，应该全都没命了！看样子，真要我们几个死，也简单得很！"

大家面面相觑，不敢相信，却不能不信，思前想后，各有各的震惊。紫薇见小燕子直着眼睛，呼吸越来越急促，就急忙拉着她的手，说："我们不要慌，往好处想，老佛爷虽然查明了真相，她还是顾念着我们的，她没有对我们下毒手！"她没把握地看众人，"是不是？"

没有人敢附和紫薇这句话，大家都沉默着。萧剑已经察看了一下环境，看到四壁厚厚的石墙，看到那厚重的铁门，知道门外墙外，必然还有重重侍卫守着。他明白，这次是插翅难飞了，更加沉默不语。小燕子一直在回想整个的经过，想萧剑说的话："你的皇阿玛，就是我们的杀父仇人！"她的心，陡然一抽，抽得浑身都痛楚起来。她再也控制不住自己，发出一声撕心裂肺般的痛喊：

"不要……我不要……我不要……怎么会这样？我不要……"她一面喊着，一面冲向萧剑，扑在他身上，她用拳头疯狂地打着他，摇着他，不停地喊，"你为什么要编故事？你为什么要那样说？我们的爹，到底是谁？是怎么死的？怎么死的？"

萧剑痛楚地看着小燕子，难过极了："小燕子，事到如今，我不能不说实话了，我们的爹，确实是浙江巡抚方之航！二十四年前的文字狱，他被斩首示众……"小燕子一听，就疯狂地摇头，大喊："我一个字也不相信，我不要相信！这全是谎言，是天大的谎言！皇阿玛不是我的杀父仇人，他不会杀我爹，他不会砍我爹的脑袋！不会，不会……我没有嫁给仇人的儿子，我不要……不要……不要……"小燕子边喊边打，眼泪滴滴答答向下掉。萧剑试图抓住她的手，沉痛地说："小燕子……对不起……对不起……"小燕子继续猛烈地挥拳，激动得一塌糊涂，哭着喊：

"我不要你的'对不起'！我恨你，恨你，恨你……如果你说的是真的，为什么当初不告诉我？为什么在南阳的时候，不把我带走？为什么不拆散我和永琪？为什么让我回宫？为什么让我把仇人当成爹……"她越说越明白，真相就是这样了，再也逃不开、赖不掉了，就哭倒在萧剑肩上。

萧剑一把就拥住了她，跟着落泪了。

"是！我一错再错！当初，应该在会宾楼认出你以后，就死咬住这个秘密，到了南阳，也不该认你，应该飘然远去，更不该跟你们回宫，再招惹上晴儿……我的不忍，我的舍不得，造成今天的局面，我害了你们每一个人，害了我唯一的亲人……我确实该打，该死！"

晴儿听到这儿，早已泪落如雨了，就奔过来，扶着小燕子，也哭着说：

"是我不好！都是我的错！在杭州，假若我不冒雨追箫剑，他已经走了。那么，老佛爷就不会调查这一切，所有的秘密，都可以保全了！小燕子，请你原谅我，是我这么残忍，这么自私，让你必须面对这份'真实'！"

小燕子一听"真实"二字，更是心碎肠断、痛不欲生了，激烈地喊：

"不是'真实'，绝对不是'真实'！皇阿玛对我那么好，他知道我是冒牌格格，还是留住我，他宠我，照顾我，教育我，不在乎我的出身，不在乎我没学问，答应永琪娶我……"想到乾隆的好，她泣不成声，"他还给我免死金牌，追到南阳接我回家……他是我的皇阿玛呀……他比亲爹也不差呀……我不要……我不要……"

小燕子这一番痛断肝肠的话，让房里的其他五个人都湿了眼眶。不只他们五个，在密室的门外，那扇小铁窗虚掩着，太后和知画二人，正悄悄注视着室内的一切。两个人也跟室内其他的人一样，深受震撼。太后听着听着，听到小燕子诉说乾隆的好，字字句句，都发自肺腑，不禁落下泪来。知画拿着小手绢，为太后拭泪，眼中也是湿湿的。

密室里，人人动容，个个伤心，只有永琪，还陷在巨大的震撼中，半信半疑。

紫薇走上前去，搂住小燕子，含泪说：

"小燕子，事实真相已经揭穿了，再也隐瞒不住了。你也接受这个事实吧！我和尔康，在南阳就知道了真相，是我们两个，说服了箫剑，要他忘记仇恨，把真相瞒住，为了成全你和五阿哥的感情！"

"就是！"尔康接口，"假若你知道了真相，怎么可能嫁给永琪呢？我们也是一番好意，没料到还是逃不掉今天这个局面！如果有错，我和紫薇也是罪魁祸首。"小燕子哭着转向紫薇，投进她的怀里，抽泣着说：

"紫薇！你知道的，那个皇阿玛……我……我……我……我爱他呀……"

紫薇拼命点头，跟着落泪：

"是！是！我知道，我知道！我比谁都明白！我也爱他呀，他是我的亲爹呀！我也有我的自私，这么久以来，我害怕你知道真相，因为，我不要你恨他，不要你仇视他！他是我和永琪的亲爹呀！"

永琪一直在看，一直在听，越来越心惊胆战。对他来说，这个真相的揭穿，他比小燕子还震惊。如果小燕子的亲爹，是以"谋逆罪"伏法，这意味着，他娶了一个最不该娶的女人！也意味着，为了皇室和乾隆，他必须大义灭亲，牺牲小燕子！想到这点，他不但不寒而栗，他的心也粉碎粉碎，他的世界天崩地裂了！他摇头，不行！不能这样！不行！不可以这样！他冲上前来，抓住了箫剑，喊着：

"箫剑！你凭什么说皇阿玛是你们的'杀父仇人'？我觉得太奇怪了！小燕子不要相信，我也不要相信！"他转向小燕子，"小燕子，听我说，这个'杀父之仇'的认定标准绝对有问题，你不要伤心，说不定全是误会！皇阿玛如果下令斩首，一定因为案情重大，我们必须把案子调出来，才知道有没有隐情，有没有冤枉……何况，你从小流浪，到底是不是萧剑的亲妹妹，恐怕也有问题……我早就怀疑他认错了妹妹……"他一面说，一面去扳她的肩膀。

小燕子情绪激动，霍地甩开永琪，崩溃地大喊：

"你不要碰我！你爹杀了我爹，你还敢碰我？你是我仇人的儿子……你走开走开，我不要再见到你，你害我没脸见天上的亲爹，你还要让我不认亲哥哥吗？你太坏了，你敢这样说，我恨你恨你恨你恨你恨你……"

永琪一退，脸色大变，神态惨然。他大受打击，痛楚地说："小燕子，我们经过了多少风风雨雨才到今天，我对你的心，天知地知！你爹的事，我也被蒙在鼓里，我也没有选择的机会！如果我早知道你的身份……"小燕子早就神志不清，心碎肠断，听到永琪这样一说，更是句句刺耳，她尖声喊着打断："你早知道，早就把我甩了，是不是？"永琪怔了怔，悲哀地看着她，这个他用整个生命来爱着的女人，这个一颦一笑都让他失魂落魄的女人！他诚实地、恻然地说："不是，我早就带你去大理了！不会让你面对今天的局面……"小燕子一愣，哇的一声，放声痛哭，扑进永琪的怀里，一迭连声地喊："永琪永琪，我要怎么办？我们要怎么办？我没有恨你没有恨你，我……我……我那么喜欢你，我……我……我不要你成为我的敌人……我不要……"永琪含泪点头，抱紧她，也一迭连声地回答："我知道，你不用说，我都知道！"

门外的知画，看到这儿，泪珠从眼中坠落。太后也是一脸的震撼和不忍。密室内，尔康看到大家情绪激动，往前一迈步，大声说：

"大家都冷静一点，不要哭哭啼啼了！听我说，关于小燕子的身世，现在是真相大白，小燕子和五阿哥，你们除了勇敢地接受这个事实，已经没有退路。不过，五阿哥说得对，这个案子，确实有调查的必要！但是，我们现在的问题，不是调查当初的案子，不是再去追究事实，而是目前，我们被老佛爷囚禁在这儿，眼看，皇阿玛也会知道真相！等到皇阿玛知道了，我们还有生路吗？我看，不管我们有理没理，这次，恐怕十面金牌也救不了我们的命！我们怎么办？"他看着大家，在这纷乱的时刻，他那种领袖般的气质就突显出来了，他对大家招招手，"来来来！我们大家围在一起，把眼泪擦干，坐下来好好地讨论一下！"

门外的太后，拉了知画一把。尔康他们要好好讨论，太后也需要好好讨论。弄成这个局面，下一步，到底该怎么走？

"现在，我都明白了！"太后回到卧室，屏退了闲杂人等，只留下了知画，说，"箫剑和小燕子，确实是方之航的儿女！"她情不自禁地打了一个寒战："皇帝把仇家的儿女，养在身边，太可怕了！但是，小燕子和永琪，是真的不知情，尔康和紫薇，是早就知道了！"

"晴格格和箫剑私奔，也是为了这个！"知画深深看太后，眼里带着求情的意味，"老佛爷，我想，箫剑并没有要报仇的意思！"

太后倾听着。知画再诚挚地、认真地分析："您听到紫薇格格的话，他们说服了萧剑，放下了仇恨。我想，萧剑肯跟大家回宫，肯让小燕子嫁进皇室，不是为了报仇，是因为手足之情，战胜了仇恨之心！"太后沉思，眼神深邃湿润。

"你说得有理！我看到小燕子哭得那么伤心，一句句话，都打进我心坎里，我也不能不感动……那孩子，好像对皇帝真有爱心，我是不是做错了？如果不揭穿他们，或者大家也能糊里糊涂过一辈子吧？"

"老佛爷明察秋毫，已经知道的事，怎么能不揭穿呢？萧剑和还珠格格，当初逃过一劫，已经是奇迹了！逃过一劫又双双进宫，就是奇迹中的奇迹，难怪老佛爷要疑惑，任何人都会不安心吧！"

知画的话，给了太后极大的安慰，她激动地说：

"就是这句话！叫我怎么能安心呢？这样一个有杀父之仇的格格，生活在皇帝的身边，我想起来就发抖了！还有那个萧剑，身手那么好，武功那么强，他要有个什么居心，真是防不胜防呀！"

太后在室内兜着圈子，烦乱着，思考着，一跺脚下了决心："不能不忍心，不能婆婆妈妈！这种事，一向都是永绝后患的！我还是告诉皇帝去，把他们统统交给皇帝！让他去发落！"

太后说着，转身就往门外走。知画一惊，着急地抓住了太后的手，说：

"不行不行！请老佛爷三思！如果皇上知道了，就算心里有几千几万个舍不得，也只能做一个处置，萧剑和还珠格格必死无疑！五阿哥、尔康大概会贬为庶人，晴格格会被逐出宫门……"
她那明亮的双眸，紧盯着太后，眼里全是恳求，语气郑重地说，
"老佛爷，您舍得五阿哥和晴格格吗？您最介意的，不就是晴格
格的婚事吗？如果能够打散这场婚事，收回晴格格的心，又示好
于尔康和紫薇，您不是就达到目的了？为什么一定要闹到皇上面
前去，弄得天崩地裂呢？"

太后被提醒了，舍得永琪吗？她最舍不得的，就是永琪呀！
万一永琪和小燕子站在一条阵线，怎么办？她和乾隆，对这个阿
哥，都失去不起呀！她震动地站住了，凝视知画，点头说：

"是呀……你说得对呀！"她抬头看虚空，"不只五阿哥，还
有福家，三代忠臣啊！紫薇又是皇帝的骨肉，我不能把他们夫妻
一直关着……"她越想越烦躁，弄成这样，反而不知如何善后
了："现在，真相我是明白了，下一步可就难了！"

"或者，您可以和他们谈条件，或者……您可以把他们分开，
一个一个谈……现在这个局面，他们比您慌！我想，您提出任何
条件，他们为了脱困救人，都会同意的！"知画积极地说。

"就算他们同意，我怎么能包庇小燕子和萧剑呢？我怎能保
证皇帝的安全呢？"

太后说着，不禁凝视知画，见她明眸皓齿，聪慧绝伦，眼神
逐渐坚定起来。她伸手握住知画的手，郑重地说："知画，你能
不能帮我？"

知画拼命点头。

"就怕我没有什么力量，帮不上忙！"

"你有你有！"太后一字一字地问，"告诉我，你可有几分喜

欢五阿哥？”

知画大震，面红耳赤，惊喊："老佛爷！"太后深深看知画，眼里，有着数十年的经验和智慧。她清清嗓子，镇定了自己那烦乱矛盾的心，有条有理地说：

"我知道，你是汉人，在清朝皇室，满汉不通婚的规矩还在！虽然先皇和当今皇帝，都有好多的嫔妃是汉人，却没有一个能够当上皇后！所以，你再好，充其量也只是一个妃子或贵人！这，还得嫁给一个太子才算数！你，想不想当未来的皇后呢？"

知画震动地听着，凝视太后："知画从来没有非分之想……就算五阿哥已经内定为太子，他也先有了还珠格格，他们夫妻情深，我……不想搅和进去……""你对自己没有信心吗？男人，谁不是三妻四妾？现在的恩爱，能够持续多久？没有你，五阿哥迟早会有别人！你是最好的皇后人选，你进了景阳宫，做我的耳目，也可以帮我看着小燕子和永琪！那么，我或者可以把这个秘密压下去！"她心中盘算着，岂止要知画做眼线，她更需要知画，为永琪生儿育女，做将来的"国母"。除了知画，放眼八旗，还没有任何一个姑娘，有这个才华、家世和能力，来担当未来皇后的重任。

知画低下头去，轻声地说：

"只怕五阿哥不愿意！"

"那是我的事了！如果他不愿意，我只好告诉皇帝，先处死小燕子！"

"啊？"知画大惊。

　　当太后和知画在商量大计的时候，密室里的六个"囚犯"，也聚在一起分析当前的局面。尔康严肃地说：

　　"不是我要吓你们，现在这个局面，真是糟透了！当初，方巡抚是'谋逆罪'服刑的，这个罪名太大，是'诛九族'的事。为什么要诛九族？并不是'九族'都有罪，而是不留后患，怕子孙报仇。现在，老佛爷知道真相了，她一定会告诉皇阿玛，不管皇阿玛多喜欢小燕子，多喜欢永琪，这个真相太震撼了，他恐怕只有一个选择，就是不留后患！"

　　大家听得毛骨悚然。

　　小燕子依偎在永琪怀里，她还陷在巨大的震撼里，脑筋糊糊涂涂，无法分析任何事情。永琪却在这短短的时间内，已经有过种种最坏的想法，尔康的话，和他的想法是同样的。他心里一惨，长长一叹说："照你这么说，我们这次是死定了！""除非……"尔康寻思着。"除非什么？""除非老佛爷网开一面，守住秘密，不告诉皇阿玛！除非我们有机会和办法，说服老佛爷保密！"尔康说。"我想，不可能吧！这事太大，老佛爷不敢做主！"晴儿苦涩地说。"诛九族？"永琪激动地接口，"现在，这'九族'怎么算？小燕子是我的妻子，我自然在九族之内，皇阿玛是我的阿玛，岂不是也在九族之内，老佛爷是我的祖母，当然在九族之内，紫薇是我妹妹，尔康是我妹婿，也是九族之内，宫里的阿哥格格，都是我的兄弟姊妹，个个都在九族之内……这样一个推一个，难道把皇室全部杀光，以绝后患吗？"

　　"你不要说气话，当然是可杀的杀，该留的留！"尔康摇头说。大家都知道尔康的分析有理，全部安静下来，哀愁沉重地笼罩着室内。片刻后，紫薇看看高高的透气孔，有曙色透了进来。她想着东儿，想着学士府，悲哀地说："天亮了！我们一夜没回家，阿玛和额娘一定急坏了！""他们知道我们进宫，一定以为大家喝了酒，舍不得分开，留在景阳宫过夜了！他们不会担心，因为，他们绝对想不到我们会出事！"尔康安慰着她。

"我早已不在乎自己的生死，可是……"紫薇看了看尔康，"可怜的东儿，他才三岁！"尔康伸手，紧紧地握住了她的手。萧剑一直沉默着，这时突然抬头，一本正经地说：

"小燕子，我想，永琪说得对，你根本不是我妹妹！当初，我本想去找静慧师太，求证一下你的身份，后来，又想'落地为兄弟，何必骨肉亲'，认了就认了！现在，越想越不对，你没有一个地方像我，我一定认错了！"

尔康眼光一闪，和萧剑交换了一个眼神。只见萧剑眼神里，透着坚决和祈求的神情。尔康立刻了解了他的意思，只要证明这个"认妹妹"是个误会，就保住了小燕子和永琪！现在这个时刻，救一个是一个！他点点头，立即心领神会地说：

"对！我也一直怀疑这件事！除非把静慧师太找来，把当初师太收容的几个姑娘，全部找到，再核对一下，才能弄明白！"小燕子抬头看着萧剑和尔康，她的脑筋再糊涂，也明白萧剑要救她的心念。她从地上跳起身子，对萧剑涨红了脸，激动地喊："好呀！你不想认我了，是不是？你以为我是贪生怕死的小人，是不是？你想一个人担负罪名，送掉脑袋，来保护我，是不是？你敢再说我不是你妹妹，我就和你拼命！""如果我认错了呢？本来就有问题！我一定一定认错了！"萧剑大声说。

小燕子扑过去，对萧剑又打又踹："你这个混账！你这个伪君子，你这个真小人，你这个糗大侠……"永琪跳了起来，拉住小燕子：

"不要叫！不要这样！"他看萧剑，"萧剑，这个主意不好！事实就是事实，我都明白了，所有前因后果，也都想起来了！不要狡赖，小燕子早就说过，要头一颗，要命一条！大家都认了吧！"

晴儿悲切地看众人，心里已经有了主张，说："大家不要太绝望，老佛爷虽然把我们囚禁在这儿，她没有捆我们，也没有把我们分开，我觉得，事情可能还有转机！让我们抱着希望等待吧！""晴儿说得是！"紫薇接口，"说不定峰回路转，柳暗花明……"正说着，一声门响，大家都跳起身子。只见高庸带着几个侍卫走进来，高庸甩袖行礼，态度依然恭谨："额驸大人，紫薇格格，老佛爷有请！""只有我们两个吗？"紫薇不安地问。

晴儿急忙上前，请求地说："高公公，请您告诉老佛爷一声，晴儿请求跟老佛爷谈谈！"高庸同情地看了晴儿一眼。

"喳！奴才知道了！额驸大人，请走吧！"永琪心里一动，急忙对尔康说："尔康！救一个是一个！好汉不吃眼前亏，出去就别再进来了，知道吗？别谈什么义气，要为东儿着想呀！""尔康！跟老佛爷分析清楚，知道吗？"萧剑话中有话，叮嘱着。尔康和紫薇，就在大家的叮嘱声中，跟着高庸、侍卫出门去了。

到了太后房里，两人抬眼一看，房里只有太后，别的什么人都没有。两人心里有数，太后并没有立即声张这件事，显然还有转机，就双双对着太后一跪："紫薇、尔康叩见老佛爷！""起来说话！"

两人站起身，看着太后。太后沉声问："你们夫妇，这样包庇小燕子和萧剑，事到如今，还有什么话要说？""老佛爷，尔康以自己的生命、家父的生命和我儿子东儿的生命起誓，萧剑和小燕子不会害皇阿玛！我们在南阳知道真相之后，一直在化解这份仇恨。萧剑一路跟着我们，早已被皇阿玛的仁慈正直所感动，已经把仇恨抛到九霄云外了！如果老佛爷不追究出真相，这个秘密，永远不会揭穿的！"尔康诚恳地说。

"如果他把仇恨抛到九霄云外，为什么不肯做官？要带着晴儿逃跑？"

"萧剑真要报仇，早就下手了！还需要等到今天吗？"尔康回答。

"那可说不定，可能以前没机会……"

"如果以前没机会，他就该接受皇阿玛的官职，留在北京等机会！"紫薇再也忍不住，激动而真挚地说，"他就是不想报仇，才要带着晴儿远走高飞呀！老佛爷，皇阿玛是我的亲爹，我好不容易，翻山越岭到北京，经过千辛万苦才认了爹！当初，为了挡刺客，我曾经挨过一刀！我这么爱我爹，您认为，我会让我爹生活在危险里面吗？如果真有危险，我会拼命阻挡呀！怎么可能视而不见呢？一定是分析过了，有绝对的把握，才敢让萧剑跟我们在一起！"

太后看看二人，用力地点了点头。

"你们说得很有说服力！我几乎要被你们说服了！但是，不管他们有没有报复的念头，现在秘密已揭穿了，我只有告诉皇帝去！萧剑和小燕子，我会请求皇帝，留个全尸……至于永琪和晴儿两个，你们能保证他们不生二心吗？"

紫薇一听，心中大痛，就扑跪在太后面前，紧紧地拉住太后的手，哀声喊着：

"不要不要！老佛爷，求求您！求您发发慈悲，不要告诉皇阿玛！您想，皇阿玛那么喜欢小燕子，那么重视五阿哥！您怎么忍心打破他的幸福，带走他的快乐呢？何况，为了盈盈姑娘，皇阿玛已经够伤心了，这个秘密，会把皇阿玛整个打倒的！我不能想象，如果小燕子必须处死，皇阿玛怎么办？您不看在小燕子面上，不看在我面上，不看在五阿哥面上，也要看在皇阿玛面上呀！"太后霍地站起身来，甩开紫薇的手："这么严重的事，我怎么可能隐瞒皇帝！"尔康一步上前，拦着太后说：

"能能能！只要老佛爷不说，知画姑娘不说，我想，就没有人会说！老佛爷，您不明白，小燕子和五阿哥情深义重，如果失去了小燕子，五阿哥一定会生不如死，那么，您也就同时失去五阿哥了！至于晴儿，大概会跟着萧剑同生共死，您既然要处死萧剑，就不必考虑晴儿的'二心'问题，她不会再有'二心'，她有不起'二心'，到时候，她一个心都没有了！"

太后大震，抬头怒喊：

"你们两个在威胁我吗？"

紫薇哀恳地看着她，说：

"您不要生气，如果您不顾虑皇阿玛，我也不信！您确实有许多顾虑，不是吗？或者，我们可以想一个面面俱到的办法！"

"什么面面俱到？现在这种局面，怎么面面俱到？"

"让箫剑带着晴儿远走高飞吧！"尔康试探地提议，"让他们永远不许回北京，这样，等于判了箫剑的流刑！至于小燕子，就留在宫里，我、紫薇和五阿哥，会把她看得紧紧的！不会允许她出问题的！""就这样，好不好？"紫薇期盼地说，"老佛爷，您开恩吧！要不然，您和小燕子谈一谈，您会发现她真的崇拜皇阿玛，像个亲生女儿一样爱着皇阿玛！""哪儿有这么好的事？让箫剑带走晴儿？还留下小燕子？不行不行！晴儿不许走，小燕子也不能留！"太后神情坚决。

尔康一抬头，有力地说："小燕子根本不是箫剑的妹妹！""什么？"太后惊问。

尔康定定地注视着太后，面不改色地说：

"当初从南阳回到北京，我就去访问了静慧师太，师太亲口告诉我，这是一个误会！如果您不相信，尽管找静慧师太来对质！因为小燕子认了这个哥哥，快乐得不得了，我才没有揭穿，让他们将错就错！"

紫薇惊看尔康，只见他抬头挺胸，满脸坦荡，说得煞有介事。太后震动地睁大了眼睛，心里其实是明白的，尔康在千方百计救小燕子和永琪！她又何尝不想救永琪呢？她沉思着，忽然有了主张，抬眼看尔康说："如果小燕子不是箫剑的妹妹，或者可以救小燕子一命！我放掉你们两个，你们回家去，在你们父母面前，一个字也不要提！尔康，你赶快去找那个静慧师太，我要把事情弄明白！""是！"尔康赶紧回答。太后盯着二人："假若我保守秘密，放掉小燕子和箫剑，你们两个，愿意跟我合作吗？"尔康和紫薇交换了一个眼神，尔康就急忙点头说："是！只要您保密，放掉他们，任何条件我们都接受！"太后就对两人坚定地说："你们要说服小燕子和永琪，让永琪娶知画！"紫薇和尔康大震，双双惊跳起来："啊？娶知画？"

密室里的四个人，形容憔悴地坐在墙角，紧张地等待着。尔康和紫薇，去了很久都没有回来。永琪看了看门口，满怀希望地说："他们已经去了两个时辰了，我想，这是一个好兆头，他们离开得越久，表示他们越安全。老佛爷总要顾虑福家的关系吧！"萧剑不语，神色凝重，晴儿痴痴地看着他，心神恍惚。小燕子已经冷静下来了，坐在那儿，思前想后，眼泪汪汪地看着萧剑，忽然说："哥！告诉我爹和娘的事！爹到底为什么会被处死？他犯了什么错？"萧剑看了小燕子一眼，不说话。"你还不说吗？眼看我们的死期也快要到了，你预备让我到死都糊里糊涂吗？"

萧剑神情一痛，晴儿叹了口气说："萧剑，我也很想知道，现在，已经没有保密的必要了！""是的，没有保密的必要了！"萧剑抬眼看着小燕子，说不定，大家都死到临头，再不说，以后就没有机会说了。他说了："其实，我断断续续，差不多把爹娘的事，都告诉你了。上次我们去的观音庙，就是当初的方家。当时，爹在做官，常常和二三好友，聚在一起吟诗作对，爹被捕，就是为了一首打油诗，诗的内容是'闻道头堪剃，而今尽剃头。有头皆要剃，不剃不成头。剃自由他剃，头还是我头。请看剃头者，人亦剃其头！'那时，满人剃头、汉人不剃头的风波早就过去了，居然还有人告诉皇上，说'剃自由他剃，头还是我头。

请看剃头者，人亦剃其头’几句话，有反抗意识，是叛国，是谋逆！”

　　永琪不禁脱口惊呼："这首'剃头诗'，在民间传播得非常广，人人会背，原来是你爹作的！""就是！我想，爹当初也得罪了不少人，有人要置他于死地。爹被捕下狱，我们的娘，开始到处奔走，花了无数的银子，希望能够营救爹。娘做错了，那些贪官，收了娘的银子，还告娘一状，说她到处贿赂，家财万贯，养了整个叛党！官司越演越烈，像滚雪球一样越滚越大，最后，消息传来，爹被判斩首、抄家，还连累了帮过忙的亲朋好友，都纷纷下狱……"小燕子痴痴地仰头看着萧剑，听得入神。萧剑继续说：

　　"我娘得到消息，立刻把我们两个，分头送走……据说，直到行刑那天，娘还希望有皇上的特赦令，最后，特赦令没到，在官兵的'杀无赦'声中，娘亲眼看着爹的人头落地！她给爹收尸之后，就放了一把火，把我们方家的房子，烧成平地……据说，她穿着一身缟素的衣裳，站在烈火之中，喊着爹的名字，用方家祖传的剑，自刎而死。据说，那晚，方家的大火，烧得整个天空，都像血一般红！"

　　萧剑一口气说完了，眼神深邃悲哀。小燕子目不转睛地看着他，听得痴了，永琪、晴儿都听得惊心动魄。萧剑沉默片刻，看向小燕子："后来，有一个家人，把娘自刎的那把剑，送到大理来，交给了我的义父。多年以后，我的义父再把它交给了我！"

　　小燕子震动已极，惊呼："原来，你平常随身带着的那把剑，就是我娘自刎的剑！剑呢？剑呢？""那把剑不能带进宫，现在留在尔康家。小燕子，如果你顺利出去了，记得收好那把剑，上面，沾着娘的血！”

小燕子惊怔地看着箫剑，眼神里，是无比的痛楚和震动。

“我好像看到那些画面，我娘，站在断头台前，等着最后的赦免令，赦免令没有等到，是行刑官传来的‘杀无赦’！就像我们要被砍头时一样！然后，是……是……我爹的头落了地……”她用手蒙住脸，浑身发抖。

永琪痛楚地抬头，责备地说：“箫剑！你一定要说得这么详细吗？你不能少说几句吗？那些事情，你也没有亲身经历，道听途说，怎么能够当真？”箫剑一叹，起身走开：“是！不能当真！我也不该说……我只怕不说，以后再也没有机会说了！”

箫剑说完，就站在桌前，从怀中掏出那把箫，开始吹着。箫声绵绵袅袅地响起，居然是那首紫薇作曲作词的《你是风儿我是沙》。箫声在空洞的石室里回响，有种浓浓的、化不开的哀愁。

永琪听到这样的故事，看到小燕子悲极的脸孔，再听到这样的箫声，想着那歌词：“你是风儿我是沙，缠缠绵绵绕天涯……”他心里一阵激动，就一把抓住小燕子的胳臂，把她的身子撑了起来，痛楚而狂热地说：

“小燕子！我要告诉你几句话，自从昨晚到现在，我好像从高山上，一下子掉进悬崖下，说不出我心里的感觉！听了箫剑的故事，我觉得惊心动魄，匪夷所思……我知道，可能是我爹的命令，夺走了你爹的生命，我很抱歉很遗憾，我不懂为什么会发生这些。但是，我必须告诉你，那些事情，都是我们无法控制的事，也无法改变的事！请你，也不要因为这个，改变了你自己！我要那个快乐的、无忧无虑的小燕子！”

小燕子怔怔地看着永琪，哽咽着说了一句："那个快乐的小燕子，已经死掉了！""不可以！不要死掉，不许死掉！我们要用生命来记录新的故事，这些故事里，再也没有仇恨，我们的故事里，不能再有仇恨……"小燕子不言不语，眼神悲不可抑，永琪就紧紧地抱着她。晴儿眼里湿漉漉的。这时，一声门响，高庸带着侍卫进门来。

"晴格格！话帮您带到了，老佛爷要您马上过去！"晴儿眼睛一亮，跳起身子，就扑奔到萧剑面前，急促地说："萧剑！我去和老佛爷谈，我相信苍天有眼，人间有情！我相信真理，相信正义，相信世间一切美好的东西……萧剑，请你也同样相信！我先去了！"晴儿说完，掉头，跟着高庸离去。萧剑一直在吹着箫，这时，蓦然停止，抬头大喊：

"晴儿！"

晴儿已走到门口，一震回头。"世间最美好的东西，就是我们这一段！我永不后悔！"萧剑微笑地说。晴儿含泪一笑，跟着高庸出门去。

晴儿随着高庸到了太后的房里，太后正站在窗前，看着窗外。

"晴格格到！"太后一个转身。高庸甩袖行礼，退出房间。晴儿哀伤地注视太后，奔上前去，扑跪在她身前，不等她开口，就一口气说了出来：

"老佛爷！请您放了萧剑，让他走得远远的，再也不能踏进宫门一步！我不会跟他继续纠缠不清了，从今以后，我跟他一刀两断，回到以前的日子，跟在您身边，做那个心如止水的晴儿！

我说到做到，这一生，再也不让您失望，再也不让您伤心！我会是您永远的晴儿，听话的晴儿，贴心的晴儿……我再也不敢了！"

"是吗？"太后深深地看她，"你想再骗我一次，等到我放了萧剑，你也就跟着失踪了吧？你以为我还会相信你？"

"怎样您才能相信我呢？您说！您要我做任何事，我都做！只要您放了萧剑，放了五阿哥和小燕子！"晴儿攀着太后的手臂，抬头哀求地看她，"五阿哥回宫之后，天天都上朝，今天没去，皇上一定会着急的，如果皇上追究起来怎么办？老佛爷！这事如果让皇上知道，是牵一发而动全身，整个宫廷，会被这件事弄得灰头土脸！一趟南巡，已经发生了不少的事，皇上断情、皇后削发、额驸被囚……大臣和老百姓都在议论纷纷……老佛爷，宫里，还禁得起更大的丑闻吗？皇上还禁得起更大的风浪吗？"

太后悚然而惊，晴儿还是晴儿，冰雪聪明，说得字字是真，太后冷汗涔涔了："你说，从今以后，你什么话都听我的？你肯发毒誓吗？""是！"晴儿一咬牙，发下这一生最毒最毒的誓："我用萧剑的生命起誓，如果我不听您的，萧剑会被五马分尸！"

太后一震，这么"毒"的誓，她都发了，让人不能不信。"我信你了！"她一拍手，对外喊，"高庸！去把五阿哥和还珠格格带来！""喳！奴才遵命！"

高庸立刻到了密室，要带走小燕子和永琪，小燕子本能地一退：

"老佛爷要我和永琪去？没有我哥吗？我哥不去，我也不去！"她拼命推永琪，"永琪，你去跟老佛爷说，我和我哥哥，在这儿等死！我绝不丢下我哥，一个人逃命！但是，你走吧！你是阿哥，没有人敢动你！"

永琪一把抓住她，着急地说："你不要傻了，你留下也救不了萧剑！出去或者还有办法！"萧剑走了过来，对着小燕子笑：

"永琪说得对！你先出去，再帮我说情。放心，我的命大得很，要死，也没有那么容易！去吧去吧！我们待会儿见！"小燕子不放心地看着萧剑，迟疑不定。"格格，老佛爷还在等着呢！"高庸催促着。小燕子犹豫了一下，就对萧剑急促地说："哥！我去和老佛爷谈……只要我活着，我就不让你死！我们……待会儿见！"萧剑深深地看了永琪一眼，眼里，是托付，是请求。"永琪，保护好她！"永琪也给了萧剑深深的一瞥，眼里，是保证，是承诺，是对小燕子无尽的爱。"我知道！"永琪和小燕子就跟着高庸到了太后面前。太后眼神锐利地逡巡着二人，晴儿站在太后身后，不住对永琪使眼色，悄悄比手势，要他什么都顺从太后。

"我已经把紫薇和尔康，放回学士府去了！至于晴儿，我也不准备追究了！他们大家说服了我，这件事不能扩大，也不能让皇帝知道，我只好咬紧牙关，把所有的责任一肩扛下，你们两个，要不要和我合作呢？"太后问。

永琪和小燕子大为意外，没有料到还有生路，两人都惊喜莫名。永琪急忙答应："老佛爷肯把这件事压下来，就是对我们几个最大的包容和恩惠。如果您不惊动皇阿玛，我太感动了，我一定跟您合作！"

"好！永琪，"太后点头，"我就相信你，君子一诺千金，你要记住今天的承诺！现在，我也折腾累了，不想再谈了！你们回到景阳宫去吧，在皇帝面前，什么都别说，我想，你们比我更知道利害关系。你们等我的消息，去吧！”

永琪没料到这么容易，就没事了，惊愕地看着太后，还不敢走。小燕子却急促地往前一迈，紧张地问：“那么，我哥哥呢？”太后皱皱眉头，转头看窗外：“什么哥哥？”

小燕子大急，往前一冲，气急败坏地喊：“什么哥哥？我哥哥呀！萧剑呀！你要把他怎么样？”“我已经问清楚了，萧剑和你一点关系都没有，那根本不是你哥哥！你压根儿就没有哥哥！你去吧，管自己都来不及了，还管什么外人？”太后正色地说。“萧剑不是外人，他是我哥哥，是我亲生的哥哥……”小燕子急得跳脚，“老佛爷，您要把他怎么样？如果他死，我也不要活……”晴儿急得不得了，拼命对永琪打手势。永琪会意，就一把拉住小燕子，劝解着：“你不要这样激动，老佛爷一定有她的安排，我们就听老佛爷的话，先回景阳宫去，让老佛爷休息休息！”“不行呀！我们回宫去，哥哥一个人，还在密室关着，谁知道会发生什么事？如果老佛爷要他死，他还有活路吗？老佛爷，您会要他的命吗？您会吗？”太后一抬头，眼神凌厉地盯着小燕子，斩钉截铁地说：“你们想，这个萧剑，是漏网的钦犯，我怎么会让他活着？你们一个个留下小命，就不错了！还敢为萧剑求情！”晴儿恐惧地看太后，生怕小燕子再刺激太后，做出无法挽回的事，喊着：“小燕子，你回去吧！我会和老佛爷谈……有结果了，我再去告诉你！”永琪拉着小燕子就走，小燕子一步一回头，不放心地叮咛：“晴儿！你要保护我哥啊！要送点东西去给他吃啊……”太后忽然喊：“站住！”小燕子和永琪站住了，双双回头。“好吧！我们就把问题一次解决……”太后锐利地看永琪和小燕子，有力地问:"我给箫剑一条活路,你们肯不计代价,什么都听我安排吗?"小燕子、永琪、晴儿都拼命点头。"是是是!老佛爷……只要您开口,只要我们办得到……"永琪急切地回答。

"你们一定办得到!"太后就盯着小燕子和永琪一字一字地说,"小燕子,你把福晋的位子,让给知画!你当侧福晋,她是嫡福晋!永琪哪一天娶知画,我就哪一天放掉箫剑!"永琪和小燕子,都大惊失色。永琪惊喊:"什么?娶知画?"小燕子怔住了,脸色惨白如死。

　　小燕子和永琪，终于回到了景阳宫。进了门，明月、彩霞、小邓子、小卓子都着急地围了过来，叽叽喳喳地询问怎么一夜不回。小燕子哪儿有心情答复他们，脸色惨白地往椅子里一倒，整个人都虚脱了。

　　永琪憔悴而焦灼地看着小燕子，对太监宫女们挥挥手：

　　"你们都下去！"

　　"是！"

　　明月、彩霞、小邓子、小卓子不安地退下，把房门也关上了。

　　永琪就疾步走到小燕子面前，拉起她，伸手抚摸她的脸颊。小燕子抬起哀哀欲泣的眸子，深深地凝视着他。一时之间，两人都说不出话来，只是彼此凝视着，眼里，是百转千回的深情。终于，小燕子崩溃地低喊了一声，投进他的怀里。

　　"永琪！永琪！永琪……"她一连串地低喊着。

　　永琪哑声地、低低地说："主权在我，我不答应就是！我们先跟老佛爷拖着，等我见到尔康，再商量对策，看看有没有办法把萧剑救出来……"小燕子拼命摇头。

"没办法了！我知道……我哥关在那儿，随时都可能送命……"她凄楚地看着他，"永琪，我听了我爹娘的故事，几乎看到那个惨烈的场面……我哥，他是方家最后的血脉，如果他死了，方家也绝后了！我娘……在临死前，那么辛苦地把他送到大理，保留了他的性命。今天，我这个混账妹妹，假冒格格进宫，又糊里糊涂地爱上你，为了成全我，他牺牲了自己，我爹和我娘，在天上看着我们呢！如果他出了什么事，他们会恨死我！"

"不要这样想，你爹和你娘，会了解我们的苦衷，我们的无可奈何！"

小燕子凝视他，忽然幽幽地问：

"永琪！在你心里，我到底有多少地位？知画进了景阳宫，你心里还有没有我？"

永琪一震，义正词严地说：

"我没说要娶知画呀！我只是说，让我想一想！"他重重地一甩头，"好了，我决定，拒绝就是了！"他抓住小燕子，低声说："我去找尔康，我们订一个计划，今晚，在宫里制造一个假刺客，调虎离山，声东击西，找机会救出萧剑！"他毅然点头，"你不要难过，也不要着急，交给我去办……"说着，回头就走。

小燕子一步就拦住了他，紧紧地盯着他：

"不好！这种幼稚的事，我们不能再做！如果事情不成，我哥依然是死，我们几个冒的风险也大，还要牵累紫薇和尔康。不行！我们不能这样做。老佛爷如没有万全的把握，也不会放我们几个出来！她一定什么都考虑过了。”

"是！你说得是！你分析得比我有条理……那么，我们要怎么办呢？"小燕子凝视他，突然心碎地、痛楚地却有力地说："你娶知画！"永琪大惊，身子一退，反射般接口："我不！"小燕子逼近他，热切地盯着他："娶知画！只要你心里有我，我又何必在乎知画呢？娶知画！"

永琪节节后退，睁大眼睛，拼命摇头："不！不！我不！我做不到！我不要！""你要！你非要不可！只有这样，我们才能救我哥！这是老佛爷的条件，我们除了接受，没有第二条路！""不行！不行！我不是一个工具，婚姻不能用来做交换条件，我不爱知画，我不能骗她骗我自己，更不能辜负你！如果娶了她，我有预感，我会掉进一个万丈深渊里，再也没有回头的机会……我不！"小燕子急了，涨红了脸，对永琪再一冲。她爆发了，激动地大喊：

"都是你！你害死了我！你把我弄到今天这个地步，你的皇阿玛毁掉了我们全家，现在，你还要毁掉我哥哥吗？你必须娶知画，救我哥哥！这是你欠我的，你要还我一个健康的哥哥，还我一个活生生的哥哥！如果我哥哥少了一根寒毛，我都要和你拼命！知画比我年轻，比我漂亮，琴棋书画样样比我强，还会颜字柳字，她有哪一点配不上你？你心里明明也喜欢，偏偏还要逼着我来求你，你太狠了……"

永琪越听越惊，也激动起来，跺脚喊："你看你看，你说的是些什么话？你明明在吃醋，还要逼着我娶知画……我不掉进这个陷阱里！说什么都不行！我不要！""你到底要不要？"小燕子尖声问。"不要！不要！不要！不要……"永琪一迭连声喊。

小燕子的眼泪夺眶而出，怒骂："你安心要箫剑死，要晴儿死，要我死！我怎么会进了这座皇宫？怎么会认贼作父？我恨死你！恨死那个皇阿玛……""不要叫，隔墙有耳……"永琪阻止着。"我偏要叫，死在眼前，我还管他隔墙有耳有眼还是有鼻子？你和知画不是有说有笑吗？她是你的鸳鸯你的比目鱼，你还假正经什么？""你这么说，我更不要！"

小燕子早已承受不了这么多的惊心动魄，快要崩溃了。太多的曲折，太多的打击，太多的焦虑，太多的痛楚，太多的震惊……她内心的伤痛，堆积到这个时候，已经饱和。看到永琪这也不行，那也不行，就无法控制了，一阵急怒攻心，她冲到桌前，发现自己的鞭子，拿起鞭子，就一鞭子对永琪抽去，嘴里大嚷：

"都是你害我，你还要这样矫情！我打死你！"小燕子这样一冲一打，茶几翻了，古董架倒了，一阵乒乒乓乓。明月、彩霞、小邓子、小卓子全部冲了进来："哎呀！格格！这是怎么了？""不要不要！格格千万不要和五阿哥动手呀！""不好……怎么打起来了？""我们赶快抢下格格的鞭子！"

四人就冲上前去拉架，这个喊，那个叫，闹得一塌糊涂。小燕子见四人都来拉自己，更是怒发如狂，振臂狂呼："谁敢抢我的鞭子？你们仗势欺人吗？哇……"小燕子飞身而起，一阵挥鞭，外带拳打脚踢，转眼间，把四人全部打倒在地。四人哼的哼，叫的叫："哎哟！哎哟！格格……打死我们了！""哎哟……手断了……""哎哟……腿断了……"永琪再也忍不住，冲上前去抢鞭子，大声喊："不要闹了，我们好好谈，鞭子给我……"小燕子哪里肯听，一面挥鞭乱打，一面红着眼睛大喊："我要打架，我要杀人，我跟你拼了！你们爱新觉罗家，没有一个好东西……"

碰巧，就在这个时候，乾隆来到了景阳宫。早上，永琪没有上朝，尔康也没有来值班，乾隆心里充满了疑惑，下了朝，就直接来景阳宫。岂料，才走到院子里，就听到小燕子的大呼小叫，尤其那一句"你们爱新觉罗家，没一个好东西"刺耳地传来，把乾隆气得差点昏厥过去。

太监们大声通报："皇上驾到！"永琪正在和小燕子抢鞭子，这声"皇上驾到"，吓得他魂飞魄散。手下一停，就叭的一声，挨了小燕子一鞭。正好乾隆进房来，看到这样，更是大惊失色，惊喊：

"小燕子！你在发什么疯？居然敢用鞭子打永琪？你……你……"他定睛一看，才看到满地哼哼着的宫女太监，更加气上加气，"你简直是个泼妇！怪不得老佛爷不喜欢你！你看你什么样子？朕在院子里就听到你的大呼小叫！你嘴里说的是什么话？什么叫作'你们爱新觉罗家，没有一个好东西'？这话，是你能说的吗？说这种话，你想被砍头吗？"小燕子呆住了，握着鞭子，直着眼睛，横眉竖目地瞪着乾隆。永琪收束心神，仓皇行礼。

"皇阿玛……我们没事，只是意见不合……"

小燕子直视着乾隆，穿过那张怒气腾腾的脸，她看到了断头台，看到了自己的爹，正在断头台上，看到官兵飞骑大喊"杀无赦……"看到刽子手拿着巨斧劈下，看到她爹的脑袋滚落地……

她的神情大痛，这么多年，自己居然把杀父仇人当成阿玛！天啊！她手持鞭子，骤然扑向乾隆，嘴里怒喊着：

"哇……砍头？砍头？你还敢骂我……还想砍我的头……"乾隆见小燕子凶神恶煞般扑来，大惊。永琪一看，吓得心魂俱裂，已经来不及阻挡。急切中，想也没想，就顺手抓起桌上一个瓷花瓶，对着小燕子背后一敲。他只想惊醒她，下手非常轻，谁知小燕子一动，花瓶无巧不巧，打在她的后脑勺上，喔唧一声，花瓶应声打碎，小燕子身子晃了晃，就晕了过去。永琪吓坏了，急忙伸手一接，小燕子倒在他的怀里。

乾隆震惊已极，睁大眼睛看着永琪和小燕子。明月、彩霞、小邓子、小卓子心惊胆战地爬了起来，颤抖地对乾隆跪了下去。四人发抖地喊：

"皇上……吉……吉……吉祥！"乾隆惊魂未定，一甩袖子："朕吉祥什么？朕家门不幸，才有这样一个儿媳妇！"永琪抱着人事不知的小燕子，用手托着她的脑袋，觉得手心湿湿的，低头一看，只见手里有血，顿时又惊又怕又急又心痛，连声急喊："小燕子！醒来！醒来！小燕子……"乾隆伸头一看，不知道为什么，这样莫名其妙的小燕子，仍然牵动着他的心，不禁急声呼叫："大家呆在这儿干什么？还不快传太医！""传太医！传太医！传太医……"太监宫女们一路喊了出去。

永琪颤抖着，急忙把小燕子抱进卧室，放在床上，着急地搓着她的手，喊着她。

太医火速地赶来了。小燕子躺在床上，脸色苍白，昏昏沉沉。太医诊视了伤口，上了药，再用布巾包扎起来。永琪目不转睛地看着。明月、彩霞在一边伺候，给太医送上这个，送上那个。太医包扎妥当，再仔细地把脉，又把明月、彩霞叫到一边细问，神色凝重。永琪紧张起来，心里充满了害怕、自责、心痛和后悔。明明只是轻轻地敲了一下，怎么会敲到头？怎么会这样严重？天啊！自己到底做了什么？居然砸破她的脑袋？万一她有个什么，他也不要活了。他看着太医，急促地问：

"怎么样？我看血流得不多……但是，肿了好大一个包，人也昏迷不醒，会不会很严重？"乾隆一直没有离开景阳宫，听到永琪的询问，就走了进来，也抬头看着太医。太医躬身回答：

"回皇上，回五阿哥！还珠格格后脑勺上，只是一点点皮肉伤，几天就会好，没有大碍，就怕……就怕肚子里的孩子，保不住了！"永琪大惊失色，震动至极："什么？她肚子里有孩子？"

乾隆也惊呼出声："她有孕在身？""大概只有两个月的身孕，臣……不敢一个人诊治，请传孟大夫过来，一起诊治，看是留得住，还是留不住……""那还等什么？快传呀！快传！"乾隆疾呼。明月、彩霞就一迭连声地喊出门去："传孟大夫……传孟大夫……"永琪低头看着小燕子，伸手去握住她的手，心里，是翻江倒海的痛："我不知道……我一点都不知道……你怎么不说？怎么又是这样？"

小燕子动也不动，合着眼睑，了无生气。乾隆看到这样，心灰意冷，一甩袖子，说："有了身孕，还在房里演出全武行！这个小燕子……"他的眼前，又浮起刚才小燕子持鞭挥来的样子，真让人不寒而栗，大叹一声，"算了算了！气死朕！"乾隆就掉头而去了。永琪顾不得乾隆了，他没有起身，也没有送乾隆，只是摧肝断肠地看着小燕子，心里在疯狂般地祷告着，神啊！让她好好的，让她度过所有的磨难！

接着，景阳宫里有一阵忙乱，几个太医，穿出穿进地忙了半天，无数宫女，紧急地熬汤熬药，小邓子、小卓子和太监嬷嬷，忙着烧热水，提热水进房。忙到晚上，小燕子的孩子还是失去了。在诊治和抢救的过程中，小燕子始终昏昏沉沉，没有苏醒。或者，这也是上苍给她的一种保护，让她不至于在清醒的状况下失去孩子，避免了立时的伤痛。但是，永琪的伤痛就不是笔墨所能形容的，他把她打伤，眼看她倒地，眼看她流血，眼看她失去孩子，眼看她昏迷不醒……他的心，整个都痉挛成一团，什么叫"心痛如绞"，这才深深体会了。看着她那像沉睡般的脸孔，依旧带着几分她独特的稚气，他更加自责，后悔得快要疯掉！千不该万不该，不该拿花瓶打她！

夜，悄悄地来了。室内燃起了灯火，明月、彩霞带着宫女，不住帮小燕子擦汗，搓着手脚。永琪站在床前，一动也不动地看着她。

小燕子终于呻吟一声，睫毛颤动着。明月惊喊："醒了醒了，格格醒了！"小燕子呻吟着，弓着身子，嘴里喃喃地说着："痛……痛……"永琪一下子就扑了过来，推开明月、彩霞，坐在床沿，俯头热切地看着她。"哪里痛？哪里痛？睁开眼睛，看看我！"他哑声地喊。

小燕子动了动身子，睁开了眼睛。在模糊的视线中，看到了永琪苍白的脸。"哎哟！好痛！"她虚弱地说，伸手去摸脑袋，摸到了包扎的布巾。"不要碰！"永琪一把抓住她的手。

小燕子凝视永琪，觉得自己不对劲，抽回了手，压着肚子，咕哝着："怎么这儿也痛，那儿也痛？外面也痛，里面也痛？""太医说……休息休息就会好，你……怎么不告诉我？"永琪的声音里滴着泪。"告诉你什么？"她忽然脸色一变，睁大眼睛看他，"我……我……太医来过了？"

他点点头，充满了怜惜和伤痛地看着她。

"对呀，把我折腾了好半天……"小燕子在昏迷中，也曾感到许多太医把她翻来翻去，原来太医来过了！她心中猛地一阵跳动，难道、难道……自己怀疑的事成真了？她的眼中，蓦然闪出希望的光彩来。她盯着永琪，讷讷地、结舌地、羞涩地问："我……是不是……是不是有了？"看到她眼里的闪光，听到她声音里的希冀，永琪的眼眶，蓦然湿润。"已经……没有了！"他痛楚地说。她怔了怔，疑惑地看着他。他困难地咽了一口气，伸手握住了她的双手。"原来……你自己都不知道，你怎么总是这样？有了上一次的经验，你怎么还会不知道？"他轻声地埋怨，不忍责备。如果自己知道，怎么也不会和她动手。"有了，又没有了？我……"小燕子心中一抽，她明白了，"我……我又失去一个孩子？"永琪看到她眼中的光彩，立刻黯淡下去，心里，更是涌上排山倒海般的痛。他吸了口气，忍住自己的痛，去安慰她："没关系，不要难过，孩子有什么稀奇？我们再接再厉！嗯？"她不说话，思前想后，眼里的痛楚越来越深，半晌，才喃喃地说：

"这次，我是有感觉的，我怀疑了好多天，不敢说！就怕弄错了，闹笑话……结果，没有了！我连小名都想好了，假若真的有了，就叫'南儿'，紫薇有'东儿'，我们有'南儿'，是'南巡'时候有的……怎么又没有了？"

永琪听她这样说，心里更痛，把她的手拉到唇边，吻着，哑声低语："别说了！"

明月、彩霞在一边掉眼泪。这时，宫女捧着药碗过来。明月急忙说："五阿哥！让我先伺候格格吃药！"永琪接过药碗说："让我来！"

小燕子眼里，逐渐充盈着泪水。她把头一转："我不想吃！""格格不要说傻话了，药，哪有想吃不想吃的呢？一定要吃呀！"彩霞着急说。"是呀！吃了才有力气挥鞭子啊！打架啊！练功夫啊！"明月哄着。

挥鞭子？小燕子想起挥鞭子的事了，想起乾隆，想起杀父之仇，想起还困在密室里的哥哥，想起太后的提议，想起知画……她都想起来了，她的脸色，随着回忆越来越沉痛，越来越愁苦。

"不吃不吃不吃！就是不吃！"她转开头。"就看在五阿哥亲自帮你捧着药碗的面子上，也要吃啊！"彩霞柔声说。"不吃不吃！我说不吃就不吃！"她含泪带恨地说，"吃什么药？死掉算了！"

永琪痛楚地看着她，把药碗放在床头的小几上，对明月、彩霞说："你们统统出去！让我跟她说！""是！"

明月、彩霞不放心地看了永琪一眼，带着宫女们退了出去。永琪见室内没人了，就把小燕子的身子拉了起来："小燕子！你看着我！"小燕子坐起身子，抬起眼睛看着他。永琪非常非常温柔地说：

"你跟我生气没关系，等你身子好了，要挥鞭子要打人都随你！千万不要和自己的身子过不去！药，一定要吃！"他祈求地看着她，"小燕子，我心里已经像烧火一样，烧得全身都痛，你不要再让我急，我求你了，吃药好不好?"

小燕子见他低声下气，心里一阵痉挛，眼泪就涌进眼眶。她可怜兮兮地说：

"不是，我不是跟你生气，我很伤心呀！我知道我又闯了大祸，我居然挥着鞭子要打皇阿玛……我哥还关在密室里……我又弄掉了孩子……躺在这儿，怎么去救我哥?"说着，泪珠就滚下面颊，跌碎在棉被上。她用力地看他，好像要看进他的灵魂里去，她的声音，充满了哀求："你，到底要不要娶知画?"

永琪深深地凝视她，他的眼光，也看进了她的灵魂深处，答非所问地说："对不起，打到了你的头，当时，已经神志不清了……"小燕子没有力气管自己的头，现在，痛的不是头，是她的心！她盯着他，用十分温柔的声音，谅解地说："幸亏你打昏了我，如果你不打到我的头，不知道会弄成怎样！以后……不要打那么重，打轻一点嘛！"

永琪听到她这样温柔的声音，这样体谅的言辞，还有……她还想说笑话，来缓和自己的犯罪感……他心里真是如火如荼，一股热浪直往眼里冲，他想给她一个微笑，不知怎的，笑没有成形，眼泪却滚滚而下。

看到永琪的泪，小燕子大震，心脏剧烈地抽搐，要有多痛就有多痛。她伸手摸永琪的脸颊，永琪的泪，惊愕地、震动地说："永琪，你哭了?"他一语不发，把她的身子，拉进了怀里，用嘴唇去吻她的额，再吻她的眼睛，继续吻她的鼻尖，又吻她的面颊，再吻她的唇……一面吻她，眼泪一直掉。看到他这样，她哪儿还忍得住，眼泪也疯狂地落下。她伸手去揽住他的脖子，在他耳边哽咽地、心痛地、自责地、慌乱地说：

"不要这样，你不要哭，你这样，我很难过呀……我……我知道我有很多错，我以后不凶你了，不乱发脾气了……也不闯祸，不攻击皇阿玛……不打架，不弄掉孩子……我吃药！我马上吃药……"

听到她这么温柔而惶急的声音，感受着她那份真挚的爱，永琪心里，就燃烧起熊熊的火焰，每一朵火焰里，都是对她的"热爱"，这才知道，爱为什么是热的？这么灼热，烧痛了他的五脏六腑。为了她，刀山油锅，他都可以下！天堂地狱，他都可以去！他还有什么可顾虑的呢？他低低地说了几个字：

"我娶知画！"

小燕子一怔，没听清楚，慌忙问：

"你什么？"

"我娶知画！"他咽着泪，清楚地说，"如果这是唯一的解决办法，如果这样可以救箫剑，我娶知画！"小燕子心情一松，眼睛一闭，泪珠成串地滚落。她不知道是喜是悲，只是把永琪紧紧紧紧地搂着。心里，在疯狂般地呐喊，永琪，我爱你爱你爱你爱你……室内一灯荧然，两人就这样紧拥着，谁都不愿放开手。好像彼此不抱紧，就会失去对方一样。

第二十六章

　　太后知道，要永琪娶知画，还有一关要过，就是乾隆。她也不明白，为什么乾隆这么喜欢小燕子？他自己有三宫六院，却为了维护小燕子的专宠，在她生不出儿子的情况下，还没给永琪再娶几房福晋，实在是奇哉怪也！

　　晚上，太后到了乾清宫，乾隆就关心地问："小燕子怎样，孩子保住没有？""孩子已经掉了！孟大夫说，好像是个男胎！""唉！可惜！"乾隆跌脚叹息。"掉了就算了，也没什么可惜，小燕子的孩子，谁知道长大会怎样？生下来是福是祸，都很难预料！"太后想着小燕子的身世，不寒而栗。乾隆眼前，就浮起小燕子把宫女太监打了一地，还拿鞭子对他冲来的样子，他不能不承认，当初太后认为小燕子不学无术、不能娶为媳妇的言论，确实有理。

　　"皇帝，我不是来报信的，我来和你商量一件事！""老佛爷请讲！"

太后屏退了左右，这才慎重地开口："你是不是已经决定，要立永琪为太子？""怎么？宫里有什么传言吗？"乾隆不安地问，这个问题，一直是大忌。"不是！是我想了解一下！""是！除了他，还有谁能当此重任？"乾隆证实了太后早有的预测。"那么，你认为小燕子能当未来的国母吗？你不怕她成为天下的笑柄吗？她连一个孩子都保不住，结婚四年，掉了两个孩子！再说……你对她的身世，一点都不在乎，但是，天下人是不是也能不在乎？如果永琪一直迷恋小燕子，不赶紧再娶一个福晋，只怕这个太子，他也承担不起！"

"老佛爷的意思是……"乾隆看着太后。"马上给永琪再办一场喜事！知画虽然是个汉人，却是陈家的女儿，是名门闺秀！知书达礼，才貌双全，比小燕子强太多了！""知画？她愿意吗？永琪和小燕子……同意吗？""知画、永琪、小燕子都是我的事，我去摆平！现在，我需要你点头！"

知画确实是个很好的人选。他能不点头吗？乾隆眼前，再度浮起小燕子凶神恶煞般扑来的情形，哑然无语，叹了口气，点头了："老佛爷怎么说，就怎么办吧！"

太后在积极地安排永琪娶知画，尔康却在积极地给小燕子找生路。

这天，尔康一大早就出门，到慧心院去找那位静慧师太。紫薇忧心忡忡，又不敢让福伦和福晋知道这事，一整天都坐立不安。一直等到晚上，尔康才匆匆忙忙地回来了，拉着紫薇就进了房，神色凄然。紫薇一看他的脸色，就紧张起来。

　　“你找到静慧师太了吗？有没有和她沟通好怎么说……”“没有找到！我去了慧心院，尼姑庵里的住持说，她去云游了，行踪不明！”“那怎么办？怎么回复老佛爷？”“我已经进宫，回复了老佛爷！这事不能拖，免得老佛爷疑心我又在耍花样！”尔康握住紫薇的手，沉重地说，“进宫才知道，小燕子好惨，昨天差点打了皇阿玛，被永琪敲破了脑袋……还有，她又流产了！”“流产？”紫薇大惊，“她几时怀的孕，怎么我都不知道？”“永琪说，谁都不知道！小燕子自己也糊里糊涂，还一会儿挥鞭子，一会儿打架！再加上旅途劳顿，揭开身世的刺激……总之，孩子就掉了！”紫薇难过极了，走到床边去，跌坐在床沿上，说：

　　“小燕子会心痛死了！你不知道，她外表嘻嘻哈哈，什么都不在乎，心里是很在乎的，上次流产，她也难过得要命！”“还有更惨的事……”尔康重重地叹口气，“永琪已经答应娶知画！”

　　紫薇惊跳起来，脱口惊呼：“什么？永琪答应娶知画？那……小燕子怎么说？”“小燕子还能怎么说？为了救箫剑，就是要她死，她也义无反顾！”“但是，永琪娶知画，比要她死还严重，那是生不如死呀！”紫薇将心比心，觉得兹事体大，实在太严重了，着急地问：“那个知画，也愿意吗？”

　　“知画心里怎么想的，我真的不了解！”尔康深思地说，“这次，老佛爷从摆鸿门宴，迷昏我们，到放出我们，谈条件，各个击破……简直是快刀斩乱麻！使我不能不猜想，后面还有军师！这么大的事，皇阿玛那儿，她能沉住气，消息滴水不漏，好像也不是她的作风！”

　　“你是说，知画是那个军师？不可能！她那么小，不会那么厉害！""人不可貌相，海水不可斗量！"尔康深思地说，觉得隐忧重重。

紫薇想到小燕子的处境，想到关在密室里的萧剑，想到有情却不能相守的晴儿，想到惊知真相、左右为难的永琪……心里越来越沉重。她也想到知画，知画知画知画……她扮演的又是什么角色？是宫里的另一个悲剧吗？她的眼睛顿时一亮。

"这事还有希望，如果知画不愿意，老佛爷也不能勉强。知画太年轻，她不懂小燕子和永琪的感情，如果她明白，自己嫁过去，会成为一个傀儡，一个怨妇，一个破坏别人婚姻的人，甚至是个眼中钉……大概她也不愿意！"

尔康看着紫薇，眼里燃起希望，她说得有理！"或者，应该有人去和知画诚恳地分析一下！不过，老佛爷要我们促成这件事，我们反而破坏……""顾不了那么多了，我们不是破坏，只是分析！"紫薇急促地打断他，"我明天就进宫！明月和慈宁宫的绿娥，相处得不错，让她传个话！"

紫薇说做就做，事情十万火急，不能再耽搁了。现在，所有的希望都在知画身上。第二天，她就在宫女们的"穿针引线"下，见到了知画。明月、彩霞把风，她把知画带到宫里一个隐秘的小角落，四面花木扶疏，假山重叠。

知画站定了，四顾无人，就急促地说："紫薇格格有话快说，我偷溜出来见你，只怕老佛爷发现，会以为我和你串通，在欺骗她，那就惨了！""知画！"紫薇开门见山，"我直话直说，你要聪明一点，不要嫁给五阿哥！"知画抬眼直率地看着紫薇，大大的眼睛里，一片认命的温柔，说："紫薇格格，你要说的话，我都明白了！坦白告诉你吧，老佛爷这个决定，我早就体会到了！在海宁的时候，老佛爷和我爹娘，就有了默契，不管有没有小燕子身世这件事，我想，迟早老佛爷都会跟五阿哥摊牌！至于我，不过是个女人罢了！女人有什么地位呢？还不是听爹娘的！有老佛爷做主，我还能说什么？”

“不对不对！”紫薇急切地说，“中国的女人，就是有你这种思想，才做了几千年的奴隶，几千年男人的附属品！我们不能太被动，应该争取自己的主权，应该为自己的幸福着想！你跟着五阿哥，是不可能幸福的！五阿哥全心全意，都在小燕子身上，你难道没有看明白吗？你这样嫁过去，是一种悲哀呀！”

知画垂下睫毛，无奈地说：

“我也明白啊！但是，老佛爷的命令，不能不听啊！我也跟老佛爷说了，还珠格格和五阿哥情深义重，我不想搅和进去！可是，老佛爷说，如果我不答应，她就告诉皇阿玛真相，杀了还珠格格！”

“啊？”紫薇大惊，看着知画。知画拼命点头，继续说：

“还有晴格格，她也走投无路了，萧剑还关在密室里，几天来，都没吃什么东西，事情再拖下去，恐怕萧剑也难逃一死！”她恳切地凝视紫薇，眼神里一片真挚，“我不是你们的敌人，我不是还珠格格的破坏者。在海宁和杭州，我目睹了你们几个做的事情，我也感动啊！假若，嫁进景阳宫，是我的悲剧，为了救小燕子，救萧剑，救五阿哥，救晴格格……我，也义不容辞了！”

知画一番话，说得那么情真意切，紫薇又是震动又是感动，还有深深的惭愧。

"对不起！我误会了你……"紫薇讷讷地说，"这样，你的牺牲不是太大了？"

"只要五阿哥和还珠格格了解我的苦衷，不要让我的日子太难过，我也认了！"

"永琪和小燕子都是很心软的人，不会为难你的……但是，你的爹娘，愿意这样做吗？他们不担心吗？"知画看着紫薇，推心置腹地说：

"我想，老佛爷说服了我爹娘……我爹和我娘，教我各种学问，栽培我，可惜我只是女儿身！就算力争上游，也是嫁给人当老婆！爹娘最大的希望，就是我能嫁个好人家，生活得有地位！老佛爷到了海宁，让我爹娘了解了，女人最高的地位，活到老年的时候，就像老佛爷那样吧！"

紫薇睁大眼睛，惊愕地看着知画。

"难道……老佛爷答应你爹娘，如果你嫁给了五阿哥，就扶持你当皇后？"

知画垂下头去，默认了。

"可是……可是……皇阿玛的阿哥那么多，不一定会立五阿哥做太子呀！"

"那……我爹娘就赌输了！"知画无奈地笑了笑。

紫薇看着她，越看越惊，不禁抽了一口冷气。

"原来，你爹你娘，一心要你当皇后！"知画抬眼看紫薇，眼里，有委曲求全的痛楚；脸上，带着娴静和柔顺，"理所当然"地说：

"我从小是念四书五经长大的，爹娘生我育我，恩重如山。

我无以回报，'孝'字做不到，起码要做到'顺'！我的婚事，长辈们早有计划，我自己的意愿，根本微不足道！我爹娘送我进宫的时候，我就不再考虑自身的幸福了！景阳宫，是冷宫还是热宫，我也……只能听天由命！这是我们做女儿的，唯一可以安慰父母的事吧！"

知画说得悲哀，说得诚恳，紫薇瞪着她，这是多么伟大的一份孝心，多么"无我"的顺从！紫薇在震动和佩服中，哑口无言了。

和知画见完面，紫薇立刻去了景阳宫。尔康、小燕子和永琪都在那儿等紫薇的消息。小燕子头上包着布巾，躺在靠椅里，身上盖着薄被，形容憔悴，永琪不比小燕子的情况好，脸色也是苍白的，眼睛深陷，显然几夜都没睡好。当紫薇把见面经过细述一番之后，永琪猛然跳起身，惊喊：

"原来，陈家以为我一定会当太子，所以要知画嫁我！这事简单了，我从来没有要当太子的念头，我只要去跟皇阿玛说明白，让皇阿玛放出风声，不会立我为太子，知画和老佛爷就会自己撤兵了！"说着，眼睛一亮，向外就走，"小燕子，你不要急，这事还有转机，我这就去找皇阿玛！"

尔康一把拉住了永琪："不忙！为了一个知画，失去太子的地位，未免不值得！""有什么不值得？"永琪着急地问，"你们看我，像是一个当皇帝的人吗？"

尔康和紫薇，双双点头。"你仁民爱物，心地宽容，能文能武，又接近百姓，知道民生疾苦……确实是个好皇帝的人选！"

紫薇说。"你不当皇帝，我不为你可惜，我为天下的苍生可惜！"尔康接口。"谢谢你们两个的抬举！"永琪着急地说，"可是，我不想当皇帝，不要当皇帝，行吗？在宫里，所有的麻烦，都是'当皇帝'三个字引出来的！我没有这个野心，也没有这种壮志！"就看着小燕子问："小燕子，你在乎当皇后吗？"小燕子怔怔地看着永琪，大惑不解地问："怎么有人把'当皇后'作为一个'目标'？我们宫里，就有一个剃光了头发、比坐牢还惨的皇后！""就是呀！知画也看到皇后的下场了，不过，这并不是她的意愿，她都在为我们着想！"紫薇叹了口气，看永琪，"其实，知画实在是个好心的姑娘……"永琪一跺脚，喊：

"所以，嫁给我太委屈了！""假若知画这么善良，为了救小燕子和箫剑，宁可和小燕子共有一个丈夫……五阿哥，这可是恩重如山，你更难办了！"尔康沉吟着说。

"有什么难办？"小燕子眼眶一红，"我把永琪让给她就是了！反正我也生不出孩子……反正……"她的声音颤抖着，又想起那个"杀父之仇"了，"我也不想给爱新觉罗家生孩子，就让她去生吧！"

"小燕子！此时此刻，你还说这种话……"永琪苦恼已极地喊。这时，在小邓子的通报声中，晴儿气急败坏地冲进房，一进门就对永琪求救地说：

"五阿哥！老佛爷说，皇上已经同意你娶知画！事情也不能再拖了……因为……"她的眼泪掉下来，"箫剑每天坐在密室里吹那支箫，除了喝几口水，几乎什么都不吃……老佛爷不许我去看他，我很害怕……再熬下去，他也撑不住了！老佛爷说，你成亲之后，才要放人！”

众人大惊，小燕子就跳下靠椅，激动地冲到永琪面前，推着他，嚷着：“你快去告诉皇阿玛！你明天就成亲，不不不！今晚就成亲！你快去快去……”永琪怔忡着，无暇细思，急急地冲出门去。一口气冲到了乾清宫，见到了乾隆，三言两语说明来意，乾隆惊愕地看着他，大为意外：“你要马上娶知画，小燕子也赞成，这事，实在有些奇怪！”

“皇阿玛不要问了，我一定有苦衷……”永琪答得又痛楚又勉强。乾隆盯着永琪，自以为了解了，压低声音问：“你对人家姑娘做了什么？一时之间，把持不住吗？听说，几天前，你们在慈宁宫喝醉了，是不是你酒后做了什么？”“不是不是！不是皇阿玛想的这样！”永琪面红耳赤地说，“这是什么话？”“好吧！不管是怎么样，知画也不会委屈你！要办，就马上办吧！”

永琪吸了一口气，忽然说：“皇阿玛！您能不能宣布，不会把我列入太子人选！”

乾隆一个震动，立刻抬眼正视着永琪：“为什么？”“我觉得我不适合当太子！六阿哥、八阿哥都不错！尤其六阿哥，书念得比我好，他比我强！还有几个小弟弟，长大了也是人才……”“永琪！”乾隆凝视着他，重重一叹，“不瞒你说，自从南巡回来，朕觉得一天比一天老了，体力精神，都大不如以前了。”“是不是旅行的疲倦还没恢复？太医怎么说？”永琪立刻着急而关心起来。“太医可以‘治病’，不能‘治老’啊！”乾隆盯着他说，“让朕跟你说两句知心话，你的几个哥哥，都幼年夭折，没有带大。目前，适合当太子的人选，永瑢已经过继给慎郡王，没有继承皇位的机会了！永璇年龄还小，学问是做得不错，骑射功夫就弱了些，气势和人缘都输给了你！剩下的几个小阿哥，都是孩子，不成气候……放眼看去，除了你，朕还能选谁？"

永琪这才知道乾隆早已决定了，不禁惊看乾隆，顿时冷汗涔涔："皇阿玛！可是……我从来没有想过要当太子……""那么，从今天起，你应该想一想了！""皇阿玛……"

乾隆站起身子，再度打断他，沉重地说：

"你们曾经说服朕，要朕以大局为重，放弃盈盈！但是，你和尔康，却把感情看得比任何东西都重要！朕也要告诉你，人生有许多责任，是超过感情的！你不能做一个'唯情主义'的人，你没有资格这样做！你的生活里，不只小燕子，还有这个天下的重责大任！如果你成天陷在'小儿女'的私情里，你怎么成大事、继大统？"

永琪越听越惶恐。乾隆充满感情，几乎有些脆弱地继续说："你，也要为朕想一想呀！朕已经步入老年，假若，你脑子里，只想着自己，只想着小燕子，甚至想着远走高飞，你，要朕把这江山百姓，交给谁去？"永琪震动着，惭愧得无地自容了。

"皇阿玛，永琪知错了！"

乾隆走过来，安慰地拍了拍他的肩，诚挚地说："哪个皇帝不是三宫六院？就从知画开始吧！不为了做伴，也要为了皇储着想！小燕子连个孩子都保不住，说话做事，毫无分寸……老佛爷用心良苦，朕和你，都接受事实吧！"

永琪沉痛地看着乾隆，一句话也说不出来了。

第二十七章

一切的努力都宣告失败，永琪娶知画，成了定局。刚好三天后就是良辰吉日，太后生怕夜长梦多，立刻宣布这天为大喜之日。日子定得这么仓促，连陈邦直夫妇都赶不及参加。太后未雨绸缪，把知画改了自己的姓氏"钮祜禄"，算是过继给自己的侄儿，这样，知画就算是满人了，更成了太后的侄孙，身份何等尊贵！她将由慈宁宫嫁到景阳宫。顿时间，慈宁宫也好，景阳宫也好，全部忙成一团。

太后的亲信桂嬷嬷，带了许多太监和宫女，都赶到景阳宫来布置新房，从院子开始，到处张灯结彩。太监们架着梯子，在门楣上、大树上、围墙上、照壁上……凡是可挂宫灯的地方，全部挂上宫灯，可贴囍字的地方，全部贴上囍字，还有那些彩带彩球，更是挂得琳琅满目。

桂嬷嬷站在院子里，指挥这个，指挥那个，得意扬扬地嚷嚷着：

　　"门框上的灰，要先擦一擦！先挂彩带，再挂彩球，中间挂囍字宫灯……太低了！太低了……高一点……不不不！又太高了，低一点……"回头一看，大喊，"翠儿！珍儿……你们麻利一点，围墙上，树上……全部要挂满彩带，等会儿老佛爷要来看！做得不好，我扒了你的皮……小邓子，小卓子，你们倒舒服，就站在一边看热闹，怎么不动手？"

　　小邓子和小卓子，看到这种架势，深为小燕子叫屈，正在敢怒而不敢言，听到桂嬷嬷的吆喝，小邓子就没好气地冲口而出："你们那么多人在忙，我们也插不上手！""就是！"小卓子接口，"这么多彩带，不怕把人绊个筋斗吗？又不是第一次办喜事，这么夸张干什么……"小卓子话没说完，桂嬷嬷走了过来，扬手给了他一巴掌，大骂："讨打！这话是你说的！我告诉老佛爷去！"小卓子捂着热辣辣的脸孔发呆，小邓子一拉他的衣服。

　　"干活去！干活去……别说话了！挂彩带……"小邓子抓了一堆彩带，就往小卓子手里塞。小卓子气冲冲地，走开去挂彩带了。大厅里，也是张灯结彩，一片喜气洋洋。无数宫女，在花瓶上、窗子上、摆设上、墙上……贴着囍字。明月、彩霞也在贴着，两人都气呼呼的，愤愤不平。明月对彩霞低声说："这是干什么？当初还珠格格成亲，也没把房间弄成这样。听说，结婚排场比两位格格成亲的时候还要大，这不是给还珠格格下马威吗？"

　　"就是！"彩霞撇撇嘴，"不管知画姑娘的家世怎样，不管老佛爷多喜欢，总之，是娶二房嘛！说穿了，就是讨小老婆嘛……"桂嬷嬷不知何时，已经站在两人身后，冲上前来，彩霞也挨了一个耳光。彩霞大惊，抬头看桂嬷嬷，叫喊："你怎么打人？""你嘴里不干不净，我代老佛爷教训你！"桂嬷嬷盛气凌人。"我有什么不干不净？我说的是事实……"

桂嬷嬷一伸手，就扯住彩霞的耳朵，彩霞拼命挣扎："哎哟！哎哟……"

明月看到桂嬷嬷欺负彩霞，就扑了过来，去拉桂嬷嬷的手，要抢救彩霞："桂嬷嬷！放手！格格说过，不可以打奴才……""老佛爷可没这么说过！"桂嬷嬷嚷着。

小燕子早已被惊动，站在大厅门口，看到这一幕，气得脸色发青。她忍无可忍，冲了过来，一把拉开了桂嬷嬷的手，拦在彩霞面前，大叫："住手！谁敢打我的人，就等于打我！桂嬷嬷，你在老佛爷那儿威风就够了，这儿是景阳宫，你睁大眼睛看看清楚！"桂嬷嬷赶紧行礼，堆下满脸的笑，说：

"还珠格格吉祥！身子还没好，怎么不躺在床上休息？这儿的事，有我桂嬷嬷监督着，不劳格格费心！至于教训彩霞，那是不得已，还珠格格也不希望奴才们，仗着有格格撑腰，就作威作福吧！赶明儿，新福晋就进门了，老佛爷要奴才跟着过来，免得景阳宫的奴才们没规没矩，奴才只好先提醒她们！"

小燕子一愣，睁大眼睛问："老佛爷要你一起过来？""是啊！以后，这景阳宫的家务事，格格都不用操心了！交给奴才就是！"

小燕子呆住了。这以后，景阳宫还有她的地位吗？还有好日子过吗？桂嬷嬷抬头一看，宫女们都在倾听，就挥手大嚷："怎么都站着不动？快干活！彩球、囍字、宫灯、彩带都挂起来……"小燕子满脸挫败，脸色苍白。眼光向里面看，那儿是知画和永琪的新房，从家具到摆设，全部从慈宁宫搬来，件件都是精雕细琢的。她身不由己，就慢慢地走了过去。

宫女们正在新房忙碌着，满室喜气。雕花床上，垂着红色的帐子。珍儿、翠儿是慈宁宫的宫女，这时正忙着铺床。一条绣着鸳鸯戏水的红色床单，铺上了床。然后是一摞锦被，有的绣着比翼双飞的大雁，有的绣着四季花卉，有的绣着成双成对的蝴蝶……被两人折叠成条形，一条条放在床里。接着，绣着囍字的枕头，成双地放好。然后，是最重要的一件东西，一条白色的、两端绣囍字的"白喜帕"打横铺在红被单上，看来十分醒目。

珍儿咻咻笑着，低问翠儿："这个'见红'的事，老佛爷也会亲自检查吗？""可不是！万一没见红，那不是丢人吗？""我听说，老佛爷要检查，是怕五阿哥不洞房……"珍儿压低声音。"不洞房？那怎么可能？知画姑娘那么漂亮，又是老佛爷和皇上指婚，只怕五阿哥等不及要洞房呢……男人就是男人嘛……"两个宫女就悄悄笑着，忽然一抬头，发现小燕子挺立在门口，不禁吃了一惊，两人慌忙屈膝行礼："还珠格格吉祥！"小燕子瞄了宫女们一眼，再看看那张床，那些锦被，那对枕头，那条触目惊心的白喜帕……一咬牙，出去了。外面忙得人仰马翻，永琪却把自己关在书房里，背负着手，像困兽般在房里走来走去。一声门响，小燕子冲了进来，关上房门，一下子就站在他面前，痛苦地喊："我后悔了！我接受你的提议，你去找尔康，找柳青，找所有能找的人，今晚，我们来一个大闹皇宫，火烧慈宁宫，救出我哥哥！"永琪大惊，看到窗外人影绰绰，都是慈宁宫派来的宫女太监和嬷嬷，急忙用手蒙住小燕子的嘴巴，紧张地低声说：

"嘘！你在胡说什么？此时此刻，计划也来不及，行动也来不及！"他盯着小燕子，无奈至极，"我们被困住了，除了遵守承诺，没有第二条路了！"小燕子挣脱他，眼眶涨红了，心里酸涩到极点，委屈地说："我知道我知道，你巴不得娶知画，巴不得和知画'洞房'！男人就是男人……当然什么都来不及了！""你这是什么话？"永琪脸色惨变，转身就走，"好！我去慈宁宫，我去见老佛爷，告诉她我变卦了！至于萧剑，他有他的命，看他的造化吧！"小燕子顿时瓦解了，飞奔过来，拦住他，用带泪的声音，凄然地喊："不不不！我胡说八道，我脑筋不清，你不要理我！你不要变卦，你娶知画，娶知画娶知画……"永琪把她一拉，就拉进了怀里。他用胳臂紧紧地扭着她，似乎恨不得把她压进自己的身体里面，他的嘴唇贴着她的耳朵，痛楚地说：

"小燕子啊！人生有这么多的无可奈何，我们有了生命，就逃不掉各种责任！昨天，皇阿玛也跟我有一番恳谈，我生在帝王家……未来的生命里，说不定还有更多的考验！我们一起去面对吧！不要再逃避了！你那天说，幼稚的事，我们不能再做了！你知道吗？这句话让我有多大的震撼，你终于成熟了！"

小燕子推开他一些，仰头看着他，眼里盛满了感动，可怜兮兮地问：

"是吗？""是！但是……在娶知画以前，我还是要去一趟慈宁宫，不见萧剑一面，我不放心！也不甘心！""我也要去！"小燕子背脊一挺，急忙说。是啊，好几天没看到萧剑，不知道他被折磨成什么样子，万一没有救出萧剑，再迎娶了知画，那岂不是冤枉透顶！"你到床上去躺着吧！刚刚流产没有几天，跑到慈宁宫，老佛爷看到又生气！何况，你的身子重要，听我的话！""我已经好了，没事了，我一定要去！这次和哥哥分手，谁知道什么时候才能再见？"小燕子急急地说，迫不及待了。

太后完全了解永琪和小燕子的担心，为了不在这紧要关头再起变化，她很爽气地答应了两人，于是，永琪和小燕子重来密室，见到了萧剑。只见萧剑在室内盘膝而坐，神色憔悴，径自吹着箫，箫声在整个石室中回响。

铁门"钦钦……"地打开，永琪和小燕子冲进房，高庸带着侍卫紧跟在后。"哥……哥……萧剑……"小燕子痛喊着，好像几百年没看到萧剑了。萧剑看到两人，一跃而起，惊喜地喊："你们来了？"

高庸行礼说：

"五阿哥，还珠格格，你们和萧大侠快快谈！奴才告退！"高庸带着侍卫出门去，关上了房门。小燕子立刻冲到萧剑面前，拉着他的手，上看下看，左看右看，又悲又喜。

"哥哥！你怎样？好不好？听说你都不肯吃东西！你干吗那么傻？吃东西才有力气呀！吃东西才能打架呀！你为什么不吃？饿成猴子头，还能做什么？""你们怎么会过来？"萧剑震动已极地看二人，"自从你们出去以后，一点消息都没有，我急呀！哪里还有胃口吃东西……""没办法呀！这个慈宁宫，都是老佛爷的人，高庸守着，滴水不漏，晴儿的宫女，想贿赂太监，一个都动不了……"小燕子有一肚子的话想说。

"小燕子，我们时间不多！说重点吧！"永琪赶紧打断，看着萧剑，郑重地说，"萧剑，所有的问题都解决了！老佛爷瞒住了真相，皇阿玛什么都不知道。明天晚上戌时，高庸会把你送到神武门，尔康的马车在那儿等！上了马车，你就去吧！从此，不要再回北京了！小燕子有我照顾，你尽管放心！"

萧剑神色一凛。"就这样？"他问。似乎太简单，太容易了。"就这样！到了马车上，尔康再跟你细谈！"

萧剑轮流看两人，看到小燕子的憔悴，也看到永琪的憔悴。他咬牙问："你们答应了什么条件？""我们答应终身保密，小燕子答应忘掉仇恨！也代你答应……远走高飞！"永琪说。"晴儿呢？答应留在老佛爷身边，伺候老佛爷一辈子？"

永琪怔住，答不出来。小燕子眼神一暗，哀求地看着萧剑说："你先不要急，出去了再说！关在这儿，和晴儿只隔几步路，还是见不着面！出去了，我们再帮晴儿想办法，再帮你想办法！哥……我保证，让晴儿跟你团圆！"萧剑沉吟不语，永琪一巴掌拍在他肩上，义正词严地说："萧剑，来日方长！事在人为！小燕子说得对，出去是第一要事！目前，我们除了妥协，还是妥协！因为……每个人都在为其他的人牺牲！"萧剑看看永琪，看看小燕子，看到两人都是一股倦容，尤其小燕子更加苍白消瘦，猜到她已心力交瘁，想到她的处境，毅然点头："我明白了！我听你们的！明晚戌时……为什么是戌时呢？""因为……"小燕子眼眶湿湿的，"因为那是吉时良辰……"

萧剑纳闷不懂，永琪赶紧接口："萧剑！明晚我们就不送你了！出了宫门，走得越远越好！"小燕子一把抓住萧剑的手，紧紧地握了握，泪珠在眼眶里打转，她哽声说：

“哥！那把剑还在尔康家，我没时间去学士府，明晚，尔康会带给你！从今以后，尔康家、会宾楼都不能再住！北京也不能再留，你保重……我们大理见！”萧剑惊看小燕子，被她的稳重和诀别似的句子震动了。这时，门开了，高庸进房来。

“五阿哥！还珠格格！老佛爷要奴才送你们回景阳宫！”小燕子心中一痛，生怕再也见不到萧剑，握着他的手不放，心碎地喊：“哥！哥！哥……你保重……哥……”萧剑心中已经了然，此次一别，再见难期，就把那支箫往小燕子手中一塞：“小燕子，这支箫你拿去！我拿剑，你拿箫，我确信这箫和剑，总有一天，还会合在一起！”小燕子就紧紧地握着那支箫，痴痴地看着萧剑。永琪凝视着萧剑，和萧剑的手，紧紧一握。

“珍重！后会有期！”永琪语重心长。“彼此彼此！”

永琪掉头，拉着小燕子就走。小燕子泪汪汪，一步一回头，含泪喊：“哥！哥……下次见面的时候，我吹箫给你听！”“一言为定！”萧剑答了四个字，就转过身子，背负着手，不再看两人。

小燕子被永琪拉走了，一路上，一直喊着：“哥！哥！哥……你保重，不要记挂我，我会好好的，我会懂事的……你照顾好自己……哥……哥……哥……”

萧剑听着她那凄楚的喊声，觉得心如刀绞。他不敢回头，虽是身经百战的英雄人物，此时此刻，也不禁泪盈于眶。小燕子！这深宫高墙，到底是不是你的天堂？你到底用什么条件，来交换了我的自由？

这晚，永琪和小燕子站在窗前，看着窗外的月亮。这是永琪娶知画的前夕。真是"今夕知何夕？共此灯烛光"！永琪从她身后，抱着她，他的下巴贴着她的发鬓。他和她，那么知心，共度了那么多恩爱的岁月，她的每一缕心思，他几乎都读得出来。感到她的身子僵硬，看到她目不转睛地盯着天边的月亮，他知道她想的是明晚，他知道她的心在淌血……他揽紧了她，轻声说：

"不要对着窗子发呆了，身子还没恢复，去床上躺躺吧！""我哪有那么娇弱？"她咬咬嘴唇，"明晚，你手臂里抱的，就不是我了！""我的手臂里，只会有你一个，你心里明白的！"他苦涩地说。"我不明白啊！我害怕啊！"她陡然热情奔放，"永琪，抱紧我！""是！"他用力抱紧了她，吻着她的耳朵和头发，"你要信任我，了解我，否则，我的所作所为，就一点意义都没有！我是为了救箫剑，为了把你留在身边，不得不这么做！但是，你是无法取代的，知道吗？"

"我知道！可是……我吃醋呀，我嫉妒呀，只要想到明天晚上，你会和她进洞房，我就难过得快要死掉了！这两天，看着景阳宫张灯结彩，我真想把那些囍字，全部撕得粉碎！怎么会这样呢？"

永琪心里一痛，想到自己即将面对的新娘，心里更是充满怵意。"你这么难过……或者，我错了，不该答应你的，不该这么做的，还没到明天，我已经后悔了……或者……"小燕子心里狂跳，知道不能再变卦，急忙喊着：

"我胡说的！我不吃醋，我不嫉妒！你别后悔，老佛爷说了，知画的花轿进了景阳宫，我哥就出了神武门！我哥……他困在那个密室里那么多天，瘦了那么多，他嘴里不说，我也看得出来，他快要疯了！他能不能获得自由，就靠你了！永琪，谢谢你……"

"你还谢我？我怎么弄成这样的局面，我到现在还搞不清楚！只有一件事，我是明白的，不管怎样身不由己，就是对不起你！""别婆婆妈妈了！哇！"她抬眼看天空，故意欢声地叫，"月亮出来了！你看你看……好圆的月亮！"她看着月亮，又失神了："明晚的月亮，不知道会不会也这么好？一样的月光，会照着结婚的队伍，会照着花轿进门，会照着新房的窗子，会照着你挑喜帕、喝交杯酒……""不要再说了！"永琪把小燕子的身子一转，让她面对着自己。她痴痴地看他，痴痴地说："明晚，你也会这样看知画吗？你的眼睛，也会这样湿湿的吗？"她紧咬了一下嘴唇。"在那个喜帐里，你要和她'得成比目何辞死，愿作鸳鸯不羡仙'吗？你会记住我吗？会不会慢慢地，就把我忘了……""我说，不要说了！""可是……"

永琪痛楚地俯下头去，痛楚地吻住了她的唇，堵住了她的嘴。她什么话都说不出来了，只是紧紧地攀着他，狂热而缠绵地响应着他。在这一刻，天地万物，昨天明天都不存在，他们拥有着彼此，完完全全的，完完整整的，不容分割的，不可分裂的……他们根本就是一体，她是他，他也是她。

第二十八章

终于到了这一天，是永琪和知画大喜的日子。

在慈宁宫，几乎所有的嫔妃都赶来道喜。知画在晌午时分，就开始盛装打扮，穿着一身新娘的红衣，她端坐在椅子里，让一群嫔妃围着她，给她梳妆穿戴。到了晚上，屋里的人越来越多，川流不息的宫女嫔妃们，忙里忙外，吉祥物、喜帕、苹果……一一捧来。

晴儿也在伺候着，却完全心神不宁，带着一脸的担心和焦灼，眼神不时飘向屋外。知画马上就要嫁进景阳宫了，小燕子最痛楚的时刻也要到了，怎么太后还没释放萧剑呢？太后会不会达到了目的，再向萧剑下手呢？不会吧！太后是宅心仁厚的，是吃斋念佛的，不会做这么残忍的事！她想东想西，坐立不安。

太后在嫔妃簇拥下笑吟吟地走向知画，打量着她。见她一身火似的红，像朵盛开的牡丹花，真是顾盼生姿，风华绝代。这样的一个"可人儿"，放在永琪身边，就算他是铁打的，也会动心吧！太后想着，就亲手把一条吉祥如意锁，戴在知画脖子上，宠爱地说：

"知画！你太漂亮了，这样一打扮，更是美得不得了！这个吉祥如意锁，是我当年陪嫁的吉祥物，给你了！预祝你有一天，也像我这样，子孙满堂！"

知画凝视太后，感动得一塌糊涂，想起身行礼："谢老佛爷！知画怎么担当得起！""别起来别起来！别把衣裳弄乱了！"太后一把按住她，回头喊："桂嬷嬷！珍儿！翠儿！"

桂嬷嬷也衣饰光鲜，带着两个宫女上前行礼："喳！奴婢在！""你们三个，从今晚起，就派给知画姑娘了……"太后郑重地吩咐，"这以后，可得改称呼，叫'福晋'！你们到了景阳宫，好好地伺候知画姑娘！不要让她缺这个缺那个，也不要让她受委屈！知道了吗？如果她有什么不如意，我可不饶你们！""奴婢知道了！"桂嬷嬷带着珍儿翠儿大声答应。"晴儿！"太后又喊。

晴儿正在门口张望，魂不守舍，根本没听见。"晴儿！"太后又大喊。晴儿这才听见，慌忙上前："老佛爷！"

太后见晴儿神色，心知肚明，不太愉快地说："你快把那尊送子观音捧来，让桂嬷嬷一路捧进新房里去！""是！"晴儿找到送子观音，捧来，交给桂嬷嬷。

这时，外面传来太监大声的通报："皇上驾到！"一屋子的人赶紧肃立，行礼喊道："皇上吉祥！"乾隆已经带着太监，大步走进大厅，笑着对太后说："儿子特地赶来，跟老佛爷道个喜！这知画成亲，好像老佛爷嫁格格一样！总算让老佛爷心想事成了，可喜可贺！""还不是皇帝的玉成！"太后喜滋滋地说。

　　知画急忙起立，嫔妃们赶紧扶住，知画羞涩而谦卑地低声说："皇上！知画给您磕头！"说着，就要跪下去。"扶起来，扶起来！现在磕什么头？到景阳宫再磕吧！"乾隆喊，"这个头迟早是要磕的！拜过堂，就要改口叫皇阿玛了！"太后对乾隆笑着："皇帝，你不在景阳宫等着他们行礼，还来回跑！""老佛爷还不是得来回跑！邦直来不及赶来，这娘家婆家都是咱们，朕就忙一点吧！"

　　乾隆看着知画，忽然笑不出来了，对知画郑重地说："知画是陈家的闺女，知书达礼，不是一般小家小户的女儿……到了景阳宫，要知道'和为贵'！小燕子好歹先进门，虽然老佛爷说，你算正室，但是你们也别分什么大小，你喊她一声姐姐吧！她的脾气犟，你让着点儿！"

　　太后这才明白，乾隆特地来一趟，是要在知画进景阳宫以前，先给她几句下马威！这么千方百计护着小燕子，他如果知道，这个小燕子，根本是个叛党余孽，该当如何？太后眼神一暗，心里十分不快，此时此刻，不便表现。

　　知画却敛眉屏息，诚惶诚恐地回答："皇上的教训，知画谨记在心！""那么，朕先走一步！景阳宫见！"

　　乾隆带着太监们，在大家的恭送声中，先离开了慈宁宫。

　　这时，院子里的吹吹打打之声，喧嚣地响起。桂嬷嬷上前，对太后说道："老佛爷！吉时快到了！""快！帽子霞帔，戴起来！要上花轿了！"

　　帽子戴上，霞帔盖下，苹果握住，一屋子响起恭贺之声："老佛爷大喜了！知画姑娘大喜了！"就有十二个喜娘上前，搀扶起知画。桂嬷嬷捧着送子观音，珍儿翠儿捧着吉祥物，一行人浩浩荡荡出门去。

晴儿眼看知画已经上了花轿，心里更急。"可怜的小燕子，可怜的永琪，可怜的箫剑，可怜的我……"她想着。听着外面鞭炮声噼里啪啦地响起，看到院子里烟雾腾腾，她再也控制不住自己，仓促地奔向太后。太后正往门口走，被她一撞，差点站不稳，幸好宫女急忙扶住。

"晴儿，你干吗？"太后皱眉问。

"老佛爷……"晴儿急急地哀求地说，"知画已经上了花轿，箫剑是不是可以放了？以后，我会跟在老佛爷身边，永远孝敬您！可是……现在，能不能允许我送箫剑到神武门？我答应，这是我见他的最后一面！"

"别挡着我，我还要赶去景阳宫！"太后板着脸，知道晴儿要亲眼看到箫剑脱险才放心。

"老佛爷！求求您……"晴儿急切地说，什么教养、害羞都顾不得了。

几个嬷嬷过来，催促太后动身。晴儿不断哀求：

"老佛爷……老佛爷……求求您！"

"你会断得干干净净吗？"太后没时间跟她磨，不耐地问。

"我发过重誓了，不是吗？"晴儿苦涩地、哀恳地看着太后。

太后凝视晴儿，这个从小跟在她身边，伺候了她许多年的格格！在这一刹那，她心里涌起一股恻然的情绪，当初，误了晴儿嫁尔康的机会，才造成今天这许多故事。她心中一叹：最后一面？料她不敢违誓。以自己的身份，也不能言而无信，那个箫剑，只好放了！放萧剑，是她经过千思万想后的决定。她知道萧剑把小燕子和晴儿，看得比自己的生命还重。现在，宫里押着他最在乎的两个人，为了保护这两个女子，他再也不敢轻举妄动了！太后看到晴儿这样急迫，正好示好给他们，让小燕子和永琪感恩，给知画的未来奠下基础。于是，太后网开一面，简单地说了：

"去去去！高庸！陪她一起去！"

"喳！奴才遵命！"

晴儿悲喜交集，匆匆屈膝，说了一句：

"谢老佛爷的恩典！"

晴儿就转身，在高庸和众多侍卫的押解下，到了密室。

萧剑正肃立在门内，等待着。吹吹打打的声音传来，鞭炮不绝于耳。萧剑不知道宫里有什么喜庆，他只怕小燕子的消息不正确，怎样也无法相信，自己已经进了这个牢笼，还有机会脱身？正在心烦意乱，房门一响，只见他朝思暮想的晴儿，冲进了房门。在她身后，高庸带着侍卫，全副武装，拦门而立。

"萧剑！"晴儿喊着，泪在眼眶。

萧剑目不转睛地看着晴儿。她含泪看着高庸说：

"给我一点点时间，让我和萧大侠说两句话！"

高庸对这位晴格格，是深深敬爱的。她在老佛爷身边多年，待人宽厚，从来不曾作威作福。他同情地颔首，带着侍卫退出门外，关上房门。萧剑看到没人了，就把晴儿拉进怀中，死死地凝视她。两人热烈对看，萧剑就俯头，炙热地吻住她。晴儿心碎肠断，恨不得把自己全部的爱，都化在这一吻里。一吻既终，晴儿抬头，心痛如绞地看着萧剑，哑声说：

"老佛爷答应我送你到宫门口，尔康在那儿等你！这个皇宫，铜墙铁壁，所有的人，钩心斗角，实在不是你可以适应的地方！从此，你就好好地去吧！不要再记挂我！如果有缘，我想，天上人间，我们都会再相遇的！"

"你在和我诀别吗？"萧剑一眨也不眨地看着她，在她耳边飞快地说，"我不管你答应了什么条件，到了宫门口，你跟我一起上车！知道吗？"晴儿踉跄一退。

"不行！你千万千万不要冒险！不为了你，也要为小燕子、紫薇、尔康着想！为了让你脱困，我们每个人都付出了代价，付出最多的，是小燕子！你……不要再让她为难了！难道，你想害死她吗？"

萧剑神情一痛，着急地问："小燕子付出了什么代价？"晴儿惊觉说溜了嘴，摇了摇头。

"你别管了，五阿哥会好好待她的，我留在宫里也好，可以照应着她！走吧！这个皇宫，早点脱身为妙！"萧剑的眼光，不舍地看着她，郑重地、坚决地说：

"晴儿，我长话短说！要我从此放弃你，那是我根本做不到的事！目前，为了脱困，我只好什么都听你们的！但是，那绝不表示我同意和你分手！你等着我，我去安排，我们一定会在最短的时间里团聚！今天，我听你的，到时候，你得听我的！"

晴儿拼命点头，也不分辩。

高庸开门进来，说："萧大侠！是时候了！走吧！""老佛爷让我送萧大侠一程！"

高庸不语，带着侍卫，全副武装地押着两人出门去。

萧剑和晴儿走到御花园，就碰到了喜乐的队伍。只见两排宫女手持灯笼，迤逦前行。仪仗队高举着各式华盖，亭亭如伞。乐队奏着喜乐，带着宫廷舞蹈队，跳着"花月良宵"舞，簇拥着花轿向前走，许多嫔妃命妇、宫女太监，都围着看热闹。

萧剑惊奇地看了看那个队伍。高庸带着侍卫，紧跟着萧剑。"晴格格，萧大侠！我们走这边！"高庸避开了大婚的队伍，往另外一条路走。

"宫里在办喜事？"萧剑困惑地问。

"咱们快走！"晴儿加快了步子，走进那条花木扶疏的小径。萧剑对宫里的喜事也没兴趣，一心要离开这个皇宫，大踏步走去。转眼间，到了宫门口。一辆马车停在那儿，等候多时的尔康，立刻迎了过来。

"萧剑！"尔康兴奋地喊。萧剑和尔康，两人的手，重重地一握。高庸急忙对尔康行礼，说："额驸大人，萧大侠交给你了！老佛爷说，剩下的事，额驸知道该怎么办，不要让皇上和福大人为难！""高公公！我知道了！"尔康回答。"晴格格！"高庸看晴儿，"奴才护送你回去！"

晴儿看萧剑，依依不舍，柔肠寸断，就急忙从怀中掏出一张折叠的小纸条，塞进了萧剑的手里，强忍着泪，匆匆说："我不能不回去了！你上车吧！为我，保重你自己！"萧剑凝视晴儿，一甩头。

"你也是！记着我的话！"晴儿拼命点头。萧剑就跟着尔康，跳上了马车。车夫一拉马缰，马车立刻启动了。箫剑从车窗伸出头来，依依不舍地凝视着晴儿。她伫立在那儿，像一座石像，双眼定定地看着他，直到那辆马车，越走越远，越走越远，越走越远……终于绝尘而去。看不到晴儿，看不到宫门，看不到那个禁锢着小燕子和晴儿的紫禁城……箫剑收回了视线，坐进马车里。尔康深深看了他一眼，就把长剑往他手中一塞。

"这是你的剑！"再拿起一件件行李说，"这个包袱是紫薇帮你准备的行李，她在宫里陪着小燕子，不能送你了！这是一些干粮，路上吃！这是盘缠，够你一路用了……"把东西分别往他身上塞的塞，背的背。

箫剑一抬头，眼神锐利地看他，问："什么意思？难道，你们要我真的走？""什么意思？"尔康睁大眼睛说，"难道，你还想在北京耗下去？这儿，你还没待够？""你明明知道，不带着晴儿，我哪儿都不去！""你不要傻了！"尔康正色地说，"晴儿不是今天明天的事，甚至不是今年明年的事，你能够逃掉一死，是上苍有好生之德，你就好好地珍惜这条生命吧！晴儿对你的心，你是知道的！只要她不变，又岂在朝朝暮暮？你先走，等到老佛爷不再戒备了，对小燕子也放了心，我负责把晴儿送到你身边！"

箫剑瞪着尔康，尔康也瞪着他，压低声音再说：

"暂时别去大理！我怕老佛爷明着放人，暗中捉人！去西藏找尔泰，明年，我会去西藏看尔泰，到时候，我带晴儿来！君子一诺！我欠晴儿很多很多，她的幸福，是我和紫薇的责任！我会帮你照顾她！"他有力地拍拍他，"信任我！"

"我从来没有陷在这样两难的局面里，这样走，我太不甘心！"萧剑忽然严肃地问，"小燕子付出了什么代价？"尔康凝视他，知道宫里这样盛大地办喜事，北京城总会传言纷纷，这件事怎样也瞒不住，就坦率地说了："今晚，五阿哥娶了知画！此时此刻，正在和知画拜堂！"

萧剑大震，眼前，闪过那壮观的结婚队伍。"什么？宫里张灯结彩，原来为了这个！""你知道小燕子的个性，这个牺牲，比要她的命还严重！"尔康死死地盯着他，"她要我告诉你一句话，方家只剩下你这一脉香烟，为了方家的香火，要你保重！如果你再婆婆妈妈，你还不如小燕子勇敢果断！别输给你的妹妹，为了方伯父，为了方伯母，留下你这条宝贵的生命！"

萧剑呆着，完全震住了。尔康拍拍他的肩，指指暗夜的前方，低语："我在那个路口，准备了一匹快马，柳青在那儿等你……我想，老佛爷应该言而有信，遵守承诺放了你。但是，我宁可多此一举，还是要防备一下！这辆马车，不知道有没有被监视？到了路口，马车不停，你跳车出去……我驾着马车往南走，你骑上马往北走！一路上多多小心，谨防刺客！咱们后会有期！"

萧剑从震惊中醒悟过来，理智和镇定一起恢复。如今虎落平阳，三十六计，走为上计！

他看尔康，郑重地托付："尔康！不只晴儿，还有小燕子……""她们两个，都包在我身上了！"尔康定定地看了萧剑一眼，"别为小燕子太担心，她福大命大，每次都能化险为夷！我已经派人去找静慧师太，放心！我会打点好！知画的事，也没什么可担心的！五阿哥情有独钟，你还怕什么？""我明白了！"萧剑一点头。车子已到路口，尔康打开车门，萧剑一翻身，轻巧地跳出车去。

"驾！驾！驾……"车夫嚷着。车子继续在路上飞驰。萧剑的身影，没入了黑暗里。

同一时间，在景阳宫，新娘的花轿已经进了院子。院子里，真是热闹非凡。乐队吹奏着迎亲喜乐，许多红衣的宫女，在院中跳着迎亲舞。

永琪一身吉服，身上挂着大红彩球，站在大厅门口等候着。有个太监捧着红布，上面放着扎着红结的弓箭，站在永琪身边。嫔妃、亲王、阿哥、格格、宫女、太监黑压压地站了一院子，嘻嘻哈哈地观看着。在院子一隅，小燕子和紫薇，也站在回廊下观望。小燕子情不自禁地看向永琪，只见他像个被摆布的玩偶，带着满脸的无奈，眼神空洞地看着前方，面无表情地伫立着。

舞蹈告一段落，花轿在灯笼队和喜娘的引道下站定，司仪高唱："凤凰三点头！新娘收心！"轿夫就将花轿连着颠了三次。轿中，红帕蒙头的知画差点滚下座位，赶紧坐稳。轿子停了，放在地上。太监捧上弓箭给永琪，司仪再度高唱："新郎三射箭，驱除红煞！"永琪面无表情地搭弓，射箭，三支箭都射在轿门前。司仪再唱："新娘下轿！"知画被喜娘搀扶下来。司仪再唱："新娘跨马鞍，事事平安！"早有太监将马鞍放在门槛前，喜娘就扶着新娘跨过马鞍。这才把新娘身上的红细带交给永琪，永琪掉头，牵着知画进门去。鞭炮噼里啪啦地响起，众人鼓掌声、恭喜声不断，喜乐嚣张地响着。

小燕子神情落寞，看看紫薇，低声说："当初我们结婚的时候，怎么不记得有这些花样？"紫薇代小燕子痛楚着，勉强一笑："那晚，我们紧张都来不及，轿子又弄错了，一团混乱，哪儿还记得有些什么礼节？"小燕子回想到那晚的情形，想笑，笑容在唇边一闪而过，根本没办法成形。紫薇同情地看看她，一拉她的手："我们进房去吧！"

紫薇和小燕子进了卧室。外面，司仪的高唱声还是不断地传来："一拜天地，二拜高堂，夫妻交拜……"她们听着高唱声，想象着乾隆接受一对新人行礼的样子，两人都情绪低落。小燕子在房里走来走去，整颗心都像烧火般地痛楚着。怎么会这样呢？怎么会有这样一天？她必须接受永琪的另一个新娘？她跺跺脚，懊丧地说：

"早知道，当初在南阳，就应该死也不要回宫，什么免死金牌，什么宫中小点心……把我们感动得稀里哗啦，这，就是稀里哗啦的结果！"她看着紫薇，眼眶红红的，"你说，人生最大的美德，是饶恕！我说，人生最软弱的行为，是饶恕！"

紫薇难过地吸吸鼻子，还试图安慰她："我们回宫，并没有错！饶恕也没有错，一步步走来，变成今天这样，实在没有想到！小燕子……已经是这样了，你一定要勇敢，要相信永琪！"

小燕子心中一抽，说不出有多痛。她无助地说："我不知道我还能相信什么！我老实告诉你，我心也痛，胃也痛，头也痛……到处都痛！"她走到窗前，看窗外，"戌时已经过了吧？"明月、彩霞匆匆进门来："格格！格格！小邓子说，萧大侠已经平安出宫了！"小燕子和紫薇都呼出一口气来。紫薇就一把拉住小燕子的手，激动地说："小燕子！你没有白白牺牲，你很伟大，救了萧剑，救了我们大家！你放心，萧剑只要出了宫门，就是生龙活虎，什么都难不倒他了！你们方家的一脉香烟，总算保住了！"这时，门外传来司仪的高唱：

"礼成……送进洞房！"喜乐声再度喧嚣地响起，鞭炮声也不绝于耳，恭喜声、笑闹声不断，人声鼎沸。小燕子脸色一惨。明月、彩霞悲哀而不平，两个宫女就捧了点心和热茶过来。

"这儿有一口酥，还有枣泥核桃糕……格格，你一天都没吃东西了！"小燕子抬眼，哀哀欲绝地看了明月彩霞一眼。"我还有什么胃口吃东西？他们进洞房了！"她转眼看紫薇，"今晚的知画，一定美得像天仙吧！永琪现在正在挑喜帕吧？他们也要吃什么红枣花生桂圆莲子吧……紫薇，你不去道喜吗？你不去新房里看热闹吗？"紫薇把她的手，紧紧一握："我是来陪你的，我不是来道喜的！你不要想东想西了，永琪不会负你的，我保证！既然嫁到皇室，就要有这种准备，迟早，会有这一天！""如果今晚是尔康再娶，你会怎样？"小燕子问。

如果是尔康再娶？紫薇不敢想这个问题，事实上，尔康也是名门望族，三妻四妾是很自然的事，说不定也有这样一天吧？紫薇这个念头才掠过，心脏就像被针扎到一样，痛得痉挛起来。爱是什么东西，让人如此无法抛舍？爱是什么东西，让人时而甜进心底，时而痛入骨髓？她吸口气，难过地说：

"我不知道！假若是为了救人，我也会这样做！但是……"她看着拼命在忍泪的小燕子，突然热情奔放，心痛地喊，"小燕子！如果你想哭，就抱着我哭吧！因为，我已经想哭了……"紫薇说着，眼泪情不自禁地落下来。

小燕子咬着嘴唇，沉重地呼吸，倔强地说：

"我不哭！我不哭！我不会被打倒，我是小燕子嘛！天不怕地不怕的小燕子嘛！刀搁在脖子上，我也不会投降，怎么会怕知画呢？我不哭……"她挺直背脊，哑声喊，"紫薇！我都不哭，你哭什么？"

紫薇的眼泪拼命掉，明月、彩霞跟着哭。

小燕子没有哭，她拼命忍住泪，咬着嘴唇，眼睛瞪得大大的，圆圆的，眼珠像浸在水露里的星星，闪亮深邃，深不见底，里面盛满对永琪的热爱。

小燕子在房里强忍泪珠，在新房里的永琪和知画也不好受。知画盖着红头巾，端端正正地坐在床沿。她垂着睫毛，不安地等待着。六个喜娘分站两旁，六个红衣宫女，捧着喜秤、交杯酒、红枣、花生、桂圆、莲子等喜盘站立于侧。桂嬷嬷站在最后面，一声不响地观看着。永琪站在床前，呆呆地看着盖着喜帕的知画。喜娘把喜秤送到永琪面前，恭恭敬敬地说：

"请新郎用喜秤挑起喜帕，从此称心如意！"

永琪看看喜秤，看看知画，眼前，忽然浮起小燕子当新娘的样子。他心中一痛，顿时踉跄一退。他这一退，竟然把喜秤撞翻，喜秤落地，发出一阵"钦钦……"的响声。整队捧交杯酒、红枣、莲子等的宫女，都慌忙后退，保护手里的东西。喜娘弄翻了喜秤，大不吉利，吓得要死，一迭连声说：

"哎哟！奴婢该死！奴婢该死！"喜娘猛地发现新房中说"死"字，又是大不吉利，更加害怕，就啪的一声，给了自己一耳光，惶恐地说，"掌嘴！说话没个忌讳……掌嘴……"知画蒙着喜帕，不知道发生了什么事，听着一连串的声音，喜帕没人挑，她动也不敢动，心脏扑通扑通地跳着，又是害怕又是心慌。喜娘赶紧拾起喜秤，再度捧到永琪面前，重新说一遍："请新郎用喜秤挑起喜帕，从此称心如意！"

永琪无可奈何，只得拿起喜秤。他觉得，手中那把秤，好像有千斤重。他握着喜秤的手，竟微微颤抖着。无法逃避，他还是挑起了喜帕，喜帕飘然落地，露出知画美丽绝伦的脸庞。

知画垂着头，不敢抬眼看永琪，脸上有股怯生生的表情。喜娘捧上交杯酒："请新郎和新娘喝交杯酒，从此长长久久！"

就有喜娘，把永琪扶到床沿，侧身和知画对坐。两杯酒，分别送进知画和永琪手里。两人手腕相交，永琪瞪着那酒杯，却迟迟没有喝酒。知画被动地坐在那儿，也不敢喝酒。众宫女喜娘面面相觑，急得不得了。喜娘只得再说一遍：

"请新郎和新娘喝交杯酒，从此长长久久！"永琪呆呆地坐着，就是无法喝下那杯酒。桂嬷嬷急得暗中跺脚。喜娘悄悄催促：

"五阿哥！五阿哥……喝呀！"知画再也忍不住，飞快地抬眼，看了永琪一眼。只见他眉头深锁，一脸的怆恻之情，他的心，显然飘荡在别人的身边。他的这个表情，打倒了她。她眼睛一眨，一颗大大的泪珠，夺眶而出。永琪正好抬眼，一眼看到了知画的泪。他的心一跳，有个声音在心底响起："我在做什么？知画也是被动啊！我们都是老佛爷的棋子，知画也是！如果这场婚礼，是我和小燕子的悲剧，那也是知画的悲剧啊！"永琪这样想着，不敢再让知画难过，急急地低头去喝交杯酒。知画也赶紧含泪去喝交杯酒，泪珠滑落面颊，跌碎在酒杯里。桂嬷嬷见礼节结束，悄悄地出门去了。

新房和小燕子的卧房，只隔着一条走廊。永琪就在对门的房间里，和知画"洞房"，小燕子情何以堪！她站在窗前，痴痴地看着窗子外的月亮，想象着洞房里的情况，喃喃地说："紫薇，你说，他们现在在洞房里干什么？"明月、彩霞在铺床。紫薇过去帮忙拉平床单，不愿回答小燕子的问题，顾左右而言他："小燕子，我今晚不回学士府，我们和以前一样，睡在一张床上讲悄悄话……好久没有跟你一起睡了，你还记得大杂院里，那个'抬头见老鼠，低头见蟑螂'的房间吗？"小燕子回身，看着紫薇，不禁出神了："大杂院！那好像是几百年前的事了！好像是我们的上辈子！"她走过来，拉着紫薇的手，不禁悲从中来，"我好想念以前的日子，那时候，虽然很穷，可是很快乐！现在呢？穿的吃的戴的都这么好，住在皇宫里，怎么活得这么累呢？紫薇……我好没用，我连一个孩子都保不住，如果肚子里有个孩子，我现在也会高兴一点，偏偏孩子也没了！"

紫薇同情极了，安慰地说：

"孩子的事，慢慢来，只要会怀孕，就会有！下次有了，千万不要再打架，跳上跳下练武功！这次也是凑巧，在慈宁宫一场大闹，又被老佛爷下了药，说不定会影响孩子，掉了也算了！"

"可是……我连小名都想好了，南儿！不管男孩女孩都可以用！我还想，万一是女儿，我就把她许给你的东儿，让我们两家的情分，再延续下去！"

"那……我们就一言为定了！"紫薇笑着说，急于找个话题来打乱小燕子的思想，"如果你生了女儿，一定要给东儿！我们现在，就结下儿女亲家吧！"她凑近小燕子，脸红红地低声说："假若你生了儿子，我一定努力，生个女儿许给你！"

小燕子果然笑了，欢声说："不许赖哟！你要努力哟……"她话没说完，笑容蓦然一收，眼泪涌上，"我怎么会有儿子女儿呢？永琪……在和别的女人'洞房'，我还做什么梦？"紫薇呆了，看样子，怎样也无法把她的思想转到别的方向。这时，有人敲门，小邓子、小卓子开门进来，急急地说：

"明月，彩霞！桂嬷嬷在叫人！要我们赶快去新房！"

紫薇和小燕子一怔。紫薇惊愕地问："新房里发生什么事情了？""回格格，没发生什么事情！"小卓子不情不愿地说，"礼节结束了，桂嬷嬷说，要我们景阳宫的奴才，全部到新房里去拜见'福晋'，少一个都不行！"

小燕子一震，这是给景阳宫的下马威！也是给小燕子的下马威！明白在告诉大家，从今以后，知画才是"福晋"，小燕子的"主子"地位，再也不保！她已经憋了一整天，这时，快要爆炸了。她深吸了一口气，掉头就往外跑，嘴里嚷着：

"我也去'拜见'这位'福晋'！"

明月、彩霞、小邓子、小卓子都飞快地拦住门，同时惊喊："格格别去！千万别去！""我要去我要去！她要我的人去拜见她！是存心要我难看……我受不了！紫薇，我真的受不了，我快要爆炸了！"紫薇死命拉住了她，急喊：

"不能去不能去！已经走到这一步了，只能打落牙齿和血吞！

如果你今晚去大闹新房，整个皇宫都会看笑话！明天，所有的嫔妃都会谈论这件事！老佛爷一定不会善罢甘休，皇阿玛也不会同情你，那你的处境，就更困难了……"

小燕子哪里肯听，还要往外冲，紫薇不顾一切地拦，小燕子用力一推，紫薇站不稳，就摔了一大跤。她故意趴在地上大声呻吟："哎哟！哎哟……我这个倒霉的膝盖，八成又流血了！"

小燕子急忙过来扶，明月、彩霞也扑上来扶住。"怎样？摔得重不重？"小燕子着急地问。"当然重！你那么大力气……"紫薇瞪了她一眼，摸摸肚子，"还好，肚子里没有你媳妇，要不然，也给你撞掉了！"小燕子瞪着她，想笑，笑不成，泪光闪烁。"你真好，千方百计说笑话，逗我开心！可是，我怎么不会笑了？"她说着，泪珠挂在睫毛上，悬然欲坠。彩霞看到这样，心里不平，喊着："小邓子！小卓子！你们去告诉桂嬷嬷，我们要服侍小燕子格格和紫薇格格，没空去'拜见'！如果拜见的人不够，尽管去慈宁宫调人！""这样不好！"紫薇站起身来，稳重地说，"明月，彩霞，忍一口气，第一个晚上，就弄得这样壁垒分明，以后更难相处！你们都去'拜见'吧！"明月、彩霞、小邓子、小卓子只得勉勉强强地去了。小燕子看着他们的背影，知道紫薇的话，永远没有错，自己弄到这个局面，除了忍，就只有忍。可是，那个新房里，是她深爱的永琪啊！要她眼睁睁看着永琪再娶，还是处处比她强的知画，她怎能心平气和呢？天啊，人间还有比她更惨的女人吗？在这一瞬间，她深深体会到皇后的悲哀了！

洞房里，所有的礼节都结束了。知画和永琪并坐在床沿上，喜娘把两人的衣摆打上"如意结"，说：

"祝新郎新娘'永结同心''早生贵子'！"宫女喜娘们鱼贯退出。桂嬷嬷就带着众多宫女太监，包括明月、彩霞、小邓子、小卓子一拥而入，全部匍匐于地，朗声说：

"奴才们拜见五阿哥和福晋！祝五阿哥和福晋百年好合，事事如意！"永琪动也不动，听到"福晋"两字，不禁皱了皱眉头。知画震动地抬眼，看了看众人，看了看桂嬷嬷，轻声说：

"起来！"桂嬷嬷带着宫女太监们起身。知画悄悄地，再去看永琪，就对桂嬷嬷低声说：

"这个衣服下摆，可不可以解开？我想起来走走！"

"走走？"桂嬷嬷一惊，困惑已极。永琪低头，三下两下就解开了那个如意结，开口说："你可以起来走走了，我也想起来走走！"知画就站起身子，对嬷嬷说："我要去拜见还珠格格，你给我带路！"永琪大为意外，不禁惊看知画。只见她端庄美丽，落落大方，带着一脸的纯真和善良，眼底绽放着清亮澄澈的光芒，皎洁如月，光明如星。"现在吗？好像……好像……"桂嬷嬷张口结舌。"好像什么？"知画温和却有力地问。"好像不合规矩耶！何况……何况……""何况什么？"她还是温和而有力地问。"何况，还珠格格刚刚失去一个孩子，福晋要图个吉祥，那个房间……最好不要进去！不太吉利。"

"我没有那么多规矩，也没有那么多忌讳！"知画仍然温和却有力地说，"我要去拜见格格，是你带路？还是明月、彩霞，你们带路？"明月彩霞心里一喜，这才像话嘛！就急忙答应："我们带路！"

明月彩霞往前走，知画就跟着二人走去。桂嬷嬷无可奈何，赶紧对宫女们使眼色，许多宫女嬷嬷赶紧相随。永琪看着她们出门去，一时之间，对这个"新娘"，也有几分感动。知画就在宫女和嬷嬷她们的簇拥下往前走。彩霞一路喊着："格格！格格！知画姑娘来'拜见'格格了！"

桂嬷嬷狠狠地瞪了彩霞一眼，低声提醒着："是'福晋'！'福晋'！""你们主子是'福晋'，那我们主子是什么？"彩霞叽咕着。"你们主子，就是'格格'呗！"桂嬷嬷低声接口。

就在拌嘴中，一行人已经走进了小燕子的房间。小燕子、紫薇正并坐在床边讲知心话，看到知画进门，都大出意料之外，惊愕地抬头。只见知画一身新娘妆，美得不得了，不疾不徐地走到二人面前，请下安去。

"知画拜见还珠格格，拜见紫薇格格！两位格格吉祥！知画奉老佛爷命令，进了景阳宫，不敢有丝毫越礼之处！还珠格格，你进宫早，请允许我称你一声姐姐！以后，还要姐姐多多照顾！"

知画说得诚惶诚恐，小燕子惊得睁大眼睛，顿时不知所措了："啊呀！这个……这个……那个……你起来，别行礼了！"知画起身，再看向紫薇，诚挚地说：

"紫薇格格，你更是姐姐了，我的心事，你都明白！如果我有不周到不对的地方，尽管告诉我！桂嬷嬷说，我在这个时候过来，不合规矩和礼数，但是，我也顾不得了，不给两位姐姐请安，我觉得坐立不安呀！"

紫薇急忙站起身子，感动地说："知画，别客气了！我和小燕子，都是民间来的，没有那么多规矩和礼教。你念书多，学问好，进了景阳宫，千万要包容小燕子，要和和气气啊！""知画会记着紫薇姐姐的话！今儿个太晚了，不敢打扰，知画告辞！"知画再度福了一福，转身离去。小燕子呆若木鸡，连反应都没有。

"知画好好走，当心门槛，别绊着！桂嬷嬷……大家扶着！"紫薇急忙招呼着。桂嬷嬷赶紧扶着知画，宫女嬷嬷们又簇拥着知画而去。知画走了之后，小燕子才怔怔地看着紫薇，不敢相信地说：

"她来'拜见'我？洞房花烛夜，她来拜见我？"紫薇又是感动，又是意外，又是震撼，又是同情，眼神深邃地看着前方，说："从今以后，宫里再添一个可怜人！"

知画回到了"洞房"里，永琪背负着手，正在房里走来走去踱方步。桂嬷嬷带着珍儿翠儿，给知画卸下那顶缀着珊瑚东珠宝石的帽子，取下沉重的如意锁，卸下珍珠项链、耳环首饰……——放进锦盒里。知画对着镜子，被动地坐着，洞房的最后一刻就要来了，她心慌意乱地看着镜中的自己，眼神中，带着些儿惶恐，带着些儿担心。

钗环尽去，知画的长发如水披泻。桂嬷嬷把她的长发，梳成一条大发辫，用红绳系住打结，再解开她的衣纽，脱下那件描金绣凤的红色外衣。珍儿捧着一件特制的、有绣花的、镂空的纱衣，走上前去。

永琪背负着手，一直在踱方步，踱着踱着，就踱到窗前去了。抬头一看，窗外月明星稀，月色把宫里的楼台亭阁，都染上了一层银白色。昨晚此刻，他正和小燕子相拥着看月亮……他的心，又飞到小燕子身上去了。

"小燕子……小燕子……"他在心里低低呼唤，"此时此刻，你在恨我吧？怨我吧？你知不知道，今晚这漫漫长夜，我比你更难挨，我真不知道，接下来我要怎么办？"

永琪叹了口气，回头看一眼，正好看到珍儿翠儿把新娘衣服从知画肩上褪下，露出她洁白的双肩，和那只穿着一件绣花肚兜的身子，烛光下，冰肌玉肤，晶莹剔透。永琪一震，急忙又回头去看窗外，想着：

"天下还有比我更无助的新郎吗？平常碰到为难的事，身边总有一群人在帮忙，今晚，我只能单打独斗了！"永琪抬眼看月亮，又叹了一口气。知画听到永琪左叹一口气，右叹一口气，她随着他的叹气声，眼神越来越不安，越来越忧郁。桂嬷嬷担心地悄看了永琪一眼，就把那件薄纱的衣裳，披上了知画的身子。一切就绪，桂嬷嬷扶着知画，坐在床沿。珍儿翠儿掀掉了床上的红色绣花被单，露出里面白色的喜巾。桂嬷嬷走到永琪身边去，请安说：

"五阿哥！洞房花烛夜，别耽误了吉时！奴才们告退了！"桂嬷嬷给了知画一个眼神，就带着珍儿翠儿退出房去。转眼间，房里剩下了永琪和知画两人，永琪心里一烦，又开始踱方步。红烛高烧，薰香缭绕，送子观音像高高地站在案上，俯瞰着满屋的尴尬。坐的人静静地坐着，走的人继续踱方步。夜渐渐地深了，红烛渐渐地短了，烛泪渐渐地多了……坐的人不动，走的人不停。床上那条绣着囍字的白色喜巾，一直不受干扰地维持着洁白无瑕，刺目地躺在那儿。在房间外面，桂嬷嬷打湿了窗纸，带着一群嬷嬷宫女在偷看，个个急得咬断牙根了。

永琪不知道已经绕室几百次，知画再也沉不住气，终于抬头，凝视他，低低地开口了："你预备就这样走到天亮吗？"永琪一惊，走到床前站住了。逃不掉，只好面对！他咬咬牙，下定决心，说："知画，我要坦白地告诉你，我们这个亲事……"知画看看窗子，着急地说：

"嘘！隔墙有耳……"她哀恳地看着他，低语，"你可不可以坐下来？"

永琪怔了怔，在床沿上坐下，和她仍然保持着距离。她那美丽的胴体，在透明的薄纱下，几乎是一览无余的。知画没有忽视他的"正襟危坐"，看了他一眼，她的大眼中，盛满了委曲求全的悲哀，轻声说：

"我知道，你有几千几万个不愿意，从拜堂到现在，你的眉头没有舒展过……我……我……"她心中一酸，突然觉得无力应付这个场面，泪水就涌了上来。

永琪看她又落泪了，心里惶恐，急促地说："不是你的原因，你什么都好！是我自己，心里有太多的事……""不用解释了！"她轻轻打断，看看那块白色喜巾，羞涩地说，"那个，你预备怎么办？明天一早，桂嬷嬷就要来收，老佛爷要检查的……"说着，实在太害羞了，头低低地垂了下去，声音也没有了。

永琪看她这样，心里一阵恻然，除了恻然以外，也知道她说的都是事实，明天太后要检查，他是逃不掉这一关的！他心中再一叹，就勉强地伸出手，去褪她那件薄纱。她屏息坐着，动也不敢动。纱衣没有纽扣，轻轻一拉，就滑落下去，露出那裸露的肩，和红色绣花小肚兜。他愣着，眼前，忽然闪过小燕子新婚时的脸孔……他突然把那件纱衣拉回到她的肩上，就放手预备起身。她情急地伸手，一把抓住了他的手。

"别动！"她低语，"听我说……那个喜帕……也可以作假的，你有没有小刀？我怕痛……你割破手指就行了，我们好歹装个样子，我猜桂嬷嬷在外面看……只要瞒过去了，就没关系……"

永琪惊看知画，眉头一松，如释重负，慌忙点点头，低声说："知画，谢谢你的了解，谢谢你的配合！""那么，我们就装样子吧！"知画的脸孔嫣红，伸手帮永琪解衣领上的扣子："这外衣，还是得先脱掉……""我自己来！"永琪急忙自己解衣。"我来比较好……"知画看了窗子一眼，窗外，桂嬷嬷等人的衣衫窸窸窣窣。

永琪也看了窗子一眼，就站起身子，知画也站起身子，她开始为他解纽扣，一个一个慢慢地解，终于，把外衣褪下，放在床前的衣架上。窗外的桂嬷嬷和众嬷嬷宫女，挤来挤去，看来看去，开始哧哧地笑，低低惊呼："看到没有？看到没有？福晋在为五阿哥解纽扣呢！"

不知何时，小燕子已经溜出了房间，站在回廊的柱子旁，看着桂嬷嬷们发呆。解纽扣？知画在为永琪解纽扣？她突然想起，结婚四年多，自己从来没有为永琪解过纽扣！那种羞人答答的事，她可做不来！

桂嬷嬷突然用手蒙住嘴，笑得吱吱咯咯，低语："躺下了，躺下了……帐子放下了……"

　　眼看帐幔中，一对新人的剪影，相拥着倒上了床，桂嬷嬷乐得合不拢嘴："男人嘛！怎么逃得过美人关？"珍儿翠儿和几个嬷嬷，就悄悄地笑成一团。珍儿看着翠儿说："就是嘛！我说的呗！老佛爷有什么好担心的？"宫女嬷嬷们掩着嘴笑，议论纷纷，珍儿一转身，忽然看到小燕子呆立在那儿，她赶紧拉拉桂嬷嬷，大家这才止住笑，急忙站好。小燕子含泪一甩头，进房去了。

　　小燕子知道自己不该吃醋的，是她恳求永琪娶知画，是她勉强他去做的。但是，知道是一回事，做不做得到就是另外一回事，她管不住自己的心，管不住自己那疯狂的思想，疯狂的嫉妒，疯狂的心痛。这是她的永琪呀，她爱得那么深、爱得那么多的永琪，他居然和知画"洞房"了！小燕子神思恍惚地回到房间，跌坐在梳妆台前。"你何必虐待自己呢？还不赶快上床睡觉？我帮你卸妆梳头！"紫薇为她卸下旗头，取下钗环，放下头发，细细地梳着。"紫薇，你相信吗？他真的和她洞房了……他怎么可以呢？如果他心里有我，他还能抱其他的女人吗？你的尔康一定不会这样……"

　　"是你求他的，你不能再怪他呀！"紫薇勉强地说，"你要他怎么做呢？已经娶进门了，总不能把她冰在那儿，何况你也知道的，这宫里规矩，还有那条白喜帕呢，赖也赖不掉……"

　　小燕子猛地推开紫薇，站起身子，开始绕着房间走。

　　"我没办法睡觉，我不能睡觉，我脑子里全是那张床，那个房间，还有那个送子观音像！紫薇，我要疯了，我要做点什么……我去院子里练剑……"说着，就开始翻箱倒柜，找剑，

"我的剑呢？又搁哪儿去了？"

"你干什么？"紫薇拉住了她，"半夜三更去院子里练剑？那些宫女嬷嬷都没睡，你要让自己变成大家笑话的对象吗？何况，你刚刚流产没几天，你也要为身体着想！现在，你要和知画比赛，比赛你们谁先有孩子！你聪明一点，别糟蹋自己！要打赢这一仗！"

"这个比赛，我一定输！不练剑，那我做什么？我去打拳！"
"不许！不许出去！你就待在这个房间里，哪里都不许去！"小燕子无可奈何，呆呆地站着，想着想着，神情又一痛。她就冲到桌子前，打开抽屉，郑重地拿出那支箫。

"不许我练剑打拳，我练箫……我答应了我哥，下次见面的时候，要吹给他听！"她坐了下来，开始吹箫。箫声忽大忽小地响了起来，她吹着《你是风儿我是沙》，又吹《不能和你分手》，再吹《梦里》……没有一首吹得完整，全是断断续续的。

紫薇瞅着她，看了半天，蹲下身子，拍拍她的手，劝阻地说：

"别吹了！你的箫声不太好听耶！很吵耶！恐怕整个景阳宫，都被你闹得不能睡觉了！"小燕子推开她，眼泪一掉，哽咽地说："你让我吹嘛！这是我爹的箫耶，我爹吹的时候，鸟儿都会来听……我拼命练拼命练，总会练好的！至于吵了人家睡觉，我也管不着！整晚，我必须听乐队吹吹打打，也没人关心我能不能睡觉！现在，我吹吹箫都不行吗？"小燕子说完，拿起箫，继续吹，一面吹，眼泪一面扑簌簌地滚落。

箫声清楚地传进了新房里，知画和永琪躺在床上，知画面对床里侧睡着，眼睛睁得大大的。永琪平躺，用双手枕着头，眼睛也睁得大大的，一眨也不眨地看着帐顶。那箫声，打破了寂静的夜，也绞痛了永琪的心。听着听着，他和小燕子的点点滴滴，就在眼前重演。他体会到她此时的心情，箫声每断一次，他的心就绞紧一次。心里在低语着，小燕子！发泄吧！如果这样会让你好受一点！他不由自主，又是长长一叹。

小燕子的箫声，永琪的叹息，交织成知画整个的"洞房花烛夜"。那夜，难挨的并不是只有小燕子和永琪，知画也是彻夜无眠的。

第
二
十
九
章

　　早晨的阳光，灿烂地照射着景阳宫的屋宇楼台。新的一天开始了。景阳宫的宫女、嬷嬷、太监都已起身，忙忙碌碌地在新房内外出出入入。珍儿翠儿，捧着洗脸水和水瓶进房去。正好，桂嬷嬷捧着红绸，上面是那条折叠好的白喜帕，笑吟吟地出门来。珍儿、翠儿就站住了，看着桂嬷嬷悄声问：

　　"桂嬷嬷，有没有啊？老佛爷那儿，可以交差了吗？""当然当然，这还要问吗？你们快进去伺候！"桂嬷嬷眉开眼笑。"是！"珍儿对翠儿笑着说："都说五阿哥对还珠格格怎样恩爱，还不是……""你们两个少说几句！快去！福晋等着要梳头呢！"桂嬷嬷笑着骂。

　　桂嬷嬷一抬头，忽然看到小燕子像个雕像般杵在那儿，静静地看，静静地听，她赶紧请安，不禁得意扬扬了。

　　"格格吉祥！这么早就梳妆好了？"她笑吟吟地溜了新房一眼，"五阿哥和福晋，才刚刚起床呢！"

小燕子瞪了那喜帕一眼，桂嬷嬷就故意把喜帕放低，让那抹"喜红"映入她的眼帘。她脑中轰然一响，好像挨了一棒，一声也不响，转身就走了。桂嬷嬷看着她的背影，自言自语：

"就算你吹了一夜乱七八糟的箫，这喜事还是照旧！谁是东风，谁是西风，你该明白了！"桂嬷嬷就捧着喜帕，去慈宁宫复命了。在新房里，永琪带着一脸的倦容，刚刚起身。知画还没梳妆，站在脸盆前，看着珍儿倒水进脸盆，她把帕子打湿绞干，双手递给永琪。永琪一惊，看了知画一眼，见她眼睛肿肿的，知道她也是一夜不眠，心里实在充满歉疚。"我自己来！自己来！"他急忙说。"丫头们看着呢！我得表演一下。"知画低语。

永琪只好接过帕子，擦脸。知画又从翠儿手中，接过漱口水，再双手捧给他。珍儿早就捧着水盂在等候，永琪漱口，把水吐进水盂里，珍儿捧着退下去。翠儿拿起永琪的外衣，帮他披上，知画就上来帮他扣纽扣。她的纤纤十指，一个纽扣一个纽扣慢慢地扣着，脸颊几乎依偎在他胸前。

"这清装，就是纽扣多！"她再接过坎肩，给他穿上，继续扣坎肩的纽扣。

房门开着，小燕子站在门外，瞪大眼睛看着。珍儿捧着水盂出门去，几乎撞在她身上。珍儿惊呼："哎哟！格格早！吓了奴婢一跳！"

永琪大吃一惊，蓦然抬头，接触到小燕子的眼神，那大大的眼睛，一眨也不眨地看着他，里面，是一种他完全陌生的，从来没有在小燕子眼中看到过的神情。那是动物受伤时才有的反应，充满了哀痛、迷失、无助和悲愤。在那一瞬间，他明白什么叫

"伤害"，什么叫"痛楚"。他还来不及说话，知画已经对小燕子请下安去，歉然地拢着头发，拉着衣襟说：

"姐姐早！对不起……我起晚了，还没梳头呢！"小燕子咽了口气，看着知画那件薄纱的衣裳，想说话，却什么话都说不出来。正在这时，紫薇大步走来，看到这种情形，赶紧笑着帮小燕子找理由下台阶："小燕子说，昨晚，知画来拜见了她，让她很过意不去，今早，轮到她来给两位道喜了！"小燕子这才接口，声音却不受控制地颤抖着："是！我来道喜！五阿哥和福晋，恭喜恭喜！一千个恭喜！一万个恭喜！我不打搅你们梳头洗脸扣纽扣，你们慢慢来，我去练剑……"小燕子说完，就掉头而去。紫薇情不自禁，给了永琪很不友善的一瞥，眼神里充满了责备。小燕子说得对，如果你心里有她，你怎能和另一个女人宽衣解带进洞房？明知小燕子心都碎了，你就完全不顾她的自尊，一早就表演这种卿卿我我？她带着一脸的不以为然，追着小燕子而去。永琪想追，知画的手，又上了他的衣襟，继续扣着纽扣。他只得呆呆地站着。小燕子奔进房里，拿起她的长剑，再奔进院子，一阵乱舞，剑气如虹。紫薇、明月、彩霞、小邓子、小卓子都站在一旁观望。紫薇着急地喊："一清早，练什么剑？你这个身子，到底要不要保护好？把身子弄坏了，是别人吃亏还是你吃亏呢？"

小燕子充耳不闻，剑舞得密不透风。明月彩霞拼命劝阻："格格！好歹吃点东西再练剑！早餐我都准备好了，怎么不吃呢？""从昨天起，你就没吃什么！"紫薇哄着，求着，"这样吧！让彩霞去拿几个包子来，你先吃了，再练剑，好不好？"小燕子一面舞剑，一面嚷着："空肚子才能练剑！吃饱了就练不动了！"她忽然跳起身子，发泄地大叫，"哇……我砍了你，我修理你……"一面大叫，一面用剑舞向一排矮树栽成的短篱。一阵喊里咔嚓，只见树叶树枝像雪花般飞舞起来，叶片碎枝四射，打得小邓子小卓子抱头鼠窜，纷纷躲避。一会儿，叶片碎枝飘坠落地，大家一看，一排短篱全部变成秃头。小邓子、小卓子赶紧鼓掌，要让小燕子高兴，个个张大眼睛惊呼：

"格格好厉害！"

"好久没看到格格练剑了！太精彩了！好！"珍儿、翠儿也围过来看。这时，永琪讪讪地走了过来，对小燕子苦笑了一下，眼里有恳求有祈谅，有温柔有深情，有委屈有爱怜，柔声地说："一起吃早饭好不好？"小燕子看到他，一口气憋在胸口，差点没憋死，持剑瞪着他问："扣子总算扣好了？这个清装，就是扣子多……"说着，就气不打一处来，忽然又大叫，"哇……"就飞舞着剑，对着永琪直扑而来。永琪大惊，喊：

"小燕子！你干吗？"紫薇吓得花容失色，急喊："小燕子！别发疯呀……"

永琪眼见长剑已到胸口，急忙飞身而起，长剑从脚下掠过。小燕子持剑，又"哇……"地喊着，再度扑上前来。永琪一窜，从院中一座铜马的肚子底下穿过去。小燕子再刺，永琪左闪右躲，小燕子的剑，根本碰不到他。"永琪，有本事！别躲！"小燕子边打边喊。

"我不躲，你就成寡妇了！"永琪嚷着，唇边依然带着苦笑。

"你不怕我成寡妇，怕别人成寡妇吧！"小燕子直刺过来。

"我们放下武器，进房里去谈！"永琪央求。

“和你这种人，没什么好谈！”

两人对话中，已经连续过了好多招，小燕子招招逼近，丝毫不肯放松。永琪眼看这种情况，她不刺他一剑，就不能泄恨，突然站住了："你到底要干什么？真要刺我一剑吗？"

永琪这样一停，小燕子的剑已到他面门。永琪闭上眼睛，一副"你杀死我算了"的样子。小燕子的剑，停在他面门，看着他那张憔悴的脸，无法下手；心里的悲愤，又无法自抑。于是，她剑锋一转，在他胸前一阵飞舞，就像给矮树理发一样，喊里咔嚓，永琪那件坎肩上的纽扣竟然纷纷掉落。

小燕子伸手一接，八颗纽扣落进她的掌心。她抓起永琪的手，把纽扣往他手掌中一放，大声说："拿去给那位福晋！她对纽扣挺有学问，这扣子缝得不牢，恐怕要麻烦她慢慢地缝上去！再慢慢地扣起来！"小燕子说完，拿着剑，转身就走。永琪怔了怔，急忙追上去：

"小燕子！小燕子……"

这时，桂嬷嬷从慈宁宫回来，笑嘻嘻拦住了永琪，请安说：

"五阿哥！老佛爷要奴才传话，请五阿哥和福晋去慈宁宫，跟老佛爷一起用早膳！老佛爷说，按规矩，今天新娘要回门，慈宁宫就算福晋的娘家吧！"忽然看到永琪衣衫不整，惊呼着，"这坎肩怎么回事？一个纽扣都没有！赶快去新房换一件！"

这样一耽误，小燕子已经进房了。紫薇瞪了永琪一眼，心里也是不平着，摇摇头，也进房了。明月、彩霞眼睛湿湿的，看了永琪一眼，都进房了。小邓子、小卓子拿起扫帚，开始清理一地的树枝树叶。

永琪握着一手的纽扣，看着大家的背影，有苦说不出。觉得那些纽扣，都变成了烧红的烙铁，烙得他手也痛，心也痛。

紫薇陪着小燕子，吃完早餐，实在挂念着东儿，不能一直陪着她，劝了她一大番话以后，回学士府了。见到尔康，她非常感慨。男人，是不是生来和女人就不同？"痴情"只是女人的专利，男人不"滥情"就不错了，妄想痴情，更妄想专一！永琪这么容易就接受了知画，完成了那条"白喜帕"的使命，不只打击了小燕子，也打击了紫薇。紫薇对"情有独钟"四个字一直像是一种宗教般崇拜景仰着，虽然有一个到处留情的皇阿玛，总希望年轻的他们，体验过"生死相许"的他们，是与众不同的。看着尔康，她叹息地说：

"永琪也是……居然玩真的……"尔康非常同情永琪，这件事，永琪实在情有可原，身不由己。他叹口气，说："你也要为永琪想，这件事，能玩假的吗？老佛爷把自己的心腹桂嬷嬷，都派到景阳宫去了！多少双眼睛看着呢！他敢玩花样，小燕子的身世就保不住！"

"可是……永琪一定也为知画动心了，是不是？要不然，是不能勉强的！男女之间，情不到，心不到，怎么会上床呢？小燕子最恼的，也是这个！我最不理解的，也是这个！"她凝视尔康，"尔康，易地而处，你会不会和永琪一样？"

尔康想了想，坦白真诚地看紫薇：

"没有易地而处，不可能易地而处，这种状况，永远不会发生在我身上，如果发生，我也没有永琪那么能干！"说着，想到箫剑，就神色一正，说，"我要到会宾楼去看看柳青！不知道箫剑是不是出城了？往哪个方向走的？我对他，也是非常不放心，就怕他根本没出城，还在等机会救晴儿！"

紫薇拼命点头，定定地看着尔康，忽然就走上前去，勾住尔康的脖子，靠在他的肩上。尔康因这个举动而受宠若惊了，柔声问：

"怎么了？"

"我有点害怕！"

"别怕！现在总算化险为夷了！我想，箫剑心思细密，不会那么傻，他知道他的任何行动，都会影响到小燕子和永琪，就算他现在恨死老佛爷和皇阿玛，他也不会再轻举妄动的！"

"我不是怕箫剑轻举妄动，我是怕……我们这些人的命运！你看，晴儿和箫剑被迫分手，小燕子和永琪又变成这样，只有我们两个，还拥有幸福！看到小燕子和晴儿，我几乎为了自己的幸福，充满了犯罪感！尔康……我们是唯一的一对了，我们会长长久久的，是不是？"

尔康把紫薇的手，紧紧一握。

"是！我们会长长久久！别难过了，哪有人为了自身的幸福，充满犯罪感呢？人间，就是这样，老天没办法把'幸福'这玩意儿，平均分给每一个人！只能各人拥有各人的幸福！但是，我仍然坚信，晴儿和小燕子，都有她们的幸福！"

箫剑不在会宾楼，柳青把他一直送出了北京城，他一人一骑，走向了北方，走向了孤独，走向了天边。眼看着层云飞卷，大地苍茫，他越走越孤独，越走越怆恻。他很想策马回头，但是，他知道，除非他策划得万无一失，他再也不能轻举妄动。他的怀里，揣着晴儿写给他的信，那内容他早已可以倒背如流。

晴剑，当你看到这封信的时候，希望你已经远离北京城了！从今以后，你将活在我的记忆里！就像你说的，这是我们生命中最美丽的一段，你不后悔，我比不后悔更多，我充满了对上苍的感恩！终于，我的生命没有白活！为了小燕子和永琪，我们必须牺牲！牺牲，需要勇气和决心，我的勇气，来自你的勇气！所以，请不要用任何鲁莽的行为，破坏了比我们相爱更重要的事……我会照顾小燕子，你放心，时时刻刻，我心与你同在！

晴儿一句"我的勇气，来自你的勇气！所以，请不要用任何鲁莽的行为，破坏了比我们相爱更重要的事……"不断萦回在他的心头。"为了小燕子和永琪，我们必须牺牲"更是他心底的声音。但是……但是……永琪娶了知画，小燕子的处境将如何？晴儿，我们的牺牲，是不是真能换得小燕子的幸福呢？

小燕子怎会幸福呢？一整天，永琪和知画都没有回到景阳宫。晚上，乾清宫大宴宾客，永琪和知画，直接从慈宁宫赴宴。紫薇回家了，小燕子一个人待在景阳宫，第一次体会到"冷宫"的滋味。夜渐渐深了，永琪和知画都没回来，明月、彩霞铺床的铺床，点薰香的点薰香，一面向小燕子报告永琪他们的行踪。"后来，皇上请了晚膳，嫁出宫的格格都回来了，只有紫薇格格没到，说是东儿少爷着凉了，走不开！可是，福大人、福晋、额驸都来了！"小燕子喉咙里堵着一个硬块，鼻子塞塞地问："很热闹是不是？既然是家宴，为什么没有人请我去？难道我不是格格了吗？"

"我听小桂子说，皇上也要格格出席的，但是，老佛爷说，格格才流产，身子不好，也不方便出席！""哼！"小燕子咬了咬嘴唇。

明月看了小燕子一眼："今晚，您就早点睡！天大的事，也留到明天再说！""别再吹箫了！"彩霞接口。

小燕子绕室徘徊，伸头对外面看了一眼。今晚，他当然还要在新房里睡。他们又会在新房里解纽扣，红罗帐里，不知是怎样的情景？她跺跺脚，越想越难过。怎么会弄成这样呢？早知道，不如跟着箫剑一起走！为什么要留在宫里呢？为什么要冒着生命危险，继续当永琪的妻子呢？她自问着。心底，也雷鸣似的响着答案：为了永琪，为了永琪，为了永琪……但是，永琪配吗？永琪也像她一样，在乎着她吗？

小燕子正在愁肠百结，房门一响，永琪快步进房来。小燕子一惊抬头，不敢相信地呆看着他。永琪看了她一眼，就对明月彩霞说：

"你们先出去！等一下再来伺候！"明月、彩霞有意外之喜，两个丫头就匆匆行礼出房去，并且，仔细地关上房门。永琪就一步上前，紧紧地握住小燕子的手。小燕子心里一酸，用力要甩开他，他却死死地紧握不放。她瞪着他，眼眶不争气地湿了，声音哽着："你到我这个不祥的'冷宫'来干什么？我又不会扣纽扣，又不会解纽扣……""可是……"永琪勉强地笑着，"你会'剑刺纽扣'，唰唰唰唰！一排纽扣全部落光光！""你心情很好是不是？很开心是不是？还能讲笑话！"她抽抽鼻子，眼泪在眼眶里打转，她拼命忍着，我不哭，我不哭！永琪笑容一收，深深地盯着她，眼睛里，是无尽的深情。他低声而严肃地说："小燕子……我没有跟她圆房！"小燕子大震："什么？你没有……没有？"永琪摇头，诚实地、认真地说：

"我没有！知画说，她配合我演戏，免得老佛爷起疑心……所以，我们就演戏给桂嬷嬷她们看，事实上，什么事都没发生，我们只是和衣睡了一夜……事实上，我也没睡着，因为……因为……有人吹了一夜的箫，听得我浑身冒冷汗，五脏六腑都绞在一起，痛了我一夜！"

小燕子一眨也不眨地看着他，无法相信，怔怔地说："我不信……我不信……我亲眼看到，桂嬷嬷捧着那条白喜帕……"永琪就伸出左手的食指给小燕子看，只见食指上，刀痕鲜明。"是知画提议这样做……我没经验，一刀划下去，割了好深一个口子，血一直流……你看看！"小燕子捧起那只手，看着，看着，眼泪在眼眶里怎么也待不住，跌落在他的手上。她哽咽地低问："真的？你没有……你居然没有……"他长长叹息，眼光缠着她。

"小燕子，我心里只有你，怎么可能去抱别的姑娘？我躺在那儿就想，皇阿玛实在是个奇人！就这一点，我也输给皇阿玛太多了！"他顿了顿，再说，"这几晚，我大概都得留在新房，免得桂嬷嬷她们疑心，去打小报告，我不会做什么……你，不要胡思乱想好不好？"

她仰望着他，忽然觉得他那张脸，那么漂亮；他那双眼睛，那么明亮；他那个人，那么伟大！他是她的一切，他值得她爱，值得她受苦，值得她深陷在这个皇宫里，值得她离开哥哥，当爹娘的罪人！她想着，眼光也缠着他，说：

"知画居然配合你演戏？她怎么会那么好？我……我……"她心中一热，感激涕零而自叹不如了，"我误会她了，我那么小心眼，简直是用小人的心去想君子的心！"她想想，又担忧起来："但是……你已经娶了她，总不能跟她演一辈子的戏，迟早，你还是要和她圆房的！"

永琪一本正经地说："没有'迟早'！我就和她演一辈子的戏！我想过了，老佛爷认为你的身世不如她，那么，将来如果有册封，你让给她！是我欠她的。至于我这个人，老早就属于了你，她只好让给你！""她肯吗？她愿意一辈子都这样过？""这不是她愿不愿意的问题，是我的问题！"他把她的双手，拉到自己的胸前，"小燕子，我没办法……我的心里，全是你！在那间新房里，我绝对不会比你的日子好过，对我而言，每个时辰，都像一百年那么长！最糟糕的是，你的影子老在我眼前晃，我却得面对另外一个女人！你不能想象我的滋味，那是一种煎熬，一种苦刑呀！再加上你的箫声……你实在厉害，就有本事把我折腾得乱七八糟！如果你再不信任我，还跟我怄气，不爱惜身体……我都不知道自己在干什么！这种日子，我怎么继续下去呢？"

永琪说得那么温柔，字字句句，打进小燕子的内心深处。这一番肺腑之言，她都听进去了，听得泪眼模糊。一个激动之下，就痛悔地低喊：

"我错了！我错了！你打我好了！"她抓起他的手，啪的一声，给了自己一耳光。他慌忙抽手，一把就把她紧紧抱住，抱得那么紧，她不能喘气了。她的手，情不自禁地勾住他的脖子，两人紧紧地、紧紧地依偎着。他的嘴唇，贴在她的耳边，热气吹在她的发际。他在她耳边说："我不能再停留……我必须去那间'新房'……你信我了吗？"

她拼命点头，双手却不舍地勾紧了他。

这样热情奔放的小燕子，让他的心跳加快，好想好想跟她进红罗帐，好想好想跟她共度春宵……但是，不行！多少双眼睛在看着，萧剑也不知道平安没有？想到萧剑，永琪才蓦然醒觉，别让这番牺牲，变成白费才好！他赶紧问：

"萧剑怎样？""应该已经走得很远很远了！老佛爷很守信用，昨晚就放了他！"永琪吐出一口长气来，如释重负。他再看小燕子，许多现实问题，一一浮现。

"还有一件事，那个杀父之仇，你必须彻底忘记！见到皇阿玛，还要和以前一模一样！上次挥鞭子那种事，再也不能发生，要不然，我们的日子会更加难过！为了我，点个头，怎么样？"

小燕子的脸，本来带着无限柔情，听到这话，顿时僵了僵，眼里，闪出了矛盾和痛楚。"答应我！"永琪低声而急促地说，几乎是在恳求她。他这么好，为了他，她什么都可以不要，生命都可以不要！她热烈地看着他，终于点点头。永琪长叹一声，在她的脸颊上飞快地吻一下，推开她，出门去了。再不走，他就舍不得走了！小燕子仍然站在那儿，用手指捂着被吻的脸颊，脸上漾起做梦似的表情。虽然，永琪走向了另一个女人的身边，她心里却涨满了被爱的感觉。回忆起来，她初恋的时期，稚气未除，是糊糊涂涂的。在他的一再表白下，都弄不清自己是他的梦中人。现在，这份感情才真正成熟了，她终于了解，什么叫作"生死相许"，什么叫作"天长地久"。这种爱情，那么炙热而强烈，温馨而酸楚，让她心甘情愿付出一切！在这一刻，杀父之仇也变得很渺小，伟大的，是永琪的爱！

景阳宫自从知画进门，就有了很多的改变，不只小燕子倍感压力，就连宫女太监们也没有好日子过。这天一清早，明月、彩霞、小邓子、小卓子照例在大厅中打扫，有的扫地，有的擦桌子，有的擦摆设，有的掸灰尘，忙得不得了。

珍儿翠儿进房，翠儿看着四人，不满意地说："新房也要打扫哟！谁负责打扫新房？几天了，都没有好好地收拾！"

明月听到"新房"两个字，就为小燕子愤愤不平，没好气地抬头，一瞪眼说："新房？新房不是归你们管吗？我们是'旧房'的宫女，只管'旧房'的事！""是呀！"彩霞跟着接口，"这旧房可比新房多！又有格格房，又有书房，又有大厅，还有客房、厨房、院子……哪有时间管'新房'？你们都在干吗？""我们要管福晋的吃呀，穿呀，戴呀……"珍儿嚷着。"老佛爷把我们从慈宁宫调来，是伺候福晋的，不是清洁打扫的！这景阳宫的奴才不够用，还是怎的？"翠儿嘴巴更凶。彩霞被小燕子宠惯了，哪里受过这个气，背脊一挺："翠儿，你这话就难听了！什么奴才奴才，我们的主子，也没把我们当奴才！"小卓子也愤愤不平，插嘴："就是！主子常常说，只有自己把自己当奴才，才是最没出息的奴才！翠儿，我看你，就是这种人！"翠儿双手一叉腰，往前一冲，气冲冲地喊："你骂我没出息！你是哪根葱？你敢骂我？"小卓子还没说话，桂嬷嬷进门来了，眼睛一扫，大声嚷：

"珍儿翠儿，你们不干活，在这儿吵架？五阿哥和福晋都起床了，洗脸水呢？漱口水呢？早餐准备了吗？"眼光锐利地盯着明月彩霞等人，一凶，"明月，彩霞，等会儿去收拾新房！小邓子，小卓子，这新房里，怎么连一盆鲜花都没有？你们去御花园采一点！福晋喜欢红色的花，那些黄色白色紫色……都免了！"

小邓子见桂嬷嬷盛气凌人，忍无可忍，往前一站说："桂嬷嬷！你搞错了，我们不是福晋的奴才，我们主子没有叫我们去采什么花花草草，你自己去！"桂嬷嬷大怒，上前，举起手就要打小邓子。小邓子跟着小燕子多年，已经练了一点拳脚，一闪身就跳开了。桂嬷嬷用力太猛，打了一个空，就摔了一跤。"哎哟！哎哟……闪了腰了……"桂嬷嬷按着腰，痛得站不起身子。珍儿、翠儿赶紧去扶。小邓子不禁得意起来，笑着说："跟了主子这么多年，功夫也学会了一点点……"小卓子、明月、彩霞全都笑了起来。桂嬷嬷站稳身子，不禁怒不可遏，指着明月、彩霞、小邓子、小卓子四人怒喊："你们给我站住！掌嘴！"说着，就近给了彩霞一巴掌。彩霞来不及闪，被打了一个正着，气坏了，捂着脸喊："你又打我！那天过来布置新房，你也打我！你看我们景阳宫的人好欺负，说打就打，说骂就骂……我跟你这个老太婆拼了！"彩霞就扑到桂嬷嬷身上去。桂嬷嬷尖叫："反了！反了！

珍儿，翠儿！你们站着不动，是要我被人打死吗？"翠儿上去拉彩霞，明月就上去拉翠儿。彩霞和明月只得放开桂嬷嬷，和珍儿翠儿扭打起来。桂嬷嬷乘机脱身，气势凌人地对外大喊："小顺子！小豆子……赶快去慈宁宫叫人，这个景阳宫的奴才，全体造反了！再不教训，就无法无天了……"小邓子挽袖子，怒冲冲大喊：

"你还想搬救兵，我先教训你！"小邓子扑上前去，小卓子见闹得不可开交，急忙拉架："不要呀！小邓子……不可以这样，快住手，快住手……"这样一场大闹，惊动了小燕子、永琪和知画，全部奔进门来，见状大惊。小燕子大喊："住手！统统给我住手！"太监嬷嬷宫女全部起身，这个旗头歪了，那个旗鞋掉了，大家狼狼狈狈站稳，急忙对永琪、知画和小燕子行礼："五阿哥吉祥！格格吉祥！福晋吉祥！"小燕子看到永琪和知画一起从新房出来，心里依旧有几千几万个不是滋味，又见满屋零乱，更气，再看到彩霞脸上的手指印，气上加气，大声地说："明月，彩霞，小邓子，小卓子！你们真没用！又被欺负了是不是？彩霞，脸孔红红的，还有手指印！谁打你了？"彩霞还来不及说话，桂嬷嬷挺身而出："格格！这个景阳宫，规矩实在不太好，奴才们又顶嘴又偷懒，新房都没人收拾！如果传到老佛爷耳朵里，大家的日子就不好过了！奴婢只好帮格格教训她！"小燕子瞪着桂嬷嬷，爆发了：

"景阳宫的规矩不好，轮到你来多事吗？"她指着门口，"你马上去！走走走！去告诉老佛爷，我不许你再进景阳宫！看老佛爷是休了我，还是废了你！"永琪急忙上前，看着小燕子，委婉地说："小燕子，一清早，干吗跟宫女嬷嬷们怄气？忍一忍不好吗？"桂嬷嬷就走到知画身边，委屈地说："福晋！奴婢还是回到慈宁宫去吧！这儿的事，奴婢管不来……"知画看看四周，心中早已了然，她叹了口气，不愠不火地说：

"桂嬷嬷！五阿哥昨晚忙了一夜，看奏折，写计划！到现在早餐还没吃呢！边疆问题，国家大事，黎民百姓，五阿哥样样要管！你们居然在这儿搞一些鸡毛蒜皮的战争？吵得五阿哥不能休息，实在太丢脸了！"说着，就走上前来，对小燕子请了一个安，"姐姐，早！"

听到永琪昨晚在忙"国家大事"，小燕子脸一红，觉得自己也是"鸡毛蒜皮战争"中的一员，不禁汗颜了："哎呀哎呀！别叫我姐姐，叫我小燕子就好了！我和紫薇，结拜了半天，还是叫名字！"就看着永琪问，"边疆怎么了？皇阿玛没放你假？这种时候还要看奏折？"

"皇阿玛存心考我呢！"永琪对小燕子笑笑，解释着，"都是缅甸的问题，缅甸的老国王死了，新国王猛白继位，有些蠢蠢欲动……云贵总督刘藻是个读书人，带兵有问题，缅甸边境的大姑碟、小姑碟……"说到这里，看到小燕子一脸的糊涂，知道这么复杂的事，她一定听不懂，就住口了。小燕子很关心，急忙问："这大姑爹跟小姑爹怎么了？吵架啦？"知画一笑，从容地接口说："大姑碟、小姑碟都是地名，是边境的两座城市！"小燕子脸孔又一红，顿时，充满了挫败感，自言自语："地名？哪有这么奇怪的地名，大姑爹小姑爹？还大婶婆小婶婆呢！"知画再一笑，立刻丢开了这个问题，走上前去，亲自帮彩霞扶正旗头，和颜悦色，几乎是小心翼翼地说：

"彩霞，不要难过，桂嬷嬷脾气急，心眼是好的！都是为了我，口气才那么坏！护主心切嘛！明月，你也别生气，还有小邓子小卓子……大家分什么景阳宫慈宁宫呢？都是一家人嘛！来，到我房里来，我准备了一些小礼物，这两天忙着大宴小宴，一直没时间给你们！"又对桂嬷嬷和珍儿、翠儿招手。"你们也来！我也有礼物给你们哟！从今以后，看我的面子，谁也不许吵架，知道吗？桂嬷嬷，不是我说你，彩霞明月都是小辈嘛，你多宠爱她们一点，少指责她们一点，不就皆大欢喜吗？"

知画说着，一手牵着彩霞，一手牵着桂嬷嬷，就往大厅外走去。明月、小邓子、小卓子还在犹豫，不知是跟着走好，还是不走好。

"怎么？"知画回头一笑，"还在生气啊？总不是跟我生气吧？不拿我的礼物，我会很难过的！"她的笑容，灿烂如阳光。"来来来！都来！"明月、小邓子、小卓子见知画如此放低身段，再也无法坚持了，嘻嘻一笑，跟在她身后去了。转眼间，一屋子的人，都跟着知画走了，大厅里剩下永琪和小燕子。

两人对看着，小燕子就低低地问："昨晚，忙着看奏折？""是！""她也陪着你看奏折？""是！""想必，也和你一起讨论，一起研究吧？"

永琪愣了愣，觉得小燕子的语气中有些酸意，却不能不诚实地回答："是！"

小燕子瞪着他，心想，所以她知道"大姑爹，小姑爹"是什么，自己都不知道！想必，讨论研究之余，端茶奉水裁纸磨墨都是她吧！看奏折的时候，也一定头贴着头，身子靠着身子吧！她想着想着，眼眶一红，一甩手，掉头就出门去了。

剩下永琪，呆呆地站在那儿。他茫然伫立，一脸的无辜和无可奈何。

第
三
十
章

　　这晚，乾隆在慈宁宫举行家宴，太后、小燕子、紫薇、尔康、永琪、知画、晴儿、令妃都在，大家围着圆桌在用晚膳。一幅"家庭和乐图"。桂嬷嬷带着珍儿翠儿和嬷嬷宫女服侍着。宫女们川流不息地上菜、上汤、斟酒。知画不时帮太后搛菜，也不忘帮小燕子搛菜。乾隆看看小燕子，看看知画，见二人似乎相处得还不错，有些意外，感动地说："朕最喜欢这样吃晚饭了！大家和和气气，三代同堂，真是一种幸福呀！""皇帝喜欢这样，咱们可以天天这样！只是，每次要紫薇进宫吃晚饭，她都是推三阻四的……"太后说着，看尔康，"尔康，你舍不得紫薇进宫啊？"

　　"老佛爷说哪儿话！紫薇最近，在宫里比在家里还多呢！"尔康笑着回答。"老佛爷，也不要太勉强紫薇……"令妃帮紫薇解围。"我知道，我知道！做过娘的人，谁不了解这种牵肠挂肚呢？"太后看着紫薇说，"紫薇，怎么不带东儿进宫呢？""本来要带来的，可是，前两天着凉了，有些发烧，今天就不敢带他出门！明后天，一定带来给老佛爷和皇阿玛看！"紫薇笑着说。知画就非常羡慕地说："额驸和紫薇格格的孩子，一定长得好漂亮！我听小燕子姐姐说，东儿好聪明，不到三岁的时候就会认字了！""认字？太夸张了吧？"乾隆惊讶地说。"那也没有什么夸张，爹和娘都聪明嘛！"太后接口，"我在海宁的时候，听陈夫人说，知画两岁就会认字！说不定，知画和永琪的儿子，不到两岁，就会背诗了！"说着，就用别有深意的、充满期待的眼光，瞄了知画和永琪一眼。知画脸一红，急忙低下头去。小燕子脸色难看极了，心里五味杂陈，吃得不是滋味。永琪埋着头吃饭，一语不发。晴儿从头到尾，都默默无言，食不知味。乾隆看看众人，忽然想了起来，说：

"好了，这个知画的喜事，总算闹完了！接下来，应该要忙晴儿了！"他眉头一皱，"奇怪，怎么这些日子，都没看到箫剑？景阳宫办喜事，也没看到他参加！"

乾隆此话一出，大家的神色都变了。这宫里演出一连串的好戏，鸿门宴、捉六人、关密室、讲条件、关箫剑、逐箫剑……乾隆是一概不知。演变到今天，箫剑走了，晴儿不会笑了……景阳宫里，多了一个知画，小燕子也不会笑了……小燕子想着，神色惨淡，瞪着乾隆，冲口而出：

"我哥和这个回忆城八字不合，走了！和晴儿的婚事，也没了！""这是什么意思？"乾隆瞪大了眼睛，吃惊地问。永琪生怕小燕子说出什么不妥的话来，就急忙接口："皇阿玛！本来我也预备这两天向皇阿玛报告的，箫剑经过了仔细的考虑，认为宫中生活，他不能适应！做官也做不来，怕耽误了晴儿的终身，所以，他走了！”晴儿满脸凄惶，低俯着头，放下筷子。乾隆困惑已极，不禁生气地说：

“岂有此理！他在杭州，表演了那么轰轰烈烈的一幕，带着晴儿私奔，闹得尽人皆知！这会儿，朕也答应他的婚事了，他又说不耽误晴儿的终身，哪有这么莫名其妙的事？晴儿！你也同意了？还是不得不同意？这是怎么回事？”

晴儿抬头看着乾隆，强忍着泪，挺直了背脊，凄楚地说：“皇上！是晴儿要他离开的！”“你要他离开……”乾隆不解地问，“为什么？”

“皇上！”晴儿叹息着说，“萧剑那个人，一向云游四海，以天地为家！如果我把他绑在宫里，他会变成一个被感情所困的囚犯！萧剑，他就像一只老鹰，有他的天空和树林！这个皇宫，对他而言，是一个豪华的金丝笼！我不能因为我的自私，让他成为金丝笼里的老鹰呀！所以，我让他飞了，让他飞回他的树林和天空！”

乾隆惊看晴儿，震动中，有些了解了。“那他……也就走了？”“是！”晴儿抬头看看窗外，“天空有更大的力量，他逃不掉这种力量的呼唤，他走了！”乾隆怀疑地环视众人，尔康就急忙笑着说：

“皇阿玛！我知道您代晴儿生气，但是，退一步想，这样也很好！您不知道，萧剑虽然跟我们回北京了，其实痛苦得不得了！如果今天一定要留住他，他迟早会怪晴儿困住了他！所以，他的离开，是福不是祸！”

太后心虚，生怕再扯出其他事故，急于转换话题，就颔首同意说："对！是福不是祸！尔康这话对极了！皇帝，事已至此，你也别追究了！"乾隆注视晴儿，愤愤不平地说："好！让他走！让他飞到他的天空里去！晴儿，朕马上给你找一门好亲事，给你办个盛大的婚礼，让他去后悔！"

晴儿大震，一惊而起，凄然地说："皇上！不要！请让晴儿伺候老佛爷一辈子，我愿意终身不嫁！"乾隆锐利地看晴儿，感慨地说：

"晴儿晴儿，你终身不嫁，也成不了箫剑的天空！你别傻了！"晴儿眼中，蓦然流泪了。小燕子再也忍不住，推开饭碗站起身来，憋着气说：

"我胃痛，我吃不下，何况，这酒这菜，不知道里面放了什么作料，吃得我反胃，我还是少吃为妙……我先走一步！"小燕子掉头就走，太后听她话中有话，大怒，大声喊："小燕子，你也想飞到你的天空和树林里去吗？回来！"小燕子站住了，回头看太后，痛楚地说："老佛爷，您已经称心如意了，一个个目的都达到了，何必还要逼我呢？如果我能飞，我也飞了！"一句话说尽小燕子的心事和委屈，永琪听了，最是感触，起身说："皇阿玛！小燕子身体还没复原，胃口也不好……让她去休息吧！"紫薇急忙站起身来，说："我陪她回景阳宫！皇阿玛，老佛爷，我也先走了！"

知画跟着站起来，说："还是让我送姐姐回去吧！"乾隆大为扫兴，带着困惑和不满，看着这群儿女："怎么回事？一个个都要走？"正在这时，小邓子急急走进，甩袖行礼，急促地说："皇上吉祥，老佛爷吉祥！"就转向尔康和紫薇，"额驸大人，紫薇格格！学士府派人来，要你们赶紧回家！说是东儿发高烧，浑身抽搐，病得很严重……"众人大惊。紫薇和尔康双双变色了。"东儿！"紫薇痛喊一声，她什么都顾不得，连行礼告辞都忘了，东儿，东儿！她转身就往门外冲去。"皇阿玛！老佛爷，我们告退了！"尔康急喊，跟着紫薇冲出房。室内众人，全被惊呆了。令妃最冷静，急忙喊："小邓子，传太医！让所有太医，都跟尔康一起去学士府！如果不是事态严重，福大人不会惊动宫里！""对！把握时间！"乾隆这才醒悟，跟着喊，"来人呀！传太医！尤其是胡太医，他医术高明！""喳！"一群太监答应着，飞奔出房去。

确实，东儿病得很重，学士府一团忙乱。

东儿躺在床上，昏睡着。李大夫坐在床前，满头大汗地在把脉。李大夫也是北京的名医，东儿从小就是他在照顾。福晋和福伦，焦灼地站在旁边，目不转睛地看着李大夫和孩子。丫头奶娘围绕，不住用冷帕子盖在东儿头上。福伦心惊胆战地问：

"李大夫，到底情况怎样？你前天诊断，不是说只是着凉吗？"李大夫把完脉，诊视完毕，慌张地站起身来："福大人！对不起，可能……前几天的诊断有误，那时，病还没发出来，只有一些轻微的发烧……现在，看这样子，大概……大概……""大概什么？"福伦着急地大声问。"福大人，您另请高明吧！小少爷的病，我没办法了！"李大夫惶恐地说，转身就想走。"什么没办法？李大夫，你不能走！这孩子是我们的命呀！"福晋喊。"不行不行！我的医术不够……我……我告退了！"

李大夫慌张地说，急于脱身，往门口逃去，福伦大震，一把抓住他的手腕："你告退？你怎么能告退？你是他的大夫呀！你不许走！你得给他治……"这时，尔康和紫薇带着四个太医，飞奔进房。尔康喊着："太医来了！太医来了！额娘……东儿怎样了？"

紫薇就扑在床前，看着昏迷不醒的东儿，痛喊着：

"东儿！东儿……你怎么了？你醒来！快醒来……"看到平时活泼的东儿，现在脸色惨白，气若游丝，紫薇害怕极了，声音颤抖着，"东儿！睁开眼睛看看娘……怎么会这样子？"她一把抱起东儿，亲着，唤着："东儿……额娘在这儿，额娘抱着你，你快睁开眼睛啊……"

胡太医急忙趋前，着急地喊："格格，快把少爷放在床上，别摇他，让我诊治！"尔康看了东儿一眼，见东儿这样，吓得魂飞魄散了，急急抱过孩子，放上了床。

"紫薇，你冷静一下，赶快让太医们诊治！"尔康就拉着紫薇起身，把位子让给四位太医。太医们围了过去，仔细诊断。紫薇转身，扑进福晋的怀里，自怨自艾地说：

"额娘！都是我不好，这些天，因为小燕子太伤心了，我天天往宫里跑，都没有好好照顾东儿，才让他着凉！我这个娘，是怎么当的！"说着说着，就哭了。福晋拍着紫薇的肩，也自责地说："不是你！是我不好！那天，我带他在花园里玩，下雨了，他淋了雨，晚上就发烧了！是我没照顾好我的孙子啊！"婆媳二人，就抱在一起掉泪。尔康着急地喊："你们不要这样好不好？东儿只是着凉，不会有大事，你们这样哭，倒好像他真的有事似的！"紫薇一听，赶快擦眼泪，忍住泪，拼命说："我不哭不哭不哭……东儿没事，哪个孩子不生病，明天就好了，他没事没事没事没事……一定没事……我不哭不哭……"福晋也赶紧拭泪，握住紫薇的手，颤巍巍地说："我们不要自己吓自己！胡太医来了，孟太医也来了！东儿福气大，有皇上的洪福罩着，有福家祖宗的保佑，不会有事的，啊？"李大夫趁乱，提着药箱想溜走，尔康一把抓住了他："你不要走！这几天，都是你在诊治东儿……是怎么个情形，你告诉太医们！我也不怪你从头就误诊，但是，你给东儿吃的是些什么药，你总得说明白！"几个太医翻开东儿的衣领，又察看东儿的肚子、背部。然后，太医们一脸惊吓，彼此对看。胡太医就起身，对李大夫说："你已经有了结论，是不是？"他转头看尔康，严重地说："额驸大人，福大人，你们都出去等一等，让我跟李大夫一起会诊，再跟你们报告！"

尔康看到几个太医的神色都不对，心一沉，抬头坚定地说："我不出去等，我守在这儿！这是我的儿子，我要知道他的情况！""我也是！我也不出去！"紫薇哀恳地喊，"胡太医，他没有危险，是不是？"

几个太医纷纷起身，跟胡太医点头，表示诊治已有结论。"胡太医！你就直说吧！孩子是什么病？能治还是不能治？"福伦嚷着。"大家先不要急，病势虽然凶险，也不是不治之症！"胡太医看着福伦，"小少爷身上，已经开始出痘了，依我们看，是天花！"满屋子的人，全部大惊失色。屋里的丫头和用人，顿时你推我挤，跑了一半。

"天花！不是着凉，是天花！"紫薇抽了一口冷气，虽然知道这病凶险万分，却忽然坚定起来，一种母性的本能，和母性的勇敢，全部集中在她身上，她抬头看着胡太医，"没关系，我守他！要怎么照顾，你告诉我！"

"格格，你害过天花吗？如果你没害过，你不能接近这个孩子！"胡太医说。"我不知道我有没有害过，我娘没告诉我，说不定小时候害过了！但是，不管我有没有害过，我不会离开我的儿子！在他好起来之前，我一步都不会离开！"

尔康往前一站："我跟你一起照顾他，我也不会离开！""可是……"福晋惊喊，"尔康，你没有害过天花，你会被传染的！出去，你快出去！"

福晋就去拉尔康："我在这儿，奶娘在这儿，还有紫薇守着，你出去！"尔康挣脱了福晋，坚定地嚷着："要传染，我早就被传染了！别拉我！你们都出去，让我和紫薇来！这是我们的儿子，我们要一起面对……"

福伦冷静下来，看胡太医："胡太医，你肯定吗？""我想没错了！"胡太医急忙吩咐，"赶快把家里消毒，最好让家里害过的人，过来照顾！这事不能大意，我们满人，对这个病没有抵抗力，不像汉人！我会写一个单子，该怎么照顾，会写得清清楚楚！走！我们出去开方吧！福大人，这事我不能瞒皇上，恐怕学士府要隔绝一阵子！贵府上的人，一月之内，别再进宫了！"

胡太医带着几个太医出门去开方，福伦跟着去了。

奶娘急忙往前一步说："额驸，格格，我来伺候小少爷，我小时候出过天花！""好！你留下！还有谁出过？"紫薇这时，已经平静下来。"还有我！"丫头秀珠挺身而出。

紫薇挽起袖子，在水盆中拧帕子，细心地给东儿擦拭。"奶娘，秀珠，你们来帮忙！"她看着东儿说，"东儿，不怕！额娘在这儿，我守着你，陪着你……请你争气一点，熬过去，挺过去……"尔康想过去帮忙，福晋急促地上前，死命地拉着他，哀求地说："尔康！你不要感情用事，你给我出去！这个病，越小的孩子害，越容易好！到了你这个年纪，害了就麻烦了！顺治爷是怎么走的，你不知道吗？"紫薇站起身子，这时，她的脆弱都不见了，像一个勇敢的斗士，她看着尔康说："尔康！你听额娘的话，不要让我操心两个！你出去，你放心，东儿有我！我会非常细心地照顾他，一定让他活得好好的！"尔康看着紫薇，一急，往前大步一迈，义正词严地说：

"额娘！你看看紫薇！她细皮白肉，浑身一点痘疤都没有，她怎么会害过天花？她只是下定决心，要守着东儿而已！如果她被传染了，谁来照顾她？她这样不顾一切地守着东儿，我怎么可能置身事外？不要拉我，也不要劝我！我的儿子和我的妻子，在这间房间里抵抗死神！我，无论如何，都要跟他们在一起！倒是额娘和阿玛，你们也没害过天花，你们千万不要再进来！"

尔康说着，就把福晋一路推出门去。福晋无可奈何，一路嚷着："尔康……紫薇……那你们要小心，我去看胡太医的方子和注意事项，再来跟你们说……"

"有奶娘和秀珠在这儿就够了！其他的人，都不要进来，少一个传染的机会就好一个！额娘，为了让我们安心救东儿，你不可以再来！"尔康喊着，言辞恳切坚决，福晋怔着，被推出门外去了。

尔康走到床前来，挽起袖子，开始绞帕子。紫薇抬眼看着他，眼里满是震撼和感动。

尔康鼓励地看她，郑重地点了点头。

"我们要镇静一点，我有信心，东儿会渡过难关的！"

紫薇拼命点头。

两人就一边一个，守着东儿。

东儿染上了天花！这事传进宫里，整个皇宫都震动了。满人最怕的疾病，就是天花。自从清朝进关以来，已经有许多阿哥死于天花，顺治皇帝也因天花而驾崩，大家闻天花而变色。所以，消息传来，皇宫就陷进一片忙乱里，所有太监宫女嬷嬷都出动了，大家提着盛满石灰水的木桶，到处喷洒，墙上、门上、窗子、台阶、亭子、楼台、大殿……处处都是忙碌的人群。

太后扶着晴儿的手，看着满屋子忙碌的人，心惊胆战地嚷：

"天花？居然是天花！那还得了？这两天，紫薇不是一直在宫里出出进进吗？还在景阳宫过夜，跟小燕子一起睡，那……这个病有没有带进宫呢？宫里，又是小阿哥，又是小格格，如果传染了，那可怎么办？"

晴儿赶紧说："老佛爷不要慌张，一大早，令妃娘娘就下令，整个宫里都在消毒！胡太医配的消毒水，所有太监宫女都出动了，到处在洒！景阳宫是第一个据点，每个房间都洒了！皇上问老佛爷，要不要带着娘娘们，去避暑山庄避一避？"

"皇帝自己呢？"太后着急地问，"他一定不肯走！上次流行的时候，他也不肯走！再说……这避痘要避到哪儿去呢？没有一个地方是安全的！"说着，就振作了一下，"皇帝不避，我也不避，我得守在宫里，给大家做个榜样！还有这么多宫女太监，咱们一跑，人人都跑了！"想着，就着急地一昂头："咱们先去景阳宫瞧瞧！"

晴儿扶着太后，来到了景阳宫。景阳宫也是一团忙乱，桂嬷嬷正带着众宫女、太监、嬷嬷也在拼命消毒。桂嬷嬷指挥若定，监督着大家，嚷着："不管是缝缝里，角落里，花瓶里，古董架……统统不能放过！这个出花儿，是要命的事，大家不是干活，是救命呢！麻利一点呀……"外面传来太监大声的通报："老佛爷驾到！晴格格到！"小燕子、知画、永琪听到喊声，都从房里奔进大厅。太后扶着晴儿，两人匆匆走进。一屋子的人，赶紧请安的请安，行礼的行礼。"老佛爷吉祥！晴格格吉祥！""别请安了！赶快消毒吧！"太后挥挥手。

知画急忙上前，关心地看着太后，说：

"老佛爷！我正想去慈宁宫请安呢！您一定吓坏了！慈宁宫消毒了吗？要不要我去帮忙？那个餐厅……恐怕要特别消毒一下！餐具收起来，别再用了！""是呀！"太后一惊，想了起来，"紫薇昨晚还一起吃饭呢！晴儿，你记着，那副餐具就毁了吧！""有那么严重吗？"晴儿问，那套餐具，是景德镇进贡的细瓷。"有有有！"太后拼命点头，"这天花比任何瘟疫都厉害！十几年前，在京里大流行那一次，死了几千人，那时你还小，我记得，尸体堆在北门外，火化都来不及！"小燕子听到这儿，就忍不住气呼呼接口："那么，我们这个景阳宫，干脆把家具门窗全部拆了烧掉，碗碗盘盘，杯子碟子，花盆水盆……一样都不能留！"太后瞪着小燕子，看到她这样不知轻重，气不打一处来，有力地说：

"你说得不错！紫薇每晚跟你睡一起，那个帐子棉被衣裳……最好都烧掉！你自己，从头发到脚趾，也好好地清理清理！"就掉头看永琪，命令地说，"永琪！这个月，你就不要再进小燕子的房间！反正有知画照顾着！"

永琪大惊，怎能用这个理由，不进小燕子的房间？小燕子震动极了，知道太后存心要找理由不让永琪亲近她，脸色惨变。知画不知如何是好，看看太后，看看永琪，不敢说话。永琪就往前一步，笑着说：

"老佛爷过虑了！害天花的是东儿，也不是紫薇！整个学士府那么多人，也只有一个东儿生病，连尔康都没事！孩子的抵抗力弱，大人的抵抗力强。何况，景阳宫已经彻底消毒了……如果这个也怕，那个也怕，日子还怎么过？"

晴儿也接口："依晴儿看，桂嬷嬷很能干，消毒得非常仔细！等会儿，我留下来帮忙，再带着明月、彩霞，把小燕子的房间和衣物，都彻底消毒一下！""晴儿！你也避一避！整天跟着我，难道还想把这病，带到慈宁宫去吗？"太后掉头看知画，不解地挑起眉梢，"怎么？知画不想服侍五阿哥吗？"知画有苦说不出，急忙应着："老佛爷说哪儿话！我……我……"她看了永琪一眼，眼神中不由自主地透着幽怨，声音低了下去，"我……只怕服侍得不好，人家不喜欢……"太后锐利地看了三人一眼，心里有些明白了，命令地说："永琪！你是皇室的根儿，太宝贵了，不能有任何闪失！知画，你好好服侍！听到了吗？""知画谨遵老佛爷吩咐！"知画屈膝，顺从地说。太后转身，看了桂嬷嬷一眼，桂嬷嬷会意，点头。"晴儿！我们再去乾清宫、延禧宫……到处走一遍！走吧！"

"是！"晴儿临走，还给了小燕子安慰的一瞥。太后和晴儿走了，小燕子气呼呼地一甩手，冲出了大厅，进房去了。永琪看到她这副样子，身不由己，就追了过去。到了卧房，永琪一眼看到，小燕子正在收拾行李，床上摊开一条包袱皮，她手忙脚乱地，把许多衣服，杂乱地堆进包袱皮里。"你干什么？"永琪问。"你已经有人服侍了，我这个不会服侍的人，该走路了！"小燕子嚷着，拿起箫剑留下的那支箫，放在衣物最上面。"你又想出走？"他劈手就夺去了那支箫，"我不会让你出门的！外面正在流行天花，你还是待在宫里比较好！""我待在宫里干什么？前一阵，是为了救我哥，我才会忍受这些窝囊气！现在，我哥走了，我也可以走了！""哦？"他不禁受伤了，盯着她，"你哥已经脱险，我的利用价值就完了？你要我做任何事，我都做了！现在你说走就走，不管我了，你不觉得你很残忍吗？"

"我怎么管你？"她瞪着他，嚷着，"我这间屋子里，全都是天花病毒，我浑身上下，也都是病毒，你是皇室的根儿，太宝贵了，如果有闪失怎么办？"说着，跳起身子去抢那支箫，"把箫还给我！我去学士府陪紫薇，紫薇一定需要我！"

"你也不能去学士府，那儿有胡太医守着，有许多家丁丫头服侍着，不缺你一个！你去了他们更乱！老佛爷有句话是说对了，不能把天花传播到各处去！"小燕子一听，老佛爷的话对了，大受刺激，跺脚大喊："那你还在我身边干什么？老佛爷的话你没听见吗？这个房间不能进！我的身边不能碰，我从头发到脚趾，都是不干净的……"小燕子话没说完，永琪把她一把抱住："好好好！你不干净！你把所有的病毒都传染给我，要害天花，大家一起害！"

他说完，就一俯头，炙热地吻住了她。她一惊，想挣扎，但是，他的胳臂那么有力，她怎么挣扎得掉？她还想说话，但是，他的唇堵着她的，她还怎么说话？她不动了，被动地站着，然后，手臂一勾，勾住了他的脖子，融化在他的热情里。

窗外，知画带着桂嬷嬷，震动地看着这一幕。

东儿病倒，金琐几乎立刻奔到学士府，她要伺候紫薇，照顾东儿。但是，她已经是两个孩子的娘，小的一个才满周岁。那个会宾楼，又是市中心的地区，平常人客众多，紫薇怎么允许让金琐涉险，万一传染给她的两个孩子怎么办？更不能让这个病传染到整个市区去，立刻就义正词严地把金琐赶回去了。柳青知道紫薇都是对的，夫妇二人，除了着急以外，只能大力提倡消毒运动，带着许多伙计，不只消毒会宾楼，把市区的街道，也一一洒上石灰水，还挨家挨户，教导消毒的办法。

几天过了，东儿的病，却越来越沉重，这天，已经陷进昏睡的状态，嘴里喃喃呼唤着额娘、奶奶，脸上开始冒出了红疹。紫薇和尔康都熬了几天，衣不解带。福伦和福晋，虽然不能进病房，仍然在大厅里照顾一切，和太医研究病情。整个学士府，又要消毒，又要照顾病人，个个都筋疲力尽。

"娘……娘……额娘……奶奶……"东儿意识不清地喊着。

紫薇和尔康立刻扑了过去，紫薇一迭连声地说：

"娘在这儿，东儿，哪里不舒服？东儿……东儿……"见东儿不应，急摸东儿的头，抬眼看尔康，"烧得像火一样，怎么办？那个冷帕子，好像一点用都没有！如果烧不退下去，会不会烧坏脑子呢？"

尔康拼命绞着冷帕子，不断地送了过来，去取代东儿头上的帕子。

"胡太医说，这个发烧，只能靠东儿的生命力来挺过去！不过，胡太医已经配了最好的药，宫里的药材都拿来了，吃了可能会好些！至于发烧，主要是病没好，我们给他不断换帕子，总可以让他舒服一点！"

奶娘和丫头秀珠，在一边帮忙。秀珠不断提了干净的开水进来，把脸盆里的脏水换掉。秀珠叮咛着："额驸，格格！又该洗手了！胡太医说，你们要不断地洗手，免得传染啊！还有被单！奶娘，我们先把被单换掉，拿去煮，干净的在这儿！"紫薇就抱起东儿，奶娘和秀珠赶紧换床单，换棉被，换枕巾……把一切可以换的，全部撤换，抱出去煮的煮，烧的烧。

紫薇抱着东儿，对尔康急急地说："你快去洗手！我等会儿再洗！""洗了，马上又会弄脏，这样洗手有用吗？""不管有用没用，你去洗就是了！"紫薇着急地说。

尔康赶紧去洗手。床单换好，奶娘说："现在要把小少爷的衣服全部换掉！"奶娘和紫薇就手脚麻利地给东儿换衣服。东儿断断续续地哭着，呻吟着。脏衣服全部丢进了木桶里，秀珠提着木桶出去。门外，福晋急急地捧着熬好的药碗过来。"药来了！

药熬好了！"福晋伸头进来喊，"紫薇！胡太医亲手熬的药，他说，无论如何，要想办法喂进去！"尔康一眼看到福晋，着急地跺脚："额娘！你让别人送进来，你不要过来！传染了怎么办？"奶娘接过药碗。福晋急忙后退，含泪说：

"是是是！我这就去洗手，去消毒！"奶娘捧着熬好的药到床前来，说："格格，你把小少爷抱起来一下，我来喂！"紫薇抱起孩子，奶娘就喂药。一汤匙的药汁，吹冷了，送到东儿的唇边。东儿哭着，挣扎着，就是不肯吃药。紫薇着急，哀求地说："东儿！吃药呀！你不吃药怎么会好呢？张开嘴巴，我求求你了！东儿……张开嘴，张开……"尔康伏在旁边看，不由自主，嘴巴张得好大。东儿那张嘴，还是闭得紧紧的。"不行！我们用灌的！一定要他吃下去，能吃多少是多少！"尔康说，就捏住东儿的鼻子和面颊，强迫东儿张嘴，对奶娘急急地说："快！灌进去！不要太多，一点一点地灌！"紫薇目不转睛，心痛已极地看着。东儿挣扎着，哭着，勉勉强强地灌进一些药。"灌进去了！再来……再来……"尔康喊着。奶娘又准备了一匙药汁，再灌。只见东儿身子挺直，手脚乱动，"噗"的一声，药汁喷了出来，喷到尔康一身，接着，东儿就痛苦地呕吐起来。紫薇喊：

"都吐出来了！怎么办？怎么办？不要再灌了……他咽不下去呀！"紫薇抱起东儿，放在肩上，不住拍孩子的背脊。东儿在她肩上哭着，喘着，咳着。紫薇的心，随着孩子的哭声和咳声，痉挛绞痛着。有什么力量可以减轻孩子的痛苦呢？她愿意付出任何任何代价，只要东儿痊愈！尔康从奶娘手里接过药碗，坚决地说："紫薇，抱过来，我们继续努力！再灌一次！这药，他非吃不可呀！我们要救他的命，是不是？抱过来！"紫薇点头，抱过去，坐在床沿。"你捏着他的嘴巴，我喂！"紫薇捏住了东儿的嘴巴，尔康就非常细心地、一点一点地把药汁喂进东儿嘴里。奶娘在一边紧张地看。好不容易喂了一匙，尔康额上已冒出汗珠。"他吃进去了！他没吐……"紫薇小声地说，好像说得大声，就会冒犯了那个照顾着东儿的神明。"额驸，您真有办法，他吃了整整一匙啊！"奶娘欣喜地说。尔康虔诚地看着东儿，在这一刻，他才体会出他对东儿的热爱。

"是！他在战斗！他正用他的小生命，在和这个病打仗！"尔康凝视东儿，低低地对他说，"东儿，勇敢一点，你的生命，来自于爱！在人间，你比很多孩子都幸运，因为你拥有最多的爱，为了这些爱你的人，你不要放弃！来！我们要吃第二匙了！"

紫薇看看孩子，看看尔康，带着一种崭新的感动，体会着尔康对东儿的爱。以前，她总觉得尔康对孩子没什么耐心，现在，才明白，那份父子天性，是深深铭刻在尔康的生命里的。是的，东儿的生命，来自于爱，他怎么可以放弃那么多的爱呢？

大厅里，福伦、福晋带着四个太医，几个女仆，忙忙碌碌地熬药。几个家丁，不住用石灰水在各处泼洒。干净的开水，不断提进房来。众人轮流洗手，脏帕子全部丢进大木桶，再由家丁提出去煮沸。福伦看着胡太医，着急地问：

"孩子的烧一直没退，到底要熬到什么时候，才知道他脱离了危险？"

"现在，疹子才刚刚发出来，还只是初期，算是皮疹。"胡太医解释着病情，"然后会变成斑疹，那时，烧会慢慢退下去，斑疹会变成水泡疹，等到水泡疹化脓的时候，热度又会上来，是最危险的时候！如果能够平安地度过化脓时期，等到疹子结疤脱落，病也就好了！从现在到疹子结疤，每个过程都是逃不掉的！大概还要十四五天的时间，这十四五天，每天都很危险！"

"十四五天！"福晋惊呼，这十四五天怎么熬呀？

"有的人身体好，十二三天就好的，也有！"

"这么说，熬过一天，就度过一天的危险期，是不是这样？"福晋问。

"可以说是这样！"

"我去烧香去！"福晋回头就走。

"你去哪里？"福伦问。

"我去观音庙！"

"你还没弄清楚吗？我们这座学士府，已经划为疫区，学士府的人，都不许出门！"福伦说。"福大人，福晋……实在没办法，宫里谈天花就变色，人人自危，别说你们出不去，连我们几个太医，在一个月之内，都不能回宫了！"胡太医说。"可不是！连宫里的人，也奉命不能出宫！傅云暂时取代了额驸，带着御林军，守在宫门口，不许任何人出去，怕带病菌回来！"孟太医接口。

"你们都知道，当初七阿哥，就是这个病夭折的……"崔太医再接口。胡太医咳了一声，太医们赶紧住口。福伦、福晋听得更加胆战心惊。就在这时，秀珠突然大喊着奔进门来：

"不好了！太医！太医……小少爷又抽搐了，身子都直了，脸色也青了……"

　　四个太医跳起身子，往东儿的病房冲去。福伦、福晋大震，再也顾不得传染不传染，也跟着冲了进去。大家冲进房，就看到紫薇面无人色地抱着东儿，绕室疾走。东儿在她的怀里，剧烈地抽搐着，小小的身子，一挺一挺的，紫薇语无伦次地痛喊着：

　　"老天！饶了东儿吧！停止停止，不要抽搐了！停止停止……这样抽下去，他怎么活？东儿东儿……"尔康追在紫薇身后，急切地喊："把他给我！让我来抱……你不要这样走来走去，会颠着他，等会儿又吐了！紫薇……你冷静一下……让我来抱……"紫薇充耳不闻，急急地走着，神情陷进昏乱里。她的声音，惶急颤抖：

　　"东儿，为什么是你呢？为什么偏偏是你呢？让我病，让我死，东儿，我愿意代你受苦呀！老天啊，孩子那么小，他怎么受得了这么多的痛苦呢？你怎么不饶了他呢？东儿东儿啊……"

　　胡太医疾呼："把孩子放在床上，我来看！"紫薇抱着孩子不放，好像她一放手，东儿就会消失似的。尔康把她拉到床前，几乎是从她手中，抢过了孩子，放上床。几个太医，全部围了过去。福伦和福晋，也伸头去看。紫薇挺立在房里，头发凌乱，神情憔悴如死，瞪着虚空，发誓一般说：

　　"如果东儿死了，我也不会活着！"尔康大震，扑了过来，抓住紫薇的双臂，摇了摇，有力地说：

　　"紫薇！东儿还在作战，你不要先倒下！勇敢一点，我们的东儿没有那么容易死！我们共同面对过好多苦难，每一次都度过了！这次，我们还会度过的……你看！最好的大夫在这儿，我们不要放弃希望，听到没有？"

　　紫薇已经几天几夜不眠不休，精神也在紧绷的情况下，这时，她崩溃了，哭着：

　　"是我……是我……是我害了东儿……""你的毛病就在这里，每次出了危机，你都要怪在自己身上！"尔康责备地说，"东儿生病，是传染的，跟你没有关系！你停止自责吧！"紫薇眼睛直直的，中邪一般地说："那天，我说，我们的幸福太多了……老天听到了，他要收回我们的幸福……他要从我身边带走东儿……""胡说！老天不会那么残忍……你想到哪里去了？千万不要这样想，不要让我在担心东儿的时候，还要担心你！"尔康也快崩溃了。太医和福伦福晋，都围在床前，看着东儿。东儿的抽搐，越来越厉害，胡太医急喊：

　　"给我一条干净的帕子……快快快……"秀珠、奶娘、福晋都递了帕子过去。胡太医抢过帕子，就塞进东儿的嘴里，解释地说：

　　"不能让他咬到舌头！"紫薇尔康都冲回床前，心惊胆战地看着。"冷帕子！冷帕子……"胡太医喊。奶娘绞了帕子，递过去。帕子盖上了东儿的额头，胡太医紧张地喊着：

　　"你们喊他！跟他说话！"

　　胡太医压住东儿的身子，东儿满脸疹子，嘴里塞着手巾，额上盖着帕子，身子颤抖抽搐，喉中急喘着，脸色越来越白，眼看就要咽气的样子。尔康、福晋、福伦都吓傻了，大家拼命喊着。

　　"东儿！东儿！东儿！"紫薇看到这样，泪不可止，哀求地喊："东儿，不要死！娘要你，你是我的命……东儿！求求你……不要死，不要死……我爱你，我要你，我不能失去你呀！

不要死……"尔康泪盈于睫，伸手握住了东儿露在被外的小手。忽然间，他心中狂跳，觉得那只小手也握住了他的手。他几乎不能呼吸了，屏息地大喊："他握住了我的手！紫薇！你看你看！东儿知道我在这儿，他握住了我的手！他听到我们在叫他呀……"紫薇就扑在床边，急切地抓住了东儿的另一只手："东儿！娘在这儿，娘一直守着你，这是娘的手，娘也握着你，你感觉到了吗？"东儿感觉到了，他确实感觉到了，他的另一只手，也握住了紫薇的手。紫薇惊喜莫名，喘息地低语："他握住我了！"她感激涕零地疾呼，"太医太医！你们看，他不抽筋了！他安静下来了！你快看……"

几个太医低头检视，一片"阿弥陀佛"声。胡太医松了一口气，说："他闯过了一关……他度过了一次危机……他平静下来了！""闯过一关是一关，希望不会再发作，我吓死了！"福晋拼命拭泪。

胡太医抽出东儿嘴中的帕子，抬眼看着众人。"他睡着了！让他睡！别吵醒他！睡醒了再给他喝点汤，吃药！现在，该离开房间的人，快点离开，去浑身冲洗换掉衣服……快去！"

胡太医起身，福晋、福伦这才惊魂未定地看着紫薇和尔康。福伦叮咛："尔康，紫薇，你们也赶快去洗洗手，换件衣服！再来照顾！""就是就是！"福晋跟着说，"孩子睡了，你们两个也要轮班休息，还有十几天要熬呢！不要把自己累垮了！干净衣服已经拿来了，放在那儿！"几个太医，不住地催着福伦和福晋："福大人，福晋！赶快出去！咱们都没害过天花，不能不小心！为了小少爷，也要小心！"福伦、福晋就在太医的拉拉扯扯下，一步一回头地出门去了。大家都出门去，尔康和紫薇，仍然一边一个，握着东儿的小手，谁也舍不得放开那小手。两人对看，都在对方眼中，看到那份死里逃生的感恩，与强烈的父爱和母爱。紫薇悬吊着的心，这时才归位，昏乱的神志，也才清醒，她低低地说："这只小手……好像是我的整个天地，我不舍得放手，不舍得离开！""我也是！"尔康深有同感，别有体验地说，"原来我们的幸福，已经被这双小手，牢牢地握住了！他是幸福的中心，一边是你，一边是我！"两人看看熟睡的东儿，再彼此深深刻刻地对视着，千言万语，尽在不言中了。

第
三
十
一
章

　　学士府忙得人仰马翻，紫薇和尔康都陷在水深火热里，小燕子帮不上忙，急得像热锅上的蚂蚁。这天，她再也熬不住了，换了一身民间服装，梳着普通的头，带着小邓子、小卓子大步走到宫门口。侍卫赶紧一拦，行礼如仪：

　　"还珠格格吉祥！""别行礼了，赶快让开！我有重要的事，要出去一下！"小燕子说。"回格格，北京在闹天花，皇上有令，任何人都不能出去！""可是……我要去看紫薇格格呀！她现在一定好惨，我有事，她都守在我旁边，她有事，我怎么能不去呢？我要去帮忙！""回格格，学士府尤其不能去！那儿已经隔离了，里面的人，也不能出来！连额驸和福大人，现在都不上朝了！格格还是回去吧！""大家都不能进出，宫里吃的喝的从哪儿来？"

　　"宫里有自备的菜园，这些天，都吃自己养的鸡鸭，自己园里种的蔬菜，连猪肉，怕不干净，好多天都没吃了！"小燕子急得跺脚："以前我住在大杂院，小虎子就出过天花，好几个孩子一起发，我也没有染上，哪有那么容易就传染？太小题大做了！这不是等于在坐牢吗？"

小邓子和小卓子赶紧去拉小燕子，一人一句地劝着："回去吧！我跟格格说不能出宫，格格还不信！真的不能出去，谁都不能出去！""五阿哥说，四位太医都留在学士府照顾东儿少爷，格格放心吧！""那……东儿现在怎样？已经病了快十天了，也没有人来报信！万一有个什么事，紫薇会哭死的……"她越想越怕，"万一紫薇被传染呢？万一尔康也被传染呢……"小邓子赶紧双手合十，向天祈祷：

"天灵灵，地灵灵，保佑东儿少爷长命百岁！玉皇大帝，王母娘娘，观音菩萨，齐天大圣，猪八戒，释迦牟尼，天上所有救苦救难大菩萨……请保佑紫薇格格，保佑额驸，保佑学士府人人平安！"

小燕子这才惊觉自己又说了不吉利的话，赶紧跟着双手合十，对老天说："天灵灵，地灵灵，天上所有的菩萨，你们听小邓子的，千万别听我的！""走吧！格格！"两个太监拉着小燕子。

小燕子一肚子的气，无可奈何地往回走。

景阳宫里，永琪不知道小燕子去了哪儿，不愿进新房，就躲在书房练字。写着写着，知画怯生生地、慢吞吞地走了进来。永琪看到她，本能地就想避开，放下笔起身。知画看他起身了，而桌上笔墨纸张俱全，就坐到他的位子上，提起笔来，写了一副对子："立身以至诚为本，读书以明理为先"。永琪看到她写字，身不由己地站住了，伸头看着她写。等到她写完，他情不自禁拿起对联细看，不看还好，一看就佩服起来，心悦诚服地说：

"知画，你的字，是怎么练出来的？上次看你写柳字，这次看你写赵字，都写得这么传神，你几岁开始练字的？""五岁就开始练字了，写得不好，你不要夸我了，我会当真的！"知画微笑着说，笑容里带着点儿苍凉。

永琪放下了字，注视知画，心里，忽然浮起一股深深的歉意。这个知画，长得如花似玉，书念得比一般学子还多，家学渊源，才华盖世……嫁给了他，天天当有名无实的"福晋"，实在太可惜了！

"难道你以为我说假话吗？我真的佩服啊！"他由衷地说，歉然地一叹，"唉！知画，对于你的为人处世，对于你的忍让和包容，我真的佩服，也充满了抱歉。跟着我，实在让你受委屈了！"

知画的笑容一收，抬眼看着他，眼神幽幽的，眸子清清亮亮。她一语不发，忽然间，就用手捂着脸哭了。永琪一惊，顿时手足无措。

"怎么了？我说错什么话了？"

"没有没有……是我失态了！"知画狼狈地说，"我只是……一时之间，有些悲从中来……你不要理我，我平静一下就会好！我……我……"她越想越难过，泪不可止，急切中，发现手帕又不知放在哪儿了，就用衣袖擦泪。"我觉得自己很不争气，想到爹和娘，教我念书、写字、作诗、下棋、弹琴……几乎应该学的，全都教了，我也很认真地学，可是，有什么用呢？就因为我有点儿小才华，才会被老佛爷选进宫……这对我，也不知道是福是祸？现在，想再见娘一面都好难！好多话，我很想跟娘说呀！我不能跟你说，不能跟老佛爷说，只能跟我娘说呀……"

　　知画一边说，眼泪一边掉，永琪瞪着她，知道她所有的委屈，都是自己造成，就更加歉疚，充满了犯罪感，也充满了同情："原来你在想娘啊！这不难，我明天就告诉老佛爷，马上派人去海宁，把你的爹娘都接进宫来，怎样？"知画拼命点头，泪珠点点滴滴继续掉，两只手东摸西摸，在口袋里找手帕。永琪走了过去，掏出自己的手帕递给她，柔声说："把眼泪擦了，给桂嬷嬷她们看见，会以为我欺负了你……"知画接过手帕擦泪，幽怨地再看了他一眼，哽咽地低低问：

　　"你认为，你没有欺负过我吗？"知画问得温温柔柔，永琪却像挨了重重一棒，觉得无地自容了。是啊！他对她做的，是任何女人不能忍受的侮辱吧！娶了她，却不要她……他看着她，出起神来。这时，小燕子愤愤不平地冲进房来，嚷着：

　　"永琪！侍卫都不许我出门，我要去看紫薇，他们不许我去，你快想办法……"小燕子蓦地住口，惊愕地看着永琪和知画。永琪看到小燕子突然进来，大吃一惊，不知怎的，就慌乱起来，抬头掩饰地说：

　　"我们在写对子……"

　　"又在写对子啊？"小燕子问，看到知画满脸泪痕，手里拿着永琪的手帕，四周连宫女嬷嬷都没有，立即醋劲大发，锐利地问知画："上次写了鸳鸯写了鱼，目的也达到了！这次又写了什么？怎么写得满脸眼泪？珍儿翠儿没有给你准备水磨墨啊？还是你又有新招，要用眼泪水来磨墨？"

　　知画一怔，抬眼看小燕子，好委屈，眼泪更是成串地滚落。永琪听到小燕子口不择言，措辞锐利，生气地看她，声音大了起来："小燕子，你何必那么刻薄呢？知画只是想起她的爹娘，在这儿伤心罢了！这也是人之常情呀！你也可以有点同情心吧……"小燕子一听，永琪居然护着知画来教训她，真是气到天崩地裂。这一阵，小燕子的日子，真如同在炼狱油锅里煎熬。她还陷在身世的悲哀里，陷在兄妹被迫分离的凄惨里，又陷在永琪再娶的痛楚里……偏偏这个节骨眼上，东儿病了，她要担心东儿，担心紫薇，担心箫剑和晴儿，担心永琪变心，还要担心如何面对那个杀掉她亲爹的皇阿玛！在这么多的心事中，永琪不跟自己站在一边，帮她消除烦恼，却在这儿护着知画责备她！他变了！他真的变了！知画在一点一滴地征服他！这样想着，她的恐惧远超过她的愤怒，但是，她只会用爆发的方式，来掩饰她的恐惧，她立即跳着脚，对永琪大嚷：

"我刻薄？我没同情心？你这个小人！你这个伪君子！你这个没良心的混球！知画好可怜，她想起了她的爹娘，在这儿哭得伤心，你很同情吧！那么，我的爹娘呢？我想爹娘的时候怎么办？你以为我没想过，是不是？我天天在想，夜夜在想，我的爹，他死了，我的娘，她也死了……他们怎么死的？他们被人害死了……"

永琪大惊，急忙喊："小燕子！小燕子……不要说了！"知画也上前，急促地说："姐姐！你跟我生气没关系，说话千万小心！宫里到处都是耳目……"知画说着，往前一扑，要去捂小燕子的嘴。小燕子看着她扑了过来，只当她要和自己动手，大叫一声："你想打架吗？你敢碰我！"

小燕子就抓住知画，一个过肩摔，知画的身子对着墙壁飞了出去。永琪一看，想也没想，就飞蹿过去，接住了她。知画可没碰到过这样的事，吓得脸色惨白，倒在永琪怀里。这样一扑一摔一接之间，房间里丁零当啷，东西散落一地。明月、彩霞、桂嬷嬷、珍儿、翠儿全部冲进房，大家七嘴八舌，各喊各的：

"格格！五阿哥！福晋！发生什么事情了？"大家一眼看到永琪抱着带泪的知画，和怔在那儿的小燕子，就全部呆住了。就在这时，外面传来小邓子的大声通报：

"皇上驾到！老佛爷驾到！晴格格到！"

永琪、知画和小燕子，还没从自身的惊吓中恢复，又被惊得人人变色。永琪这才赶紧放下知画，急急走到大厅去迎接。知画慌忙擦净泪痕，跟着永琪往外走。小燕子脸上青一阵，白一阵，无可奈何地跟在他们二人后面，也走向大厅。

乾隆带着太后和晴儿站在大厅里，乾隆正在问："大家都去哪儿了？"只见永琪、知画都急急地迎了出来，小燕子跟在后面，三人脸色都是怪怪的。知画泪痕未干，和永琪一起请安："皇阿玛吉祥！老佛爷吉祥！"知画还特地加一句，"晴格格吉祥！"小燕子的情绪，还陷在天崩地裂般的悲愤里，看到乾隆，想起父仇；看到太后，想起这一步步的陷阱，真是气到快断气，偏偏还不能不行礼、不能不招呼。她沉重地呼吸，横眉竖目，嘴里叽里咕噜了一句谁也听不清楚的话："你们统统都吉祥，让我一个人去倒霉好了！"说着，马马虎虎地屈了屈膝。明月、彩霞、桂嬷嬷、珍儿、翠儿跟在后面，急忙请安：

"皇上吉祥！老佛爷吉祥！晴格格吉祥！"宫女嬷嬷们就赶紧倒茶，整理椅子上的坐垫，端瓜子点心出来。太后看到知画面有泪痕，又看到小燕子铁青着脸，心里已经有数，眼光锐利地上下打量小燕子，皱着眉头问："小燕子，你为什么不梳旗头？你这身打扮，是要干什么？""我要出宫去看紫薇！侍卫拦着宫门，不许我出去！"小燕子说。

太后立刻发怒了：

"宫里三令五申，谁都不可以出宫，你还不知道吗？尤其紫薇家，怎么可以再去？还好你被拦下了，要不然，你准备让整个皇宫都传染天花是不是？你在宫里这么多年，到底知不知道利害轻重？懂不懂为大局着想？"

小燕子背脊一挺，冲口而出："我哪知道什么叫'大局'，什么叫'小局'？我只知道，宫里个个人，都贪生怕死……"

"小燕子！"乾隆勃然大怒，"你老毛病又犯了是不是？你在对老佛爷说话！你看看你，横眉竖目，大呼小叫！老佛爷说得不错，这么多年，你一点进步都没有！反而更加嚣张跋扈，变本加厉……"

小燕子眼睛涨红了，瞪着乾隆，说："我这也不好，那也不好！你们把我休了算了，反正知画已经进门了，永琪有知画伺候就够了……"

"哦？搞了半天，是在跟知画怄气！"乾隆大声打断，眉头一皱，"我最讨厌爱吃醋会嫉妒的女人！妒妇是犯了七出之条！你知道吗？现在为知画吃醋，将来说不定还有知梅、知兰、知菊、知竹……你要吃醋到什么时候？永琪，他不是凡人，他是皇子呀！"

小燕子眼睛瞪得好大，胸口剧烈地起伏着，嘴里喃喃地说："哈！还有那么多？我明白了，明白……"永琪急坏了，生怕小燕子再说出不该说的话，就一步上前，急急说：

"皇阿玛、老佛爷请息怒！小燕子只是在为东儿着急，不能去看紫薇，她姊妹情深，难免心浮气躁，并没有在吃醋什么的！皇阿玛，您最了解小燕子，她每次一急，就口不择言！她绝对没有要冒犯老佛爷的意思……"

太后冷冷地打断了永琪："是吗？那么，知画为什么泪汪汪呢？"她看着知画问，"谁让你受委屈了？你老实告诉我，不要撒谎隐瞒！你说！"永琪着急地看知画。只见她带着笑，走上前去，勾住太后的手腕，甜甜地说：

"老佛爷，您误会了！刚刚我和五阿哥在书房写对子，谈到我从小练字的事，让我想起了爹娘，是知画一时控制不住，就掉眼泪了！这是实话，和小燕子一点关系都没有！自从我进了景阳宫，小燕子对我处处忍让照顾，我感激都来不及，怎么会怄气呢？"

太后狐疑地看着知画。晴儿不禁深深地看了知画一眼，再看了小燕子一眼。知画一脸的温柔恬静，小燕子却一脸的剑拔弩张。

乾隆被知画一句"写对子"引出了兴趣，扬声问："你们在写对子呀？""是呀！皇阿玛要不要看？我写得不好哟！"知画笑着说。

乾隆兴致来了，往书房就走。

"去去去！看看你们写的字！朕这几天，心里真烦！东儿的事，弄得大家都不安极了！朕平时也爱练字，这个练字，是修身养气的好方法，写着写着，就心平气和了！小燕子……你没事的时候，就跟着知画练字，说不定修养会好一点！"

乾隆一走，大家都跟着乾隆往书房走。小燕子和晴儿，落在后面。小燕子听到乾隆这么说，更是气得快要死掉了。晴儿悄悄地捏了她一把，在她耳边低低说："那个什么'小人'、什么'大猫'的成语，别忘了！"

小人大猫，是小燕子初学成语时，把"小不忍则乱大谋"听拧了，不断追问："小人怎样？大猫怎样？"引得大家哄堂大笑，从此，他们就常常用"小人大猫"来取代那句"小不忍则乱大谋"。现在的小燕子，当然了解这句成语，她看着晴儿，悲哀地说：

"你看我现在这个样子，'大猫'在哪儿？如果我能够养'大猫'，牺牲还有价值，要不然，我在做什么？"晴儿深深看她："你还是有'大猫'！你的'大猫'就是永琪！为了他，什么都值得！"小燕子凝视晴儿，见她形容憔悴，心中一酸，凄苦地说："晴儿！我养'大猫'养得好辛苦，你养'大老鹰'，更辛苦！"晴儿悲苦地一笑，眼神盛满了思念和落寞。两人手拉着手，虽然不是"同病"，却彼此"相怜"。晴儿看着书房，低语："大老鹰不知飞到哪儿去了？大猫好歹还在眼前啊！"书房里的零乱，早已被收拾干净了。乾隆拿起知画的对子，看得眉飞色舞，高兴地念着对子："立身以至诚为本，读书以明理为先！"扬声大笑，"哈哈哈哈！知画，好字！没想到你能写赵字！写字也罢了，这副对子，你从哪儿看来的？"

知画微笑地看着乾隆："皇阿玛！这种名句，人人都知道呀！""名句？"乾隆睁大眼睛，更乐，"哈哈哈哈！"就看着永琪说：“永琪，你这个媳妇了不起！这是朕十几岁写的对子，很多年没有人写过，朕都几乎忘了！”“皇阿玛，”知画笑得更甜了，“不只对子，还有一本《乐善堂文抄》，我从小就拿来写，都写得倒背如流了！”乾隆一听，更是心花怒放，赞美地说：

“好！好！好！太好了！好一个知画，不愧是陈邦直的女儿！朕终于明白，老佛爷为什么喜欢你了！”说着，一抬头，看到小燕子和晴儿落在后面，就招招手喊：“小燕子！过来！”

小燕子不情不愿地走了过来，没听到他们在谈些什么，也不知道乾隆在乐什么。乾隆就问小燕子：“你知道《乐善堂文抄》吗？”小燕子怔在那儿，讷讷地说：“什么糖？怎么焖怎么炒？没吃过！”乾隆顺手卷起一本书，敲在小燕子头上，喊：

“没吃过！你居然‘没吃过’！永琪，你赶快找一本，让她好好地‘吃下去’！”“是！是！是……”永琪应着，赶紧对小燕子解释，“《乐善堂文抄》是皇阿玛的著作啊！皇阿玛很厉害，二十岁前，就写了这本书！”

“这样啊！”小燕子看他们一堂欢乐，显然知画比自己更赢得乾隆的心，顿时有种被孤立的感觉。不只孤立，面对乾隆，自己那身世之痛，就像针刺般地扎进心坎。她的眼珠一转，酸涩地说：“还好……皇阿玛是皇帝，上面没人管，要不然，这‘乐善堂’三个字，就大有问题，犯了大忌讳，说不定要砍头！”

永琪大惊，好急。晴儿、太后、知画各有各的紧张。永琪赶快打岔：“小燕子，你又要发谬论了，别谈文字了，你又不懂……”乾隆已经听进去了，困惑之至，问：“为什么大有问题？你说！朕要听听你的谬论！”小燕子就振振有词地说了：“‘乐善堂'三个字怎么写，我不知道！我听起来，是'落散糖'！这花也'落'了，人也'散'了，吉利吗？这个糖，能吃吗？"乾隆怔住了。太后大怒："小燕子的话，才是能听吗？什么'落了，散了'？怎么说得这么难听？"晴儿知道小燕子指的是"文字狱"，生怕再说下去，会把真相都说出来，急得不得了，赶紧接口："皇上！别听小燕子的，她一向就有这种本领，把很好的词，解释得乱七八糟，您可别认真！"说着，拼命对小燕子使眼色。"就是！皇上总记得她的'羊缝鹰围''蜘蛛死了还会生'……"永琪跟着呼应。大家急着解围，小燕子却好像没听到，扬着头，挑战似的看着乾隆："我说的是实话！任何文字，硬要歪歪曲曲地解释，全部不能听！假若要砍头，人人该砍头！就拿'乾隆'这两个字来说，也大有问题……"永琪一把拉住小燕子，把她推到身后去，吓得一身冷汗。"你少说几句，好不好？"永琪压低声音说，"连'乾隆'都敢乱掰？"乾隆越听越惊，大声问："'乾隆'两个字，又有什么问题？永琪，不要拦她，让她说！"小燕子就挣脱永琪，大声说："'乾隆'听起来，像'钳龙'两个字！你想，这一条'龙'，被'钳子'钳住了，还能做什么？不是动都动不了吗……"小燕子话没说完，乾隆大怒，手中那卷书，对着小燕子的脑袋砸了过去，怒喊："满嘴胡言！简直是个没教养的丫头，气死朕！"小燕子来不及闪躲，被砸了一个正着，又听到乾隆说她"没教养"，就再也控制不住了，对着乾隆，冲了过去，大喊："我没教养？我的'教养'，都被你毁掉了！谁来教我？谁来养我？我是在街上长大的，我吃剩饭剩菜长大的，我……"永琪一看，这还得了，伸腿一绊，小燕子急冲的身子飞了出去，砰的一声，重重地摔在地上。永琪再急扑过去，扶起她，着急地问：

"摔着没有？"他紧紧地看着她，想借眼神让她了解事态的严重性，柔声地说，"为什么总是这样？说话不经过大脑，走路横冲直撞，把自己弄得遍体鳞伤，也把别人弄得心惊肉跳……摔痛没有？赶快起来检查一下！"

小燕子坐在地上，看着永琪，挫败感排山倒海般涌来。晴儿惊魂未定，也奔了过来，搀起小燕子，在小燕子耳边飞快地说：

"小人大猫！小人大猫！小人大猫……知道吗？"小燕子站起身子，颤抖着，情绪激动，拼命压抑着自己。知画和太后都看得呆住了。乾隆摇头，大大一叹，说：

"唉！看到知画的字，心里才有几分欢喜，都被小燕子破坏得干干净净！"说着，就走了过来，细看小燕子，声音忽然变得感性而困惑："小燕子，你是怎么回事？以前，你是朕的'开心果'，每次朕不高兴的时候，你都有办法让朕开怀大笑。从什么时候开始，这个'开心果'变成了'负气包'？每次看到朕，就红眉毛、绿眼睛……还故意说些奇奇怪怪的话，来让朕生气，你……是因为知画吗？"小燕子把头一低，眼泪夺眶而出，滚落在衣襟上。她哽咽着，没头没脑地说："我是小人……我养大猫……为了大猫……只好当小人……"乾隆听得糊里糊涂，抬头看众人，愕然地问："朕听不懂她的话，你们听懂了吗？谁能帮朕翻译一下？"太后摇头，知画摇头，永琪心知肚明，不能说破，只能跟着摇头。晴儿恻然地垂下了眼睛。太后就叹着气，走过来，拉住乾隆说："我看，这小燕子的话，根本不需要懂！皇帝，走吧！咱们带着知画，去御花园散散心！"就看着知画喊，"知画，陪咱们走走去！”“是！”知画清脆地应着。“晴儿！走吧！”太后再喊。

晴儿匆匆看了小燕子一眼，只得应着：

“是！”知画和晴儿，就陪着太后、乾隆走了。永琪赶紧送到门口去。

眼见乾隆带着知画走了，小燕子走进卧房，失神落魄地在床沿上坐了下来。永琪跟进房来，关上房门，再关上窗子，走到她身边，挤在她身旁坐下。她看他一眼，吸吸鼻子说：“你怎么不去御花园散心？又跑到我这儿来，你不怕桂嬷嬷告状？”“让她去告吧！一天到晚像防小偷一样，我累了！”他就去拉小燕子的手，柔声说，“对不起，上次用花瓶敲你的头，刚刚又绊你一跤……我是太急了，被你吓得快断气了！”

小燕子噘着嘴说：“在你断气之前，我早就被你打死、绊死、气死、整死了！”“我们这种生活，怎么过下去？”他痛楚地说，“我每天都心惊胆战，充满了犯罪感，充满了无可奈何！”他紧握了她一下，盯着她：“你要振作起来，理智一点，不要再让我担心，我需要你帮我撑下去……你不是答应过我，要忘掉仇恨吗？怎么见了皇阿玛，每一句话，都绕着文字狱打转？”

小燕子低着头，心里千回百转，都是难言的痛楚和矛盾，就默默不语。永琪弯腰去看她：“还在生我的气？”小燕子把身子转开。“不要再跟我生气了，我的日子已经够难过了！”小燕子抬头了。

“你的日子有什么难过？我看你开心得很！有人陪你看奏

折，谈国家大事，写对子……晚上，还和你灯下谈心，慢慢解纽扣……""你又来了！你明明知道我和她没事，你还这样说，我的一片心，你一点体会都没有，你太过分了！"小燕子委屈、自卑、伤心：

"我过分，我刻薄，我不会说话，我也不会写对子，好不容易弄懂了鸳鸯和比目鱼，又有什么'落散糖'，我只懂花生糖，米花糖，芝麻糖，核桃糖……就没听过'落散糖'！我到处闹笑话，她那么好，什么都会！你有她就够了！事实上，你也越来越喜欢她，连皇……我不叫他阿玛，我怎能叫他阿玛呢？连这个瞌睡龙，也越来越喜欢她！她那么可怜，动不动就眼泪汪汪，想爹娘……"越说越气，声音颤抖，"好像世界上，只有她有爹娘……"

永琪瞅着她，满眼的苦恼和无奈。

"你要我怎么做？告诉我！她和我生活在一个屋檐下，我不能假装她不存在！做不成夫妻，总可以做朋友吧？如果你认为也不行，那么，你说！要我怎么样？不跟她说话？不跟她见面吗？"

"你在逼我，我能够要你怎么做？一切都只能看你的良心！""我对你问心无愧！"他冲口而出。小燕子一震，立刻尖锐地问：

"对她呢？问心有愧，是不是？"

永琪睁大眼睛看着她，痛苦而诚实地说：

"确实有一点！"

"我就知道，"小燕子嫉妒得快发疯了，"现在，她在你心里，已经比我重要了！你每晚睡在她房里，你对她还充满了歉意！那你对我呢？"

"对你也充满了歉意！"永琪还是痛苦而诚实地说，"我觉得我已经被劈成两半了，每一半都有一大片伤口，而且是血淋淋的！我也会痛，而你，一点也不能体会我的痛苦，只会跟我生气，再故意曲解我的话！"他也一肚子委屈，"就像刚刚，我说过她比你重要吗？"

"你就是这个意思！"小燕子站起身子，把他往门外推去，她那种叛逆的、冲动的、不能忍气的基本个性，再度发挥。"你走！你走！以前，你心里只有我一个，你完完整整是我的！现在，你承认了，你已经变成两半，我只有半个你，还是血淋淋的！这样的半个你，对我来说是不够的！你走！免得你对她充满歉意，你就和她圆房去！把那半个你，也给她吧！"

"我这样掏心掏肺地跟你说，你一点都不感动，不谅解，还赶我走，你简直不可理喻！"

永琪瞪着她，生气了。

小燕子更气地说：

"你少跟我四个字四个字讲成语了，你知道我书念得不多，存心笑话我！管你鲤鱼黄鱼鳝鱼比目鱼，我就是'不可鲤鱼'，你跟她去比目鱼吧！"

小燕子说着，已经把永琪推出房门外去了。她砰的一声，关上房门。

门外，永琪也砰的一声，把脑袋往门上重重地一靠，痛苦不堪地自语：

"我怎么办？我早就知道，这是一个陷阱，我真笨！"他重重地敲了自己的头一下，"我怎么会让自己掉进这个陷阱里去呢？"

第
三
十
二
章

　　学士府里，那种忙碌和焦灼的日子，已经苦苦地挨了十二天。

　　这十二天里，紫薇和尔康几乎是衣不解带地照顾着东儿，福伦和福晋，也是不眠不休的。大家的注意力，全在东儿身上。东儿的一声呻吟，一滴眼泪，一句呼唤，一个动作……都牵系着大人们整颗的心，大家唯一的祈求，就是让东儿好起来，让他那脆弱的小生命，继续活下去。

　　这晚，紫薇坐在东儿的床前，握着他的小手，头靠在椅背上，不支地睡着了。

　　尔康轻轻地走了过来，把一件衣服盖在她的身上。他低头看她，看到她形容憔悴，脸色苍白，下巴瘦得尖尖的，眼眶也凹了下去，心中充满了不忍。再看东儿，眼睛合着，蜷缩在棉被里睡着了。他弯下身子，轻轻地把东儿的小手，从紫薇手中抽了出来，然后，他就把她抱了起来，向一张躺椅走去。

紫薇立刻惊醒了，一个惊颤，就从尔康手中翻下地，慌张地喊：

"东儿！东儿怎样了？东儿……"

"嘘！没事没事……"尔康急忙扶住她，"东儿总算睡着了，我想抱你到躺椅上去休息一下！我会仔细地看着东儿，有任何状况，都会叫醒你！"

"不行不行！我要守着东儿……"她冲回床前，在床前的椅子里坐下，看看东儿，努力地振作自己，"我不困！我要看着他，他的痘子都发出来了，大概很痒，他一直用手抓脸，我不能让他抓！这么漂亮的孩子，如果成为麻子，也是遗憾。我怎么睡着了？我得眼睛都不眨地看着他！"

紫薇说着，就再度握住东儿的手。尔康怜惜地说："紫薇，十二天了，你几乎都没睡过，瘦得脸颊都凹进去了！你睡一下，东儿还有我呀！""你是男人，不会像我这么细心！而且……"她心痛地看了他一眼，"十二天以来，你也几乎没睡，把握时间，你回房间去睡一睡吧！"

"就因为我是男人，我的体力比你好！你不要跟我争辩了，你去睡！"

"不要劝我了，你明知道这是不可能的，东儿还没有脱离危险，我怎么能睡呢？"她摸着东儿的手，忽然紧张起来："东儿的手心冰冷！怎么会这样……"她着急地看尔康："他这样睡着，有多久了？"尔康也紧张起来。

"有一会儿了！怎么？"尔康就扑到床头，拉开东儿额上的帕子，看了看，急喊：

"东儿！东儿！醒一醒！东儿……"东儿毫无动静。紫薇大惊，急忙去摸东儿的额，又去试他的鼻息，当她发现孩子额头冰冷，呼吸几乎探测不到，她吓得魂飞魄散，惨叫起来："不发烧了，但是额头冰冰的……他没气了……老天啊！他死了！"尔康脸色大变，疾呼："不会的！不会的！东儿……东儿……"他冲到门口去，开门，狂喊："太医！太医！快来啊！东儿不好了……"福伦和福晋冲了进来，四个太医，跌跌撞撞地跟在后面，人人都疲倦已极，惊吓不已。

福伦喊着问："东儿怎样了？怎么不好了？""他没有气了，他也不动了，他没有热度了……怎么办？怎么办？"紫薇浑身颤抖，哭着去抱起东儿。她用面颊依偎着他的脸，亲着他的额，哀求着："东儿！娘求求你，拜托你，你活过来，活过来！"福晋上前，拉住紫薇，哭着喊：

"让我看……让我看！我不相信！"紫薇紧抱不放，拼命对东儿哀求，"东儿……你这么小，还有好长的生命要过，你才刚刚开始，怎么可以走？东儿……你不要死，娘不好，没有天天陪着你，你要给我机会，看着你长大……"胡太医着急地喊："格格！把孩子放下！他身上的痘子都化脓了，摩擦不好啊……放下，让我来诊治！说不定还有救啊！"尔康就过来抢孩子，疾呼：

"紫薇，你听到了吗？赶快放下东儿，胡太医说还有救呀！"紫薇一震，眼中闪出渴盼的光芒，这才松手。尔康急忙把孩子放上床。几个太医冲上前去，围住了床，急急诊治。大家鸦雀无声，屏息以待。好半天，胡太医紧张地说："你们统统让开！小少爷这口气闭住了，脉搏也没有了，我要用急救试试！""气闭住了，脉搏也没有，那不是……"福晋用手一把蒙住嘴，眼泪落下，魂飞魄散了。

紫薇直直地瞪着那张床，站在那儿一动也不动。尔康扑在床边，目不转睛地盯着东儿。几个太医，就急忙打开医药箱，箱里是一排针灸用的金针。"格格、福晋最好不要看……"胡太医说。

紫薇、福晋哪里肯退，根本听都没听见。只见胡太医握起东儿的一只手，另一手拿起金针，对着东儿的指甲缝里，直插进去。一声惨叫，众人全部惊跳，原来惨叫的是紫薇："不要啊！痛啊……我受过那种痛……为什么东儿还要受……"尔康急忙拉住她，痛楚地喊："紫薇！太医在救东儿的命，这样的剧痛底下，才能刺激他活过来，你不要舍不得，这是无可奈何的办法，如果他知道痛，说不定还有一线希望……"福晋早就泪流满面，扭头不敢看。东儿仍然没有知觉。再一根金针，往东儿第二根指缝中插去。这次是福晋惨叫：

"哎哟……东儿啊！"尔康见东儿依旧没有动静，热泪盈眶，痛喊着：

"东儿！醒来！东儿！醒来……"胡太医拿起第三根针，一插。蓦然间，传来东儿的大哭声：

"哇……哇……哇……痛痛……痛痛……额娘……痛痛……"
"醒了！醒了！他哭了，他知道痛！他活过来了！"福伦大喜。

胡太医急忙把脉，站起身子喊："这口气回过来了！福大人……额驸……格格……"狂喜地对三人拱手，"恭喜恭喜啊！小少爷又一次死里逃生，他有脉搏了！"

"胡太医！谢谢谢谢！你救了我们全家的命……"福晋感激

涕零，泣不成声。大家全体扑奔那张床，围着床看着死里逃生的东儿。紫薇却狂喜地抬头看窗外的天空，喃喃地说了一句：

"感谢天！"紫薇说完，再也支持不住，身子就软软地倒地，晕倒了。尔康大叫：

"紫薇！"他奔过来，抱起紫薇，见她的脸色惨白，身子软绵绵的，额上冒着冷汗，忽然想到她和东儿那么亲密，就算不断洗手消毒，也有疏忽的时候，这么一想，他心胆俱裂，急喊："胡太医！赶快来看看紫薇……她是不是被传染了？"

大家一惊未平，一惊又起。全部围了过来，个个变色了。

紫薇昏昏沉沉了一段时间，梦里，有无数的东儿围绕着她，又跑又跳。梦里的自己，许着愿，东儿，只要你活过来，我什么都可以不要，我只要你！连尔康都不能占据我的时间，我再也不离开你，做一个最好的额娘！梦里的她，抱着健康撒娇的东儿，哭着，笑着，求着，承诺着……她忽然从昏迷中醒转，眨动着眼睑，看到尔康的脸，像水雾中的影子，模糊的，晃动的，逐渐清晰。尔康？怎么是尔康？东儿呢？她的眼睛大睁，发现自己躺在床上，尔康坐在床沿，紧握着她的手。"东儿！东儿……"紫薇惊喊，完全清醒了，身子一挺，想要坐起来。尔康伸手，把她压住，深深地看着她："躺着！别动！东儿已经救过来了，胡太医说，他现在的脉搏平稳……额娘在旁边守着他，四个太医也寸步不离，还有奶娘和秀珠，你就放心地休息一下吧！""可是……他的手指一定好痛……他正在最危险的时候，我要过去陪着他……"紫薇说着，翻身落地，忽然一阵天旋地转，就跌坐在床上，"我……怎么了？一点力气都没有！"

"你躺下好不好？"尔康着急地喊，"胡太医说，如果你再不休息，下次要急救的就是你了！还好没有被东儿传染，看到你昏倒，我吓得魂飞魄散……"他瞪着紫薇，看她憔悴如死，还想挣扎下地，冲口而出地说："如果老天要我在你和东儿中间选一个，我选你……"

尔康话没说完，紫薇的心像被利箭直刺进去，大痛，她想也没想，就伸手给了他一耳光。耳光声清脆地响过，紫薇被自己的行动吓傻了。尔康也出乎意料地呆住了。好一会儿，两人只是睁大眼睛互视着，然后，紫薇就一把抱住了他，痛哭起来。"原谅我！原谅我！我疯了……我吓住了……我神志不清楚……我不知道在做什么……"她一迭连声地喊着，伸手去摸他的脸颊，"我太怕失去东儿，太怕太怕了！"

尔康抓住她的手，拿到唇边去吻着，哑声地说："是我不对！怎样都不该说那句话！我也疯了，我也吓住了……我不只害怕失去东儿，我还怕失去你！"两人再度深深切切地互视。半晌，紫薇痛楚地说：

"永远不要再说那种话！我愿意用十个我，一百个我，一千个我，去换一个东儿！自从东儿出生以后，我最怕的事，就是他生病，或者出什么意外，我怕我不能给他一个美好的人生，怕他不能无灾无病地长大……有时，怕得会后悔，为什么要创造他的生命？我那么那么爱他，你怎么不会同样地爱他呢？"

尔康眼眶湿了，哑声地说：

"你误会我了！我怎么不爱他，他也是我的儿子，我的骨肉呀！他这次生病，我也恨不得自己能够替代他！他每痛一次，我也跟着痛……刚刚急救的时候，那些针都像扎进我心里，每一下都痛彻心扉……但是……我更……更爱你！因为你这么爱他而更爱你！我不知道你对我是怎样的，万一有一天，我和他两个里，你只能选一个……"

"尔康！"紫薇颤声地、恐惧地喊，尔康蓦然住口，觉得自己真的神志不清了，怎么又冒出一句莫名其妙的话？他呆呆地看着她，她也呆呆地看着他，两人眼里，都带着灵魂深处的震撼和恐惧。半晌，紫薇一把抱住了他的脖子，紧紧地、紧紧地依偎着他。她柔声地、深情地说：

"你、我、东儿……我们缺一而不可！我爱你，我爱东儿！我要你，我也要东儿！或者，我们还会有老二、老三，我都会一样地爱！我有一颗很大的心，可以兼爱你们每一个！请你允许我这么贪心，允许不再独占我，允许我去爱每一个！"

尔康什么话都没说，只是用嘴唇轻轻地吻着她的眉梢，她的眼角，她的面颊，她的耳垂……再重重地吻上她的唇。

曙色染白了窗子，黎明来临了。

东儿救活以后，就衰弱地睡着了。胡太医说，救活了，并不代表脱离险境，病势依旧凶险。福晋、福伦和胡太医都在床前守候，寸步不离。奶娘和秀珠忙着把帕子浸湿，绞干，递到床前来。

一声门响，尔康扶着脚步不稳的紫薇走进来。福晋抬头看着二人。"紫薇，怎么下床了呢？东儿这会儿很好，睡得很沉，呼吸也好！有我在这儿就够了！你应该好好地休息……尔康……”她埋怨地说，“你怎么让她下床？”"我不让也不行，她一定要过来！”尔康无奈地说。紫薇看了看东儿，松了口气，对福晋说："额娘，辛苦了！您赶快去换掉衣服，清洗一下，这儿还是让我来！”

“你的脸色还是不好，我没关系的，东儿也是我的命呀！”"额娘，你就听紫薇的吧！我也在，不要人人都累垮……”尔康劝着。正在这时，东儿呻吟着喊："娘……额娘……水……喝喝……水……奶奶……”众人全被惊动。紫薇惊喊："水！他渴了，他要喝水！”她惊喜莫名，眼睛都发亮了，"哇！他好多天没说话，他说话了！赶快倒杯水来……水！水……”

福晋也惊喜地嚷："他在叫奶奶，听到了吗？”"胡太医！赶快看看，他是不是清醒了？”"是！是……先给他喝水，知道渴就是好事！多喝水也是好事……”

好几杯水送了过来，紫薇接过杯子，胡太医在一旁关注地看着。尔康目不转睛地凝视东儿，提心吊胆地说："慢慢喂他！当心呛着！”

紫薇在床沿上坐下，慢慢地喂东儿喝水。大家围着那张床，个个惊喜地、紧张地、屏息地看着东儿喝水。东儿像跋涉了几千几万里的沙漠，一口气就把那杯水喝干了，喝完了水，眼睛也跟着睁开了。

“额娘……东儿痛痛……呼呼……东儿痒痒……”就伸手要抓脸。紫薇赶紧捉住了那只手，急忙俯身，为东儿吹着这儿，吹着那儿。"呼呼！呼呼……额娘给你呼呼……不要抓……长大才漂亮……呼呼……"

她拼命吹，心里一片感恩。他知道痛，知道痒，会叫额娘，会叫奶奶……天啊！谢谢你的仁慈！谢谢你的恩宠！她吹着吹着，忽然看到东儿的小手，无力地垂下去了，他的头，歪向一边，眼睛又闭上了。紫薇一阵紧张，急喊：

"东儿！东儿……跟额娘说话呀！怎么不说了呢？怎么眼睛又闭上了呢？东儿！东儿……""胡太医！胡太医……"尔康又直着脖子喊。胡太医赶紧诊视，把脉看瞳孔试呼吸，然后，抬眼看众人，眼中，满是欣喜："不要紧张！不要紧张！福晋，格格……小少爷没事，他睡着了！热度也退了，这痘子，也开始结疤了……你们看！"他翻开东儿额上的帕子，给大家看。"这代表什么？他度过危险没有？"福伦急忙问。胡太医欢声地喊出来：

"他会长命百岁！"胡太医这话一出，大家就狂喜起来。紫薇终于笑了，但是，眼泪也跟着滚落，她笑着去擦眼泪，回头看尔康：

"哇！他会长命百岁！尔康！你听到了吗？咱们的东儿，他熬过去了！他打赢了这一仗！他会长命百岁啊！"

"是！是！"尔康笑着说，眼中也是湿漉漉的，"他是一个勇士！他度过了这个劫难，以后会一帆风顺了！紫薇，你不用再后悔，为什么要创造他的生命！他存在，因为有我们这么多人在爱他，在期待他长大！"

福晋不停地拭泪，紫薇放开尔康，转身又抱住福晋，喊着："额娘！额娘！咱们的东儿，他真是太……太……太伟大了！"

福晋也在笑，但是，却笑得泪流满面："是啊！毕竟是我们福家的孩子，‘福’字当头罩着呢！福大命大啊！”“最该感激的，是几位太医啊！”福伦拭泪说。

一句话提醒了紫薇，紫薇放开福晋，一转身，就对胡太医跪了下去：“胡太医！紫薇给您磕头！”胡太医惊得一身冷汗，急忙搀住：“紫薇格格，千万不要！我担当不起啊！东儿有额驸和格格这样拼命照顾，有福大人和福晋这样日夜守候，他怎么舍得离开呢？是你们大家，留住了他呀！”说着，搀起了紫薇。一屋子的人，都欢欣莫名了。尔康看着紫薇，终于了解，什么叫作“一颗很大的心”，他们每一个人，都有一颗很大的心，才会这样深爱着彼此！此时此刻，他觉得比刚认识紫薇的时候，比在幽幽谷的时候，比在紫薇拔刀的时候，比在紫薇失明的时候，比在流落南阳的时候，甚至比新婚的时候……都更爱紫薇。那种深挚的、狂热的爱，大概会延续到生生世世吧！如果有来生，紫薇，我还是你唯一的尔康！

他不再跟东儿吃醋了，永远不会了。看着那几乎失去的孩子，他知道，这份强烈的父爱，就和他对紫薇的爱一样，是无法衡量的，也是世上唯一可以和爱情同时共存、相得益彰的一种爱！

第三十三章

　　这天，太后把永琪召进了慈宁宫。晴儿站在太后身后，不断给永琪使眼色，永琪看了，非常不安。太后屏退左右，脸色凝肃。永琪知道情况不妙，心里在飞快地转着念头，一面对太后行礼，问：

　　"不知道老佛爷召见永琪，有什么重要的事？""永琪！我也不跟你兜圈子了，咱们就打开窗子说亮话，你告诉我，你和知画之间，相处得如何？"

　　太后板着脸，开门见山地问。永琪一惊，硬着头皮说：

　　"老佛爷，难道知画有什么抱怨吗？""你明知道知画那个孩子，深明大义，又识大体，就算有委屈，她只会打落牙齿和血吞，在我面前，一个字也不会说的！"

　　永琪有些尴尬，有些惭愧，勉强地说："'打落牙齿和血吞'，这句话会不会太严重了？""你告诉我，这句话有没有'太严重'？"太后紧紧地盯着他。"老佛爷那天来景阳宫，也亲眼看到

149

了，我和知画，相处融洽，平时写字看书，作诗下棋，她都是一个好伴侣，我们……相敬如宾！"太后一拍椅背站起身："好一个'相敬如宾'！我看你是'相待如冰'，冰冷的冰吧！"太后发怒，永琪也火了。这些日子的痛苦，两面为难的折磨，就全部兜上心头，他沉不住气了，抬头挺胸，义正词严地说："老佛爷，我已经听您的命令，娶了知画。您也知道，我和小燕子情深义重，我做不到'只见新人笑，不闻旧人哭'，如果您认为这是我的缺点，我恐怕终身都改不了！能做的，我都做了！"

"你存心敷衍我！"太后声调严厉，"让我跟你说清楚，当初释放萧剑，对小燕子的身份保密，是因为你愿意娶知画，才换来的！我已经信守诺言，放了萧剑，对小燕子的身世，也保密到现在，你如果是个懂得感恩、懂得言而有信的人，你就该好好地待知画！是她救了萧剑，是她救了小燕子！可是……你却把她冷冻在那儿，你以为她是雪做的吗？你这样子，对得起她，对得起我吗？"

永琪咬咬牙，一时之间，不知该如何接口。晴儿听到救萧剑等字样，心碎神伤，忍不住上前，对老佛爷说：

"老佛爷！知画对大家的好，五阿哥和我们，都深深明白！我想，五阿哥也不愿意伤害知画，但是，小燕子和五阿哥，当初同生死共患难，那种深刻的感情，不是知画一朝一夕可以取代的！如果，五阿哥有了知画，就忘了小燕子，他还有什么地方值得人尊敬呢？他在两个妻子之间，对小燕子好一点，正是他有情有义的表现呀！"

太后看看永琪，看看晴儿，咽了口气，忽然口气一转，变得非常感性与温柔：

"永琪，晴儿……我知道你们心里都在怨我。可是，我也有我的无可奈何！在知道萧剑和小燕子的身世之后，我真的吓住了，吓傻了！依我的个性，早就把一切都告诉皇帝了，是知画拦住了我！告诉我，这件事的重要性，拆穿了，会毁掉永琪！毁掉永琪，也就毁掉了皇帝的期望！我顾全大局，这才做了现在的安排！"她的目光停在永琪脸上，"永琪，对这样一个冰雪聪明又仁至义尽的知画，你难道一点感恩都没有吗？那……你这个人，也太可怕了！"

太后一针见血，说进永琪最脆弱的地方，是啊，对知画，他确实有诸多的抱歉。他看到太后低声下气，自知理亏，强硬不起来了："老佛爷，您的意思，我明白了！我尽力而为就是！""这话才对！希望你确实'尽力'！知画是大家闺秀，不像江湖女儿那么豪放，你要主动一点！小燕子跟你，已经做了四年多的夫妻，不在乎现在这几个月！你该怎么做，你心里明白！我等着你和知画的好消息呢！去吧！"永琪无奈已极，只得行礼告退。晴儿急忙说："我送五阿哥出门！"两人走出了慈宁宫，走进庭院深深的御花园里。永琪看到没有宫女太监跟着，这才对晴儿大吐苦水，说：

"晴儿，我的处境，真是水深火热！我简直不知道要怎么办！"

"我了解我了解！"晴儿拼命点头，看着他，"小燕子那儿，你一定要安抚好，像上次那种'钳龙'谬论，她再发表几次，身世不穿，她的脑袋也迟早不保！"

"我懂啊！"永琪叹气，"可是，我简直没办法控制她啊！现在，我那景阳宫，到处都是老佛爷的耳目，我要跟她谈几句知心话，都非常困难！好不容易抓到机会，她又忙着跟我生气，这么说也错，那么说也错……我夹在两个女人之间，简直是生不如死！"

晴儿同情已极地看着他，完全体会出他的烦恼。有个那么豪放不羁的小燕子，又有个那么才貌双全的知画，他应该是世上最幸福的男人才是。他却把自己陷在"生不如死"的境界，这就是永琪最"可爱"的地方吧！假若是萧剑呢？如果他也能有这种艳福，左右逢源，他会这样认死理吗？想到萧剑，她的脸色萧索。永琪注视着她，似乎读出了她的思想，他眉头一皱，说：

"哎呀！我只顾着诉苦，你才是我们之中，最惨的一个呢！"

晴儿苦笑一下，眼里漾着泪：

"我不苦，我有很多的回忆，可以慢慢地享受。何况……"她做梦般看着天空，眼神穿越了蓝天白云，穿越了无边无际的虚空，"我知道，在一个遥远的地方，有人和我一样！这种感觉，让我也不虚度此生了！"

永琪震动而感动地看着她。

半晌，晴儿收束心神，再看永琪，低声警告：

"最近这些日子，你最好都在知画那儿过夜，桂嬷嬷天天有报告，你什么时辰和小燕子在一起，房门关着还是开着，时间多长，都逃不掉！至于知画一天里，流过几次泪，叹过几声气，老佛爷也都知道！"

永琪睁大眼睛，气不打一处来：

"我要把桂嬷嬷除掉！"

"嘘！别胡说八道了！"晴儿紧张地四面看看，"我不能再多谈了，老佛爷会疑心的！"她再看永琪一眼，"多多小心！好好处理！如果你处理不好，小燕子和知画，会玉石俱焚！"

晴儿说完，转身匆匆走了。玉石俱焚！好严重的四个字！永琪站在那儿，深知晴儿不是过虑，再这样发展下去，小燕子会爆发，知画也会崩溃，到了那时候，两个女子，他可能一个都控制不了！他也可能害死她们两个！这样想着，他更是不知所措了！在他的人生中，一向要什么有什么，就连他认定了小燕子，乾隆和老佛爷也屈服了。但是现在，他要一个"单纯"的生活都做不到，他要怎么办呢？

夜色来临，小邓子、小卓子和其他太监们，忙着把院子里的风灯和灯笼，一盏一盏地点燃，照亮了小院和回廊。在小燕子的卧室里，明月、彩霞也把一盏一盏的灯火点燃，把薰香燃起。自从知画嫁进来以后，每到晚上来临，大家都很紧张，不只小燕子神魂不定，就连小邓子、小卓子、明月、彩霞等人，也在跟着神魂不定，今夜，五阿哥要睡在哪间房？"新房"还是"旧房"？

小燕子低着头，心事重重地在房间里走来走去。她走到窗前，抬头看窗外的月亮。在月光和悬挂的宫灯下，隐隐约约，可以看到那重重叠叠的屋檐，那参参差差的树影，那曲曲折折的回廊，那蜿蜿蜒蜒的宫墙……这个皇宫，真的把她给困住了！她心里在千回百转地自言自语，后悔不迭：

"我好笨啊！为什么要跟永琪发脾气呢？那天，好不容易有个机会，可以和他说说话，我居然把他推出房门！我真后悔……

永琪一定恨死我，我那么凶，人家知画，那么温柔，我笨！我笨！我就是笨……”她伸头往窗外看看，回头看明月彩霞，“五阿哥回来没有？”

“还没有！”明月说，“听说皇上在乾清宫赐宴，宴请太医学院的什么人，研究一种‘种痘’的办法，想防止天花病的传染！五阿哥、六阿哥、四阿哥都去了！”

“听起来好可怕……”彩霞说，“说是要把‘天花疫苗’，种到好端端的人身上去，那不是自己找病吗？可是，有人说，这方法挺管用！种过的人，只会小小地出一颗痘子，以后就不会被传染了……我可不相信，要我种，我也不敢……”

正说着，小邓子、小卓子冲进房，欢呼地喊着：

“格格！格格！好消息！胡太医回宫了，说是东儿少爷，已经脱险了！大概‘隔绝’什么的，也可以停止了！这次的天花，没有扩大！学士府里每个人，都平平安安的！紫薇格格，额驸……人人都好！”

小燕子顿时欣喜若狂，大叫：

“哇！太好了！我明天就去学士府，我要去看紫薇！她一定吓坏了累坏了……”

门外，传来桂嬷嬷、珍儿、翠儿和其他太监齐声的喊声：

“五阿哥吉祥！”

小燕子一震，马上冲到门口去，把房门一开。

只见大门口，桂嬷嬷带着一群宫女，正在“拦截”永琪。

永琪大步走进，桂嬷嬷哈腰说：

“五阿哥！请走这边……福晋已经准备了洗澡水……天气热，

五阿哥一身官服，衣服太厚，怕出了汗不舒服！还准备了菊花茶，莲子汤，清火清毒……”

小燕子听到"洗澡水"三个字，大震。搞什么？洗澡水？难道她要伺候永琪洗澡？她这样想着，就无法隐身，走了出去，也顾不得矜持和骄傲了。永琪一眼看到小燕子，就兴奋地喊：

"小燕子！你听到好消息没有？东儿没事啦！胡太医说，紫薇衣不解带，尔康也寸步不离，东儿连一个痘疤都没有留下！不过，皇阿玛还是很小心，几个太医，在学士府穿过的衣服，都放火烧掉了，左清洗右清洗，才许进宫！"

"那……"小燕子期盼地问，"紫薇什么时候可以进宫？""恐怕还要等一个月的样子！""还要一个月？"小燕子瞪大眼睛，"那我去看她可不可以？""恐怕也不可以，你还是再等等吧……"

小燕子一怒，说："这个皇宫，简直是监牢嘛！这也不可以，那也不可以！"这时，知画走了过来，对小燕子一笑，就对永琪温柔地说："准备了半天的水，就怕凉了！"她给了永琪一个眼色，俯向他，低低地、飞快地说了句，"跟我进房，有事要告诉你，重要重要！"说完，就转身向自己房间走去。永琪心里狂跳，一定是太后采取了什么行动，他给了小燕子安抚的一瞥，匆匆忙忙地跟着知画而去。小燕子呆呆地站在那儿，她可没有领略永琪眼中的"安抚"，她眼睁睁看着知画对永琪说悄悄话，眼睁睁看着永琪抛下她，跟着她进房。这岂是一个眼光可以安抚的？她已经恼得七荤八素，恼得脸色发青，恼得一口气憋在胸口，几乎憋死。

永琪进了新房，就看到一个好大的洗澡盆，里面热气腾腾，漂着成千上万片花瓣。整个房间里，花香扑鼻。珍儿、翠儿不住拎水进来，注满浴盆。其他宫女，还抱着整篮的花瓣，往盆子里倒。桂嬷嬷不断把干净的帕子、肥皂、刷子等物拿来，放在盆子旁边。这等仗势，好像他洗澡是件天大的事。他看着这场面，实在有些啼笑皆非。知画等一切就绪，就说：

"桂嬷嬷，你们都下去吧！这儿有我就够了！"

"是！珍儿翠儿，走吧！"珍儿、翠儿急忙请安退下，两个宫女还悄悄笑着。室内没人了，永琪就紧张地问：

"你有什么重要的事要告诉我？"知画抬眼，几乎是哀恳地看了他一眼，低低地说：

"老佛爷好像有些怀疑了！今天下午，她把我叫进慈宁宫，审问了我一下午，什么都问……我只好撒谎，可是，老佛爷很精明，问了我许多细节的事，我……我……"她面红耳赤地低下头去，"我又没经验，好像回答得不太对劲，老佛爷连那条白喜帕，都盘问不休，我……我……很害怕……老佛爷说，如果我骗她，我就是犯了欺君大罪！连我爹我娘，都脱不了干系！还说……还说……"

永琪睁大眼睛问："还说什么？""还说，我让她失望，小燕子这样专房，让她生气，你这样轻视我，让她不能忍耐了……我只怕这样下去，她会除掉小燕子！"永琪脸色剧变。知画飞快地看了他一眼，眼里已经盈盈含泪了，她轻声地、怯怯地问了一句：

"我嫁过来，已经有一段日子了，你是不是……拿定主意，不要我？"

永琪心里，翻江倒海，五味杂陈，简直不知如何是好。知画就走了过来，开始给他解衣扣。他一惊，这解纽扣和扣纽扣，已经是小燕子心头大恨，不能再这样了，他想着，就本能地一退。知画呆了呆，往前一步，继续为他解衣，低声说：

"不管你要我还是不要我，今晚，你都要把戏演足！这种事，谁都没有办法勉强，我也不会勉强你……"说着，声音哽咽，眼泪一掉，忍气吞声地说，"你进洗澡盆，让我服侍你洗澡！多少双眼睛，都在注意着我们的闺房生活！我现在有苦说不出，如果你连戏都不演，难道要我全家都被你冤死吗？"

永琪一脸的尴尬、满心的歉疚，站在那儿，动也不动。知画就为他褪下了衣服，他赶紧跳进澡盆，坐在那堆花瓣里。知画拿着帕子，细心地给他擦背，细心地抹皂荚，细心地一洗再洗。在室外，珍儿、翠儿和桂嬷嬷又在窗隙中偷看，三人掩着口偷笑。在回廊另一端，小燕子像个蜡像般杵在那儿，明月、彩霞气呼呼地站在一旁，看到桂嬷嬷等人，笑得暧昧，明月忍不住咬牙切齿地说："这新房里的西洋镜，也成了宫里的一景，是不是？这么好看？"小燕子再也忍受不住，再也按捺不住，什么身份地位、风度气度，她都没有了。她一仰头说："这么好看，我也看看去！"说着，她就冲到窗前来，一把拉开桂嬷嬷，凑在缝隙处，往里一看，一眼看到永琪裸露的身子，和知画忙碌的手……这一下，她真是气到五雷轰顶，七窍生烟，脚一跺，咬牙说："好，好，永琪……还说对我问心无愧！我看到了，我知道了！"

她一转身，对着门外，飞奔而去。明月、彩霞急忙追在后面，大喊："格格！你要去哪里？""不要往外跑了！三更半夜，外面好黑……要去，你也拿个灯笼呀！"

　　小燕子却充耳不闻，像是被什么野兽追赶着一般，没命地冲出景阳宫，冲过了院子，消失在御花园的黑暗里。在新房里的永琪，听到明月彩霞的呼喊，大惊失色，从水里哗啦一声站了起来。

　　"不好！小燕子跑了！"永琪抓了衣服，胡乱地穿着，紧张地说，"她会出事！她会闯祸！我得去追她！"说完，就衣冠不整地、气急败坏地向外狂奔而去。剩下知画，带着满脸的惊愕、失意和痛楚，目瞪口呆地面对着满盆的花瓣。

　　永琪奔进御花园里，早已不见小燕子的踪影。他到处找寻，不敢大声喊，生怕惊动了宫里的人，传到太后和乾隆耳里，小燕子又是大罪一条。他穿花拂柳，过小桥，过月洞门，过假山，过白玉石阶……到处低唤：

　　"小燕子……小燕子……你在哪里？赶快出来……"

　　四顾无人，他又是着急，又是担忧，又是后悔，又是无奈。怎样都不该进那个洗澡盆，洗出一身烦恼，洗出一身再也洗不净的误会！小燕子，你在哪儿呢？他一跃，上了树梢，四处观望。但见夜色岑寂，树影参差，哪儿有小燕子？他再跃下地，到处寻找着，心急如焚，真急死人了！半夜三更，她会去哪里？不马上找到她，她一定出事！

　　找着找着，天空忽然掠过一道闪电，闷雷响起。永琪看看天空，更急，接着，又是一阵雷声，雨点大滴大滴地落下。他一急，施展轻功，四处飞蹿，这样就惊动了巡夜的侍卫，追赶着喊：

　　"什么人？站住！"永琪一翻身，落到侍卫面前，压低声音说："嘘！别嚷，是我！"

侍卫一抬头，赶紧行礼："怎么是五阿哥？五阿哥吉祥！""我在找还珠格格，有没有看到还珠格格？"永琪急问。"没有呀！什么人都没见！五阿哥，我这儿有雨衣，赶快穿上！""别管我了！看到还珠格格，想办法绊住她，再到景阳宫去报个信！知道吗？千万别惊动皇上和老佛爷！""喳！""大家帮忙找！""喳！"

大雨中，永琪找遍了整个皇宫，就是找不到小燕子，想想，说不定她去找晴儿了，在宫里，她也只能跟晴儿说说知心话。他想着，就迫不及待去了慈宁宫，找到一个值夜的太监，让他不要惊动太后，去通报晴儿。还好，这个太监很识相地去了，片刻以后，晴儿打了伞，急匆匆跟着宫女奔到门前来。一眼看到永琪狼狈地、焦灼地、浑身湿透地站在那儿，吓了一跳：

"五阿哥，你怎么淋了一身雨？"急忙用伞遮住他，"赶快进来躲躲雨！""我不进去，不能惊动老佛爷……"永琪着急地问，"小燕子有没有来找你？"

晴儿更惊，睁大眼睛："没有呀！你们吵架了吗？""唉！"他大大地叹口气，焦灼地说，"说来话长！比吵架还糟……简直不知道从何说起！她的老毛病又犯了，心里不高兴，就往外跑！我到处找，几乎把整个皇宫都找遍了，连影子都没有！宫门口戒备森严，她也出不去！现在又下雨了，她一定淋得一身是雨……"他越说越着急，想到小燕子最近才流产，又被打破头，还要忍受知画……真是内外夹攻，就算她的身子是铜墙铁壁，也会吃不消呀！这样想着，心痛的感觉就像海浪般卷来，他急急地

说："我再去找……如果她来找你，你一定要留住她，不要让她
乱跑……"

晴儿听得心惊胆战："你让她伤心了吗?""是！我让她伤心
了！"永琪咽了口气，"自从知画进了景阳宫，她几乎天天都在
伤心！"

晴儿了解了，点头，想了想说：

"她不会来慈宁宫，她虽然很想见到我，跟我说说知心话，
可是，这个慈宁宫让她深恶痛绝……她不能出宫，她也不能去找
紫薇，她没办法找任何人诉苦，宫里地方再大，没有她容身之
地。我想……"

永琪越听越惨，急忙问："你想怎样? 赶快帮我分析一下，
我现在已经心乱如麻了！""我们派宫女和太监们，大家分头悄
悄找！我想，她一定躲在一个不起眼的角落里，在那儿一个人伤
心！""这个紫禁城这么大，角落那么多，怎么找?"永琪呆住了。
"一个一个去找！"

永琪愣了愣，点头：

"是！只能这样！我去叫小邓子、小卓子、明月、彩霞……
全部出动！"永琪就掉头，对着雨雾奔去。晴儿看着雨滴，从宫
檐上滴落，心里在自言自语：

"这深宫里的女人，一个比一个惨！小燕子……你去了哪
里呢?"

小燕子确实没有地方可去。两个时辰内，她像游魂一般，游
荡在宫墙重门处。最后，她累了，淋得浑身湿透，筋疲力尽，脚

步蹒跚地走到一个地方，抬眼一看，竟是囚禁皇后的冷宫"静心苑"。这儿好，这儿没有人找得到她！因为，这是一个被全世界遗忘的地方！她跌跌撞撞地进了院子，无力地、无助地喊：

"容嬷嬷……容嬷嬷！皇额娘……"

侍卫一拦，惊喊着："还珠格格！深更半夜，下这么大的雨，你来这个冷宫干什么？"小燕子站在雨雾中，发丝零乱，脸色苍白，对着静心苑的窗子喊："容嬷嬷！容嬷嬷……皇额娘……"容嬷嬷匆匆忙忙，一面拉着刚穿上的衣服，一面冲了出来："什么事？谁在叫我？"看到小燕子，惊喊，"格格！你怎么来了？"她急忙从屋角拿起伞，冲了过来："哎呀！淋得这么湿！这是怎么回事？"小燕子筋疲力尽，几乎倒进容嬷嬷怀里。容嬷嬷赶紧撑着她的身子，用伞遮住她。小燕子抬头看她，无力地说：

"容嬷嬷，我走不动了！宫门都有侍卫守着，我出不去，想找紫薇，也没办法去找……我不能去找晴儿，怕碰到老佛爷；我不能去找令妃娘娘，怕碰到皇阿玛……我在太和殿前的台阶上坐着，想看月亮，偏偏又下雨……我怎么这么倒霉，我好累好累……"

容嬷嬷被她的狼狈惊吓住了。

"不急不急，慢慢说！赶快进去！进去再说！"容嬷嬷就扶着小燕子，走进了房间。片刻以后，小燕子已经换掉了湿衣服，穿着一件容嬷嬷的麻布衣服，又宽又大，身上裹着一条干净的毯子，坐在皇后的房间。容嬷嬷忙忙碌碌，把小燕子的旗头摘下，用干净的帕子，为她擦拭着头发。皇后拿着念珠，坐在一张椅子里，静静地看着她。

"这湿头发一定要马上擦干，要不然，会留下头痛的病根！

你看……又是雨，又是汗，你怎么弄得这么狼狈呢？半夜跑遍了御花园，一定渴了吧？要不要喝水？"容嬷嬷问着，就放下帕子，倒了一杯水过来。

小燕子捧住杯子，如获甘泉，一口气喝得干干净净。"再来一杯吧！你好像从沙漠里跑来的一样！"容嬷嬷看得惊愕极了。小燕子一连喝了三杯水，这才恢复了一些精力，长叹一声，抬眼看皇后，悲哀地说：

"皇额娘！你剃光头发，就把烦恼也剃光了吗？你真的什么都不要了吗？你怎么做到的？我现在，心里难过极了，周围连一个可以说话的人都没有！要逃，逃不掉！要留，又这么痛苦！"她看看二人，说：

"你们知道吗？我现在比你们还惨，我什么都没有了！没有爹娘，没有哥哥，没有五阿哥……没有皇阿玛，我统统都失去了！""不会的，五阿哥待你那么好，你不会失去他的！"容嬷嬷安慰着。"失去了！真的失去了！他娶了知画……"

皇后一震，注意力集中了，惊愕地问："他娶了知画？"

"你们都不知道？"小燕子诧异极了，"宫里那样吹吹打打办喜事，你们都不知道？"

皇后和容嬷嬷双双摇头，凝视小燕子。宫里的任何事，与她们都不相关了。

"是老佛爷做的主，皇阿玛也同意，永琪娶了知画……"小燕子倾诉地说，"我可以不在乎那个名分，福晋给她去当！什么正室侧室，我也不争了！将来的册封，我也不要了！但是，我真的喜欢永琪呀！我实在离不开他呀！为了他，我跟我哥分开；为了他，我把所有的苦，都往肚子里咽；为了他，我笑脸对皇阿玛；为了他，我陷在这个宫里，舍不得走！可是……可是……永琪怎能欺负我呢？怎能这样对我呢？我就是没办法把永琪整个让给她呀！可是……可是……她比我强，什么都好，人缘也好！宫里每个人都爱她，连永琪也一步步偏向她，我斗不过她呀！我怎么办呢？”

皇后和容嬷嬷听得糊里糊涂，但是，也都猜出一个大概。

皇后听到这儿，不禁一叹，诚挚地看着她说：

“如果是以前那个我，或者会教你一些手段，来和知画争夺这个天下！但是，今天的我，绝对不会让你走上我的老路！小燕子，争什么？不争就是争，争就是不争；争也是这样，不争也是这样，到头都是一样！”

皇后的“争与不争论”，好像绕口令，小燕子听得一头雾水。

“皇额娘，你说什么，我听不懂！我只知道，我不争也是输，争也是输，到头都是输！”

皇后微微一笑，说：

“有点味道了！”就收起笑，认真地说，“你在无助的时候，会来找我们，你带给我太深刻的感动！我认为，我已经没有丝毫凡心，可是，依旧被你打动了！你这么不记仇，这么善良，你会得到好报的！不要着急，放宽心！是你的，就是你的！什么人都抢不走！知道了吗？”

皇后说得那么肯定，那么平和，小燕子怔怔地听着，竟然获得极大的安慰。

“那么……不是我的，就不是我的，我也抢不到！”

"正是！你好聪明，我活了一辈子才体会的道理，你一下子就懂了！"

小燕子凝神地想了想，看着二人，再说：

"我真的好苦啊！永琪是这样，皇阿玛是那样！"想到乾隆和家仇，更痛，"你们知道的，我一直都喜欢皇阿玛，我现在还是喜欢皇阿玛，他待我真的太好太好了！但是，我现在看到他，什么都不一样了，我想笑，笑不出来，想跟他说好听的，说不出来……以前，仗着他宠我，常常忘了自己是谁，跟他撒娇耍赖胡说八道，装疯卖傻，什么都来，心里明知道他吃我这一套！现在看到他，我没办法忘了自己是谁，更不要谈撒娇耍赖了！我的情绪好复杂呀，我根本不知道要怎么面对他！要对他好，浑身不对劲；要去恨他，又恨不起来！"

容嬷嬷和皇后听着，两人都听得糊里糊涂，只当是因为乾隆同意了知画的婚事，小燕子在和乾隆怄气。容嬷嬷给她擦干了头发，又用梳子梳着，安慰地说："你那个皇阿玛，你就不用担心了！奴婢看得清清楚楚，他是打心眼里疼着你的！你就是使点小性子，闯下各种祸，他还是你的皇阿玛！"皇后凝视着她，真挚地说："不管为了什么原因，你笑不出来，你无法对他好，这都是一个过渡时期！过了这段时期，你会继续爱他的！""为什么？过了一段时期，他也不会变成另外一个人！""因为……"皇后深刻地说，"你就是这样一个好人……你看，你连我和容嬷嬷，都包容了！还有什么是不能包容的呢？"小燕子不禁呆呆地发怔了。是啊，她一点也不恨皇后和容嬷嬷了，她也会不恨乾隆吗？她也会忘记杀父之仇吗？她陷进沉思里，忽然觉得好疲倦，忍不住打个哈欠。容嬷嬷走上前来，把小燕子一揽，就揽进了她宽大的怀抱里。"来！"她慈祥已极地、像个慈母一般地说，"在这儿睡一睡！你累了！躺下来，奴才抱着你呢！有什么事，都明天再说！"小燕子不由自主，就躺进容嬷嬷的怀里，越躺越舒服，倦意就浓厚地袭来。

"容嬷嬷，你的衣服有一股皂荚的味道，很好闻……好像娘的味道！小时候，我常想，我娘身上，一定有皂荚的味道，干干净净的，香香的……她抱着我的手臂，一定也是这么软软的，她的怀里，也是这么舒服吧……"她的声音越说越小。

容嬷嬷眼里，立刻充满了泪水，双手颤抖地抚摸着她的鬓发：

"格格，以前我一直跟你作对，犯下好多错……可是，今天，你躺在我的怀里，说我有'娘的味道'，格格，你让容嬷嬷怎么受得了？"说着，她的眼角湿了。小燕子没有回答，皇后看了小燕子一眼，发现她睡着了。"她睡着了！"容嬷嬷就不停地抚摸着小燕子的头发，安抚地、温柔地摇着她。"睡吧睡吧！什么都不要想，不要伤心，不要难过，好好地睡！奴婢为你念佛，为你祈福！明天，一定会是有太阳的好天气！"

第二天确实是个有太阳的好天气。

永琪找了小燕子整整一夜，什么地方都找遍了，就忘了还有一个静心苑。早上，宫女、太监们一一回报，谁都没有看到小燕子。永琪背负着手，在房间里走来走去，急得像热锅上的蚂蚁。知画怯怯地站在一旁。

"这个皇宫，我们是上上下下，全部找遍了，连影子都没有！”小邓子说。“我猜，一定出宫去找紫薇格格了！”彩霞说。"不可能！每个宫门，我都问过了，除非格格真的变成燕子，要不然是飞不出去的！”小卓子说。“令妃娘娘那儿，我也问过了！”明月说。

"怎么办嘛？要急死人！”永琪跺脚，垂头丧气。桂嬷嬷看到永琪急成这样子，一肚子的不服气，说：“格格也不是小孩，总会知道分寸，那么大一个人，不会失踪的！五阿哥别着急了，赶紧去吃早餐吧！”永琪一抬头，凶凶地瞪了桂嬷嬷一眼，眼神那么凌厉，吓得桂嬷嬷一退。这时，晴儿急急地跑进了门，嚷着说：

"五阿哥！我找到小燕子了，她在静心苑……你赶快去！她不肯回来，说是要剃光头发，跟着皇后当尼姑去！”“什么？”永琪吓得魂飞魄散，拔腿就跑，急冲出门。晴儿跟着跑去。

两人转眼就跑得无影无踪，剩下了知画，带着一脸的落寞和失意，呆呆地站着。她这才明白，原来，当一个男人心里眷恋着一个女人时，那个女人可以占据他全部的思维，主宰着他全部的喜怒哀乐……这样的感情，中间几乎插不进一根针。自己比一根针大了不知多少倍，怎样站得住脚呢？她的落寞，开始无边无际地蔓延开来。

在静心苑，小燕子换回自己的服装，散着头发，坐在一张椅子里。容嬷嬷拿着梳子、簪子，正在给她梳头，嘴里不停地劝着：“格格，不要孩子气了！这剃头，不是负气的事，出家也要缘分，你缘分还没到！来，听容嬷嬷的，把头梳好！这么乌溜溜的一头好头发，剪了不可惜吗？”

“如果剃光头发，可以没有烦恼，我真的想剃！自从我进宫来，从来没有看到皇额娘生活得这么自在，我也要学学！你们不知道，那个景阳宫，我简直住不下去！我要搬到这儿来住！”

“这儿，只要你住三天，你也住不下去！”皇后淡淡地说，“不是你的地方，就不是你的！”这时，永琪带着晴儿，冲了进来。永琪一进门，就气急败坏地喊：“小燕子！不要冲动！千万不能剪头发……”他突然刹住脚步，看着尼姑装束的皇后，惊怔了一下，急忙行礼，“皇额娘吉祥！”“我已经不是‘皇额娘’了！用不着行礼。小燕子在这儿，毫发无伤，你带她回去，好好跟她谈谈吧！”皇后从容地说。容嬷嬷赶紧跟永琪和晴儿请安：“五阿哥吉祥！晴格格吉祥！”小燕子看到永琪，就把身子一转，用背对着他，嘟起了嘴：“我剪我的头发，关你什么事？”她虚张声势地喊，“容嬷嬷！剪刀呢？赶快帮我剪呀！”容嬷嬷虽然陪着皇后，过着半修行的生活，但是，机智和聪明仍在。看到五阿哥满脸惶急，看到小燕子色厉内荏，明白两人间的矛盾。她就打开抽屉，找出剪刀说：

“哦哦哦！是！是！格格！这一剪刀下去，就不能后悔，格格是不是铁了心，要剪头发呢？”

“剪！剪！剪……统统剪掉！”小燕子嚷着。容嬷嬷就拿起剪刀，捞起小燕子的长发，作势要剪。永琪吓得一头冷汗，大喊：

“容嬷嬷！住手！”他冲到小燕子身边，一把抢下容嬷嬷手里的剪刀，对小燕子颤声说，“你不要折磨我了，我已经快崩溃了！跟我回去！”小燕子看到他面容憔悴，眼睛都有黑眼圈了，心已经软了，嘴巴仍然强硬：“我折磨你，还是你折磨我？你不要在我面前装模作样！你去管知画……少来管我！"想到知画，眼前又浮起洗花瓣澡的一幕，气又来了，跳起身子，去抢剪刀，"剪刀还我！"晴儿急忙走上前来，把小燕子按进椅子里，劝着："不要怄气了！看在五阿哥一夜没睡，淋着大雨，把整个御花园都几乎翻了过来的分上，饶了你的头发吧！皇额娘在这儿修行，我们也不能一直打扰皇额娘，是不是？"晴儿一边说，一边把小燕子的头发梳好，把旗头也给她戴上。小燕子听到"一夜没睡"等字样，心里更加柔软，但是委屈依旧存在，低着头，默默不语。永琪就对她柔声说："我没有负你！"

"我不信！我看到了！""如果我用我的血起誓，你能不能相信我呢？"永琪情急，一半是做戏，一半是真情，就撸起衣袖，举着剪刀，对着手腕扎下去。小燕子大惊失色，飞扑上去，一把握住了他拿剪刀的手，真情流露地喊："你不要吓我！你敢扎下去，我……我……"说着，所有的伤心一齐涌上心头，眼泪立刻夺眶而出，点点滴滴，像断线珍珠般滚落下来。永琪慌忙丢掉剪刀，一把揽住了她，用温柔得像水的声调说：

"你仔细地想一想，如果我根本不在乎你，你要半夜逛御花园，那是你的事！你要得罪皇阿玛，那是你的事！你要大闹皇宫，那是你的事！你要剪头发，那也是你的事！你要干什么就干什么，统统都是你的事！了不起我把你休了，随你去哪里，当尼姑也好，当卖艺的也好，都不关我的事！我何必理你？何必到处找你？何必为你着急担心，弄得自己没有一天好日子过？"

听到永琪这样一番话，小燕子的心绞痛着，痛苦着，又夹着<u>丝丝</u>甜蜜，<u>丝丝</u>苦涩，<u>丝丝</u>酸楚……真是不知该如何是好了。晴儿趁机上前打圆场："小燕子啊！五阿哥无论如何，在你眼前，在你身边，这种福气，我求都求不到！你也要惜福一点呀！"

晴儿一语点醒梦中人，想到萧剑不知流落何方，晴儿忍受的苦，比自己更重，小燕子再也无法任性了，她点点头，擦了擦眼泪："走吧！我们不要再打扰皇额娘了！"晴儿牵起了她。永琪和晴儿，就拥着小燕子，往门外走去。走到门口，永琪回头："皇额娘，保重！"皇后深深看着三人，说："你们也是！"

小燕子又回到了景阳宫，永琪和晴儿，一边一个拥着她。她在容嬷嬷的照顾下，饱睡了一夜，看来神清气爽，倒是景阳宫里的人，个个形容憔悴。知画、桂嬷嬷和宫女们都迎上前去。知画深深看了三人一眼，赶紧对小燕子请安：

"姐姐！总算回来了！还没吃早饭吧！"回头吩咐，"桂嬷嬷，赶快开饭，晴格格也一起吃！""不了！我得赶回慈宁宫去，老佛爷醒来，没人照顾！我走了！"晴儿拍拍小燕子，"小燕子，我有空就过来看你，我们再谈啊！"桂嬷嬷瞪了小燕子一眼，心里有气，提高声音说：

"晴格格大概也一夜没睡吧！吃点东西再走，老佛爷问起来，我桂嬷嬷会去说明原因的……"桂嬷嬷话没说完，永琪忽然爆发了，他指着桂嬷嬷、珍儿、翠儿大声说：

"桂嬷嬷，珍儿，翠儿！你们几个给我听着！这个景阳宫不是你们几个的戏园子！假若你们再偷看我的生活，偷听我说的话，去向老佛爷告密的话，我马上打断你们的腿！我说到做到！看是你们大还是我大！如果你们不相信，我立刻就做！先抽你们几个五十大板再说！”就扬声喊，“小邓子！小卓子……”

小邓子、小卓子冲进门来：“五阿哥！小邓子小卓子在！”“赶紧叫人来！搬板凳，准备板子！我要打桂嬷嬷和珍儿翠儿！”永琪声色俱厉。

小邓子和小卓子意外之余，不禁感到大快人心，得意地、大声地应着：“喳！遵命！”两个太监就飞奔而去准备板凳和板子。桂嬷嬷吓了一跳，从来没有看到五阿哥这样严厉，珍儿翠儿也面无人色。桂嬷嬷仗着自己是太后的人，心想，五阿哥不过在虚张声势，就傲然问：“请问五阿哥，奴婢做错了什么？老佛爷要奴婢报告，奴婢能够不遵命吗？”“老佛爷的命令，你不能不遵，我的命令，你就可以不遵，是吗？这儿不是慈宁宫，我要用景阳宫的规矩教训你！”永琪大吼，“不许辩嘴！多说一句，多打十大板！”

桂嬷嬷这才觉得情势不对，还在犹豫中，珍儿翠儿已经扑通一跪，喊着：“五阿哥开恩！五阿哥饶命！奴婢不敢了！”“太晚了！非打不可！”永琪不为所动，咬牙切齿，“我最恨打小报告的人！桂嬷嬷，挨完打，你再去向老佛爷报告小燕子失踪一夜的事情！只要你还走得动！”桂嬷嬷从永琪坚定的神情里，愤怒的眼神里，看出严重性了。毕竟是宫里的老人，知道利害，不禁两脚一软，也跪下了：“五阿哥开恩！五阿哥开恩……奴婢知道了，奴婢不去报告，不去……”说着，磕下头去。珍儿、翠儿更是吓得簌簌发抖，不住口地喊：“五阿哥饶命！奴婢不敢了！再也不敢了……”知画看着这一切，吓得花容失色，看着永琪急促地说：“这样不好吧！打狗也要看主人！传到老佛爷耳朵里，不是会引起一场大风波吗？"就求救地看晴儿，"晴格格知道的，这桂嬷嬷，虽然拨给景阳宫用，还是慈宁宫的老人呀！"晴儿也怕事情闹大，赶紧对永琪说："知画说得有理，五阿哥，你教训了她们就够了！"对桂嬷嬷和珍儿翠儿喊着，"你们几个，也该知道一点分寸，还不赶快向五阿哥认罪！"桂嬷嬷生怕挨打，这面子里子都搁不住，拼命磕头说："奴婢错了！奴婢罪该万死，以后不敢了！"噼里啪啦就给了自己两嘴巴子，"奴婢自己掌嘴！"

"奴婢也错了！不敢不敢了！"珍儿翠儿也哭了，噼里啪啦，也开始掌嘴。明月、彩霞高高地抬着头，看得津津有味。小燕子没想到永琪有这样一手，在一旁看得发愣。和永琪认识以来，他都是和颜悦色的，从来不会仗势欺人。和小燕子认识以后，深受她"平等论"的影响，待太监和宫女都像待家人一样，像现在这样气势汹汹，丫头嬷嬷一概不饶，只有以前对付容嬷嬷，让她见识过。

这时，小邓子兴冲冲奔进房，喊着："五阿哥！凳子板子都准备好了，在院子里，是不是马上执行？"知画急忙往前一迈，哀恳地喊："永琪！手下留情呀！"晴儿也往前一迈，劝解着："五阿哥，你折腾了一夜，也累了，何必再跟她们生气？"转头对小燕子使眼色，"小燕子，陪五阿哥进房，休息休息！"

小燕子这才回过神来，拉了拉永琪的衣服说："算了！算了！进去吧！""算了？你要我算了？"永琪看着小燕子，挑起了眉毛，"这些奴才，对你不恭不敬，整天监视你，你就算了？""不敢了！不监视，不传话，不偷看，不偷听……"桂嬷嬷一面磕头，一面连声地喊着，"什么都不敢了！五阿哥饶命呀……"永琪这才"收兵"，指着三人，声色俱厉地吼着："看在还珠格格的面子上，暂时饶了你们！现在，给我滚出去！以后，最好不要出现在我面前！我不要看到你们！"

"是是是！遵命！我们滚……滚……"三人就连滚带爬地出去了。知画看得心惊胆战，目瞪口呆。永琪再掉头看着晴儿：

"晴儿，你先回慈宁宫，告诉老佛爷一声，我等一会儿就去请安，我要把所有的问题，一次解决！"晴儿一愣，忽然在永琪身上，看到了一股霸气，不禁肃然起敬了。

"是！晴儿知道了！"她转身出门去。永琪对明月、彩霞等人挥了挥手，宫女太监全部退了出去。大厅里，只剩下了永琪、小燕子、知画三人。小燕子还陷在惊愕里，看着这样的永琪，有些愣住了。知画回过神来，立即恢复了镇定，振作了一下自己，就走上前来，对小燕子福了一福，满脸无奈地说：

"姐姐！昨晚让你生气了，知画跟你认错！这些奴才，确实应该教训，经过了今天的事，大概我们的生活，都可以轻松一点了！事实上，自从进了景阳宫，我天天都在监视底下，所作所为，实在身不由己！希望姐姐不要生我的气！"

知画这样一道歉，小燕子不禁面红耳赤，觉得自己实在太小心眼了。"算了算了，我从来就没有生你的气！你救了我哥，我感激都来不及，哪里敢生气？"她红着脸说。"那么……"知画看了永琪一眼，低声说，"请你也不要生五阿哥的气……"小燕子也看了永琪一眼，噘着嘴低语："我也……不敢生他的气！"永琪看看小燕子，看看知画，忽然下定决心，就对知画郑重诚恳地说："知画……我有些话想跟你说，我和小燕子的这份感情，我想，你永远也不会了解！我很感激你这些日子来，配合我演戏，但是，这场戏，我不想再演下去了……"知画惊觉地看着永琪，很快地打断了他的话：

"你要说什么，我已经了解了！但是我想，你也应该了解我一下！我已经大张旗鼓地嫁给你了，我的爹娘在海宁，都是名人，他们还要做人，我也丢不起脸！你尽管和姐姐在一起，我不敢争风吃醋！在我们三个的故事里，你们有牺牲有妥协，我也有牺牲和妥协，你们尽管不在乎我！但是我要清清楚楚地告诉你，"她傲然地一抬头，自有一股高贵的气势，盯着永琪，有力地说：

"我生是你的人，死是你的鬼！"知画说完，再也不看永琪和小燕子，掉头出房去了。房里剩下永琪和小燕子，两人对看，都被知画这种气势震撼了。小燕子想到知画嫁进景阳宫，确实有很多委屈。她服侍永琪洗澡，想必是出自桂嬷嬷她们的安排。她能放下身段，抛开自尊，也算百般迁就了，自己出身江湖，都没办法这么谦卑。想到这儿，小燕子性格里的善良，就战胜了她的醋意，她讪讪地说：

"这个知画……也有她的苦，你……对她也好一点吧！""你未免太矛盾了吧？"永琪愕然地说，拉住她的手，把她拉进了卧房。

终于，又是他们的"两人世界"了。永琪拉着她的手，深刻地凝视她，不明白自己为什么这样喜欢她。连她的霸道，她的不讲理，她的吃醋，她的尖锐……他都喜爱。好怕好怕，有一天会失去她！

他摇摇头，语气温柔而带着命令意味："以后再也不许这样！不许怀疑我，不许半夜跑到御花园去淋雨，不许剪头发，不许闹得我天下大乱，不许出走……"小燕子看着他，看到他的黑眼圈，看到他的憔悴，看到他眼底的深情，看到他那种只有对自己才流露的温柔……她的心，因感动而痛楚，立刻情不自禁，投进了他的怀里，一迭连声地嚷："是！是！是！你不许的事，我都不做！你是'大猫'，我是服侍你的'小人'，我服了，我都听你！""还有一件事！""什么事？"

永琪脸色郑重，语气诚恳：

"自从我知道你的身世之后，我心里也有许多矛盾和痛苦，我必须说服自己，娶你是对的！并不是只有你，在矛盾嫁我对不对？你不能为我设身处地去想，最起码，不能再误会我！不管怎样，你好歹都是我的妻子，是皇阿玛的儿媳妇！这已经是个不能改变的事实！所以，媳妇就是媳妇，不许对皇阿玛不敬，不许记杀父之仇！人前人后，都要尊称一声皇阿玛！不许乱给皇阿玛编绰号，不许动不动就红眉毛、绿眼睛、张牙舞爪！"

小燕子推开了他，看了他好一会儿，终于轻声地、诚挚地、忍痛地说了一个字："是！"永琪这才松了一口气，把她紧紧一抱。吻就像雨点般落在她的头发上、面颊上、眼睛上、眉毛上、唇上。

为了让"花瓣澡"的事不再重演，永琪去了慈宁宫，晴儿早就把话带到了。太后看着有备而来的永琪，心里有点七上八下。晴儿站在太后身后，帮太后扇着扇子。永琪直挺挺地站在太后面前，带着一股正气，毅然决然地说：

　　"老佛爷！我已经听从了您的命令，娶了知画！现在，宫里上上下下，也都尊称知画一声'福晋'，这对先进门的小燕子，实在是一种侮辱，但是，小燕子无力反驳，我也等于默认了！我和小燕子，能够做到这一步，已经是仁至义尽！希望老佛爷对我们，也睁只眼、闭只眼，不要逼得太紧！关于我房中的事情，就请老佛爷不要再过问了！桂嬷嬷那几个奴才，如果再来向老佛爷报告我的生活，我会把她们痛打一顿，赶出宫门！我说到做到，请老佛爷三思！"

　　太后大震，目瞪口呆地看着永琪，晴儿也十分震撼地看着他。永琪继续说：

　　"关于小燕子的身世，如果老佛爷要告诉皇阿玛，也听凭老佛爷自便！我不在乎了！反正，我看，皇阿玛对小燕子已经很失望，知道真相之后，说不定恍然大悟，了解小燕子为什么行为失常，反而谅解了她！"

　　太后再也没有想到，会被永琪反将了一军，不禁大急，说："如果皇帝知道了，他怎么可能让小燕子留在宫里，死罪就算逃掉，活罪难免！如果皇帝把小燕子废掉，赶出皇宫，或者充军，你要怎么办？""小燕子留，我留！小燕子走，我走！"永琪坚定地说，"如果小燕子有什么闪失，或者，有人要对小燕子不利，那么，皇阿玛也失去了我！抱着这样的信念，我还有什么可害怕的？我要说的话，都说完了！老佛爷去定夺吧！永琪告退！"永琪说完，行礼如仪，太后还没从震惊中恢复，永琪已经掉头而去。太后震住了，动也不动。晴儿看着永琪的背影，眼中闪着佩服的光彩，心中想着：

“好厉害！永琪抓住了老佛爷的弱点，已经有‘王者之风’了！”

这晚，永琪没有在新房里度过。自从知画进门，这是第一次，他留在小燕子的卧房里过夜。

室内一灯荧荧，熏炉里飘着袅袅的烟雾。小燕子穿着一身白色绣花的水衣，披泻着一肩长发，眼神中带着梦似的光彩，站在床边。永琪也卸下了厚重繁复的衣服，只穿着白色的里衣，拥着她，用手抚弄着她的头发。他看着她，见她消瘦了好多，心里充满了怜惜，重新拥着她，更让他充满了珍惜。他柔情万缕地说：

“好像有几百年，没有跟你在一起！”

是啊！几百年！几百年的分离，几百年的折磨……她忍不住低问：“你每晚跟她在一起，到底做些什么？”“什么都没做！看书，写字，谈天……看着帐子顶发呆，然后各睡各的！”

“可是……她每晚都为你解纽扣吧？”她酸酸地问。

他愣了愣，拥着她的胳臂，不自觉地僵了僵：“好不容易跟你在一起了，我们一定要谈这个吗？”“可是我还是不信耶，这么多日子，你夜夜在她房里，她长得那么美，你们都穿那么一点点，她还帮你洗澡擦背……你说从来没有和她怎样……我不信耶！”“是不是要我以血起誓呢？”他故意作态，“我去找刀！”“好，好，不谈不谈！管我信不信？信也是信，不信也是信！”她嚷着，把他一把抱住，热情奔放地喊，“这些日子，我过得好辛苦！又气你，又恨你，又想你！”“我比你更辛苦，因为我知道你气我、恨我、想我！我天天看着你，想跟你说话都没机

176

会，我真想跟你说……"他咽住了。"想说什么？"她急急追问。"不说了，"他笑着摇头，"说不出口，有点肉麻！"

她腻着他，黏着他，祈求地、央求地拜托："说嘛！说嘛！又没有别人在旁边，桂嬷嬷她们也不敢偷听了……说嘛！好久没听你说肉麻的话了！"他就附在她耳边，一连串地说："爱你，爱你，爱你，爱你，爱你，爱你……"

小燕子听得如痴如醉，什么花瓣澡，什么解纽扣，什么鸳鸯比目鱼都飞到九霄云外去了。她的眼里心里，都只有他！她的"大猫"，她心甘情愿为他受苦，为他牺牲，为他当一辈子的"小人"！她踮着脚尖，主动送上了她的唇。

他被她这样的热情，烧得浑身滚烫，他们紧拥着倒上了床。

第三十四章

学士府里，一门欢欣。

东儿完全恢复了，活活泼泼地满室奔跑，笑得咯咯咯咯的。一会儿扑进福晋怀里，一会儿扑进尔康怀里，一会儿扑进紫薇怀里，一会儿扑进福伦怀里……简直没有片刻的安静，好像要把病中睡掉的动力，全部找回来似的，嘴里大声地嚷着：

"我骑大马，马儿来啰……驾……驾……驾……让路让路……"一头撞在福伦身上，抬头嚷："爷爷！"福伦爱极地抱起他，亲着他光滑的脸蛋："哎，我们家的宝贝，又活蹦乱跳了！瞧，脸上光光的，一个麻子都没留！带出去，谁都不相信他出过天花！""多亏紫薇呀！守在床边那么多日子，自己瘦了一大圈，东儿反而胖了！"福晋笑着说，怜惜而宠爱地看着紫薇。

"不是我一个人的功劳，不要只夸我哟！"紫薇幸福地笑着说，"阿玛、额娘和尔康，都非常辛苦！总算这个天花没有传染到宫里去，家里的人，也没传染！"看着尔康问："不知道北京城里，是不是流行得很厉害？"

"今天去上朝，说是病情已经控制住了！皇阿玛被东儿吓住了，命令太医学院刘裕铎院使，研究一种'种痘'的办法，想控制天花病！嘿！"他笑了起来，"人定胜天！说不定我们东儿这一病，会造福未来的许多人！将来，天花在人类的生活中绝迹，那才好呢！"

"可能吗？好像不太可能吧！"福晋不相信地说。

"我觉得人类太聪明了，没有什么不可能的！"尔康说，"以前，家里有一个人害天花，一定个个传染，现在，已经懂得怎么防止传染，这就是一种进步了！未来的世界，不可限量！"

正说着，外面一阵喧闹。家丁大声通报：

"五阿哥驾到！还珠格格驾到！"

众人大喜，紫薇尤其兴奋，忍不住喊着说：

"小燕子来了……小燕子耶，几百年没看到她了！"

紫薇就往门前冲去，还没到门口，小燕子和永琪欢笑着奔了进来。紫薇大喊：

"小燕子！"

"紫薇……我想死你了！"小燕子拉住紫薇的手，上看下看，左看右看，"你怎样？气色很好，就是好瘦啊！""你也是！"紫薇也打量着小燕子。

福伦、福晋赶紧行礼："五阿哥吉祥！还珠格格吉祥！""秀珠，冬雪……赶快沏茶！"福晋嚷着，"秋天了，还是这么热，拿几杯酸梅汤来！"

丫头们答应着，忙忙碌碌，奉茶奉水端点心。永琪对福伦福晋点头招呼，眼光就落在尔康脸上，笑着说："恭喜恭喜！总算有惊无险！"福晋心情愉快，看着永琪，想到什么，急忙说："五阿哥！这东儿一病，闹得我们全家大乱，我都来不及进宫，跟你去贺喜，真是恭喜了……"尔康突然"喀喀喀……"地大咳起来，拼命打断福晋的话："喀喀喀！喀喀……额娘，你去看看，厨房有没有点心可吃？"小燕子眼珠一转，走了过来，对尔康嚷着："尔康！你着凉了，还是呛着了？这永琪娶了知画，在宫里是件大事，伯母恭喜他一声，也没说错，要你又咳嗽又打岔的？"尔康看了小燕子一眼，见她神清气爽，若无其事，实在有些纳闷。

"哦？看样子我咳嗽咳错了！"尔康再去看永琪，困惑地问，"五阿哥！看小燕子的神情，你们过得还不错是吗？"不禁肃然起敬起来："我对你佩服得五体投地！看样子，皇阿玛的功夫，你是得到真传了！你到底……"

尔康话没说完，轮到永琪一阵大咳，一面咳，一面说："喀喀喀……喀喀……尔康，你少说两句，那个……酸梅汤，酸梅汤……我很渴，快给我一杯！"紫薇和小燕子交换着眼神，紫薇笑着说："他们两个传染得倒快，一个咳完一个咳！"小燕子瞥了永琪一眼，做了个鬼脸，就走过去抱起东儿，惊叹地喊：

"哇！东儿，你更漂亮了！脸蛋这么光滑……眼睛这么亮，长大了一定是个美男子！还好，不怕你被别人家抢去，我已经预定了！紫薇，尔康……你们不许赖，东儿将来是我的女婿，我们一言为定哦！"

紫薇喜上眉梢，问："小燕子，你有好消息了吗？""哪有好消息？"小燕子脸色一沉，"问问知画有没有好消息倒是真的！"

永琪呆了呆，叹了口气，自言自语："又来了！什么信也是信，不信也是信，明明就不信！"

尔康看看这个，看看那个，忽然拍拍手，说：

"我有一个提议，我们四个，好久没有聚在一起了！我和紫薇，最近天天关在家里照顾东儿，简直闷死了！你们两个，关在宫里出不来，大概也快闷坏了！我们何不到郊外去骑骑马，痛痛快快地狂奔一下？"

"好呀！骑马！我们去幽幽谷！"小燕子喜悦地大嚷。

于是，四个人离开了学士府，骑上了马，在草原上好好地奔驰了一阵。大家好久没有这样放松过了，这一阵策马疾驰，才让大家又"活过来"了。经过了东儿的死里逃生，经过了永琪的盛大娶知画，经过了萧剑的受困和远走，经过了小燕子的身世大白……他们四个，再聚在一起，真有说不完的话。

一段奔驰之后，四人放慢了马，策马徐行，边走边谈着，每个人都又说又听，说得动容，听得也动容。然后，他们到了幽幽谷。紫薇四面一看，无限感慨地惊呼着："幽幽谷！好久没有来了！"尔康凝视着谷中的景致，和紫薇勒马并立。

"紫薇，还记得当年，你失踪了，我在这儿找到你的情形吗？那天的一切，经常在我眼前重演，你坐在那块大石头上扯花瓣，看到了我，你撒掉花瓣向我跑来，我也向你飞跑过去，然后，我抱住了你……没想到，这样一抱，我就再也无法放开你了！"

紫薇回忆前情，脸上不禁涌现甜蜜的微笑。

小燕子和永琪也慢慢地骑马过来。

"幽幽谷！"小燕子回忆着，"还记得那天，找到了紫薇，我们就在这儿定计，决定把紫薇送进宫……那是几年前的事了。""七年了！这七年，我们大家的变化好大，经过了太多的事！""记得我生病快死的时候，做了一个梦，在这儿，我们有个大团圆的聚会！蒙丹、含香、尔泰、塞娅、金琐、柳青、柳红，再加我们四个，全部聚在一起！梦里的含香，还在这儿招蝴蝶，整个山谷，都是蝴蝶！现在，这个梦还要多加两个人，晴儿和箫剑！不过，这个梦越来越遥远，不知道哪一年才会实现了！"紫薇感慨起来。

"让我们抱着希望，总会有实现的一天！"尔康看看大家，"来吧！我们下马，好好地分析一下现在的局面！"

四人就纷纷下马，马儿到草地上去吃草，四人就在石头上一坐。

尔康打量永琪，无法置信地说：

"我简直不能相信！你说，你和知画，到现在都是挂名夫妻，老佛爷说不定心里也有数？"永琪点头。紫薇一脸的不可思议，小燕子嘟着嘴，半信半疑。尔康想了想，越想越担心，盯着永琪，皱皱眉说：

"这样不大好吧？我觉得你在玩火，当心被烧得体无完肤！老佛爷一时之间，可能招架不住，只能忍着。但是，知画不是普通人家的姑娘，是陈邦直的女儿耶！陈邦直今年之内，一定会进宫看女儿，假若他们知道知画这么委屈，他们会沉住气吗？他们一定会气死的，那时候，又是一番惊天动地，所有的秘密，还是保不住！"

"如果我们干脆向皇阿玛招了呢？"永琪忽然发出一句惊人

之语。

"不能招！一定不能招！"尔康严肃地说，"皇阿玛的反应，我们根本不能预估！我们要有一个最后的方案……"他认真地看着小燕子，"小燕子，别让萧剑和晴儿白白分手！万一皇阿玛知道了，我要找出静慧师太，证明你根本不是萧剑的妹妹！到时候，你要跟我们合作！"

"我不要！"小燕子震动地喊。

"你理智一点，为什么不要？"紫薇问，"萧剑说得很有理，说不定你根本不是他妹妹，其实，我和尔康，老早就在怀疑这一点！反正，事情不拆穿，大家都瞒着，万一拆穿了，说法要一致！静慧师太那步棋，是一定要走的！"

"好！就这么办！尔康，你负责去找静慧师太！"永琪说。尔康点点头，严肃地看看永琪："知画这件事，你的做法，我在感情上是佩服的！但是，理智上，我觉得太危险，也太不人道！"

"那你要我怎样？"永琪急了，"和她成为真夫妻吗？"尔康郑重地点头。

"你娶她那一天，就应该这样做！"他再看小燕子，"小燕子，知画嫁给永琪，才换得萧剑的自由，现在，萧剑走了，永琪却不履行承诺，好像有失君子风度！人家知画现在是个有苦说不出的弱女子，这样欺负人家，也不像五阿哥的作风！"

小燕子一听，就跳起身子，烦躁地嚷："我怎么欺负她了？我才被她欺负！一会儿帮永琪解纽扣，一会儿帮他洗澡，一会儿靠在他怀里哭……每晚跟他同床睡觉……我就是生气嘛！要我不吃醋，根本不可能！"尔康听得匪夷所思，看永琪："这么说，知画和你，也有'肌肤之亲'了？你预备让她将来怎么办呢？"

永琪烦恼地一甩头："事情没发生在你身上，你根本不了解我的苦！""我了解！我非常非常了解！"尔康急忙说，"但是，了解是一回事，应该怎么做是另外一回事！你们都没有为知画设身处地想过吗？"紫薇深思着，忍不住看着永琪，接口说："永琪，我服了你！你和知画结婚那晚，我以为你们已经成其好事，对你还蛮生气的！现在，才知道你居然坐怀不乱，让我刮目相看！"

"不要刮目相看了！"永琪苦笑，坦白地招了，"我本来也想'勉为其难'，结果就是做不到！这才知道，真正的爱，身与心是合而为一的！""我站在小燕子的立场，为你的'做不到'而感动；但是，站在知画的立场……就有点代她悲哀。"紫薇想着，诚实地叹了口气，"她才十七八岁，要应付这种局面，大概也慌了手脚。你也有点残忍啊！""你们怎么回事？为什么都站在知画的立场去说话？"永琪急了。"我不是站在知画的立场，是站在正义的立场！"尔康说，"想想看，她不是在普通的情况下嫁给你的，是在我们大家走投无路的时候，挺身而出，为我们解围的情况下嫁给你的！我们曾经有求于她，不该过河拆桥！这件事不是单纯的感情问题，还包含了责任和道义！"

小燕子听来听去，这时，再也无法沉默了，就去推永琪，嚷着说：

"我知道了！我欠了知画，你也欠了知画，好嘛好嘛，你去跟她圆房！我一定不再吃醋了，我会忍受，忍得了也忍，忍不了也忍！你去你去……尔康和紫薇说得对，我不该这么任性，我应该对知画报恩的，我不报恩，还欺负人家！我忘恩负义！是我错！永琪，你今晚就跟她圆房去！"

永琪差点被小燕子推到水里去，站起身来，烦恼地喊：

"我好不容易把事情摆平了，老佛爷也不追究了，为什么还要圆房呢？""因为，这样太不光明！因为，知画太可怜！"尔康深谋远虑地说，"因为……这事充满了后顾之忧！万一知画想不开，一条绳子上吊了，那怎么办？"永琪吓了一大跳，睁大了眼睛：

"上吊？她会上吊？"尔康不语，紫薇有同感，也不语，小燕子惊悟着，也不语。永琪环视众人，他知道，尔康句句都说到重点，不禁跌脚大叹：

"我怎么会弄成这样？当初怎么会答应这种条件？谁能把我从这个困境里解救出去呢？"

这晚，小燕子又站在窗前看月亮，心事重重地深思着。尔康说的话，句句在她脑海里回响。进宫这么多年，她也成熟了很多，不再是以前那个不用大脑的小燕子。但是，当她用大脑来想这件事的时候，她的心就跟着痛楚起来。

明月、彩霞在铺床，不时偷眼看小燕子，暗中揣测着，今晚的五阿哥，不知是睡"新房"还是"旧房"？正在猜测中，永琪推门进来了。小燕子回头一看，冲口而出："你走错房间了吧？"永琪一怔，苦笑着说：

"难道这不是我的房间吗？"明月、彩霞相对一看，都笑开了，明月就热心地喊着："当然是！当然是！五阿哥！这儿坐！"明月把椅子上的坐垫拍了拍，拉着永琪坐下来。彩霞也嚷着："没走错！没走错！五阿哥！喝茶喝茶！"彩霞急忙倒了一杯茶过来，放在小几上。两个丫头就请了一个安，看了小燕子一眼，双双退下，细心地关好房门。永琪起身，走到小燕子身边，柔声喊："小燕子！怎么不说话？"小燕子转过身子来，凝视着永琪，看了好久好久，然后，就诚挚地、懂事地说：

"今天在幽幽谷，尔康和紫薇的一番话，敲醒了我！我想了很多很多，觉得我真的不应该跟知画吃醋，不应该想单独霸占你！那天，皇阿玛说过，将来，你还会有知梅、知兰、知菊、知竹什么的，我必须接受！如果，我连对我有恩的知画、脾气这么好的知画，都不能接受，我一定会遭到报应……"

"算了吧！"永琪烦恼地打断，"什么知梅、知兰、知菊、知竹……一个知画，我已经弄得乱七八糟了，哪敢再来？没有了！那是不可能的！至于知画……""我不生气了，也不吃醋了……"小燕子抢着说，"今晚，你去她房里，办完你早就该办完的事！去吧！"

永琪瞅着她，问："你不吃醋？你真的不吃醋？""你心里有我，就可以了！"她点头，深深切切地看着他，"我愿意和她共有一个你！我不吃醋了。"永琪怅然若失，怅怅地说："你不吃醋，我反而有些失落……你真的不吃醋了吗？那是不是表示，你不在乎我了？你要把我让给别人了？这样的小燕子，我有点不习惯呢！"

小燕子睁大眼睛，惊喊："永琪！你不要得了便宜还卖乖啊！""不要赶我走！"他揽住她的腰，凝视着她，充满感性地说，"我答应你，会对知画负责任，可是，我今晚还没准备好！明天再说！""什么没有准备好？你要准备什么？这事还要准备吗？"

小燕子越听越奇怪。"是！尔康他们虽然说服了你，我还没有说服自己！让我再想一想！"

小燕子坚定地看着他："不要想了！你今晚就过去！什么明天再说？明天之后还有明天，你要拖到哪一天？我只要想到前些日子，我所受的苦，就觉得，我没有权利让知画也受这种苦！"她定定地看着他，"尔康说得对，我们不能无情无义！你去吧！"小燕子说着，就把他往门口推去。他着急起来，一个劲儿地说："我真的还没准备好……真的没准备……"她踮起脚尖，捧住他的脸，用力地吻了他一下。她的眼睛湿漉漉而亮晶晶，美得让人目眩神驰，她的声音里，没有暴躁，没有懊恼，只有无比无比的温柔。

"我知道你的心，感激你对我这么好，想起前些日子，一直冤枉你，一直跟你生气，就觉得自己太没风度了！我现在，诚心诚意地希望，你帮我了了这个责任，我欠了知画，请你帮我还债！请你'勉为其难'，谢谢你！"

小燕子说完，就把他推出房门，把房门关上了。

剩下永琪，怔忡地走到回廊上，站在那儿发呆，心里像烧滚的油，又热又烫又煎熬。他的理智告诉他，小燕子想明白了，尔康紫薇分析得都对，为了大局，为了小燕子，为了仁义，为了无辜的知画，自己确实应该去完成丈夫应尽的责任。想着，他就往新房走去，走到门口，又站住了。但是，但是，但是……心里就有好多个"但是"，眼前闪耀着的，依旧是小燕子湿漉漉亮晶晶的眸子。他正思前想后，举棋不定，桂嬷嬷从新房出来，一眼看到永琪，就惊喜地喊着：

　　“五阿哥！怎么在这儿发呆，不进房呢？”突然想起那个要打她的五阿哥，马上害怕地退开，“奴婢走了！走了！”就急急忙忙地逃走了。

　　桂嬷嬷这样一喊，就惊动了在房里看书的知画，她的眼睛蓦然闪亮了。房门一开，她翩然出房来，抬眼热烈地看着永琪，她幽幽地说：“你来得正好，我看到一首诗，有些不明白，你讲解给我听，好不好？”“什么诗？谁的诗？”永琪心不在焉地问，心里还在抗拒着。“在这儿，我正在看……”知画就挽着永琪进房来。

　　知画关上房门，就去把书拿来，递给永琪看。她站在他身边，离他好近好近，头发几乎拂着他的面颊，身上带着淡淡的清香。她指着书上的文字，说：“就是这首！”永琪目不斜视地看书，念着书上的句子：“谁伴明窗独坐，我共影儿俩个。灯尽欲眠时，影也把人抛躲。无那，无那，好个凄凉的我！”他颇为震动，怜悯地看知画，喃喃说：“这不是诗，这是词。”知画眼里，漾起一层泪雾，她轻柔地说：

　　“不管是诗还是词，念了几百次，就有些犯糊涂！”她抬眼看他，带泪的眸子里，盛满了哀恳。她的声音，凄婉而幽怨：“永琪，我知道你心里没有我，我也知道，我以后的生命，就是这样：‘谁伴明窗独坐，我共影儿俩个！’我不敢怨，不敢奢求，更不敢和姐姐争宠。你尽管去爱她……但是……请你让我也能有一点期待，将来，也能有一些回忆好不好？”

　　永琪呆呆地看着知画，对这样的知画，不能不充满了怜悯，犯罪感就像海浪一样，对他席卷而来。

“知画，对不起……”“不是你的错，你不用说对不起！我明知道这是一个虎穴，我还是进来了！”“你应该拒绝的！”他无力地说。“是！我知道……但是，我进来了！”她就拉着他的手，把他拉到床边，开始帮他解纽扣，一面解，一面低低说：“你说，每天演戏，你不想演了，我也不想演了！我们不要再演戏，我请求你，让我有个孩子！这样，就算我要每晚独守空闺，最起码，不是‘谁伴明窗独坐’，而是‘我共孩子俩个’！”

永琪呆呆地、被动地站着，心中，充满恻然的情绪。知画细腻地、温柔地为他脱下衣服，就开始解自己的纽扣，一面解，一面不胜娇羞地看永琪。她的脸庞涌上了红潮，她的声音，带着深深的渴盼，和怯怯的哀愁。

“只要给我一个孩子，我就满足了，我不会纠缠你！我谢谢你，感激你……”永琪眩惑着，凝视着她那美丽、哀愁、娇羞、渴望的脸庞，在强大的犯罪感中，无法动弹。知画褪下了衣服，就弯腰一口吹灭了桌上的灯，她拉着永琪倒上床。

那夜，永琪终于“勉为其难”，让知画成了他的新娘。

第
三
十
五
章

　　两个月后。这天，太后要去碧云寺上香，尔康、福伦、永琪带着卫队护送，小燕子、紫薇、晴儿、知画和令妃都陪同着来了。整个队伍，浩浩荡荡。到了庙前，民众夹道，争先恐后地伸长脑袋观看。福伦不断喊着：

　　"大家让一让，老佛爷的轿子到了！"几乘华丽的大轿和马车，陆续停下。尔康维持着秩序，下马，对民众嚷着：

　　"大家后退！老佛爷来上香，没有什么好看的，不要挡着路！退后，退后！"

　　民众就是不退，更加向前挤。官兵用棍子拦着老百姓，老百姓兴致高昂，争先恐后地叫嚷着。研究着谁是老佛爷，谁是还珠格格，谁是紫薇格格。在大家的叫嚷声中，从马车内，轿子内，陆续走下太后、晴儿、知画、小燕子、紫薇、令妃和嬷嬷宫女们。一干女眷，簇拥着太后，向庙宇走去。嬷嬷们、宫女们、太监们前呼后拥。早有庙内的师父们，夹道迎接。"贫僧智明恭迎老佛爷！老佛爷千岁千岁千千岁！"再一一招呼，"五阿哥吉祥！额驸吉祥！福大人吉祥！""师父！香烛都准备了吗？民众太多了，老佛爷上完香就要回去！不能停留！""准备了！准备了！这边走！"

知画和令妃，一边一个，扶着太后。桂嬷嬷和宫女嬷嬷们提着供篮，跟随在后。小燕子、晴儿、紫薇三个，落在后面。小燕子最爱热闹，看到这么多人，忍不住叹气，说："好不容易出来一趟，只是上香！这么多人看热闹，使我想起南巡那一路，真是精彩呀！最近，我快闷出病来了！最好再来一次南巡，宫里好无聊！""你少说两句吧！当心老佛爷听见，你看，知画就不觉得无聊，陪着老佛爷，也笑得很开心！你应该跟她学学！"紫薇说。"哼！她那一套我学不会！"小燕子叽咕着，"她当然不无聊，平时在宫里，她也很忙！念书，背诗，出口成章！画画，写字，好厉害！""小燕子！"晴儿看着小燕子，由衷说，"你实在不容易，以前看你打打闹闹，对什么事都大而化之。这次的知画事件，让我看到另外一个你，你的爱心和忍让，我自叹不如！"

"我也自叹不如！"紫薇接口。小燕子眼眶一红，酸酸地看两人："你们多叹几次气，多说几个'不如'，让我心里舒服一点吧！我怎么会这么做？到现在都还有点糊里糊涂！"三人边走边聊，尔康和永琪就绕到后面来，默默地保护着。尔康低问永琪："你这个'齐人之福'享受得怎么样？"永琪瞪他一眼："都是你！大道理一大堆，我准会被你陷害！不知道为什么，每天都觉得胆战心惊，好像要出事！""别自己吓自己了！一路走来，都是情势所迫，相信我，你没做错！""是吗？我就是不大相信你……"

　　这时，人群中，有个衣衫褴褛的老人，也在伸头看热闹。老人拄着拐杖，白头发披散在脸上，遮住了半张脸，白胡须长长地垂着，被拥挤的人群，挤得东倒西歪，忽然间，群众一仆，老人站立不稳，从人群中摔了过来，正好跌倒在晴儿、小燕子和紫薇面前。老人呻吟着：

　　"哎哟……哎哟……哎哟……"老人在地上爬着，无法起身。"不要吓着格格！"官兵们大喊。

　　许多官兵就去抓老人，老人刚刚摇摇晃晃站起来，被官兵一冲，又摔倒在地。手中拐杖，滚到晴儿脚前。老人呻吟不止，大叫："哎哟！撞死人了！哎哟……哎哟……"人群都挤过来看。小燕子忍不住对官兵大嚷："你们不要那么凶，没看到他走路都走不稳吗？"晴儿睁大眼睛，瞪着老人，不知怎的，心脏就是怦怦跳，整个人都紧绷起来。她慌忙捡起拐杖，去递给老人，声音颤抖着："老先生！你的拐杖！""阿弥陀佛！姑娘好心！祝福姑娘，事事如意……"

　　老人一边说着，一边接拐杖，眼光和晴儿一接，手已经闪电般迅速，塞了一张纸条到晴儿手里。晴儿大震，紧紧地握着那张纸条，眼光定定地看着老人。两人电光石火间，交换了柔肠寸断的一瞥。原来，那个老人，竟是箫剑乔装的！

　　永琪和尔康没认出箫剑，生怕有闪失，急忙飞蹿过来，一边一个，去搀扶老人。"老伯伯，摔了哪里？站得起来吗？"永琪关心地问。老人颤巍巍地站了起来，对永琪、尔康、紫薇、小燕子、晴儿等人，眼光一扫："各位阿哥格格心肠好，菩萨保佑，大家长命百岁，阿弥陀佛！"几个人个个大震，目瞪口呆，这才发现老人是萧剑伪装，大家都吓得变色了。尔康第一个恢复镇定，一把抓住萧剑，低吼着："快让开！走那边……那边……"拉住萧剑的胳臂，把他一直拉进人群里，对他低低说了一句，"你疯了！好大的胆子！快走！""是！是！是！"萧剑一迭连声地应着，一钻，就钻进人潮中，消失了。晴儿、紫薇、小燕子三人对看，个个惊怔着。紫薇低声说："不要露出破绽，大家笑笑吧！一边笑，一边谈，自然一点！"小燕子就笑了起来，笑得有点夸张，声音颤抖着："哈哈，哈哈……紫薇，好紫薇，亲亲紫薇，你今晚一定要进宫，我们一起睡！我的心现在跳到喉咙口，快要从嘴里跳出来了！"晴儿惊魂未定，神志不清地低语："我……我……我的心已经跳得不见了……我要去烧香！我要去拜菩萨……我要去给菩萨磕头……"她语无伦次地说着，一面把纸条塞进衣服口袋里。这样一场小骚动，一点都没有惊扰到太后，大家鱼贯地进了庙，开始烧香祈福。太后虔诚地上香，虔诚地祝祷："但愿菩萨保佑我大清，国泰民安，风调雨顺！谢菩萨保佑东儿，渡过难关，保佑北京城，没有被天花夺走太多人命！阿弥陀佛！"

令妃跟着上香，也低低祝祷。然后，知画、小燕子、紫薇、晴儿一起上香，默默祝祷。各有各的心事，脸色都怪怪的。永琪和尔康在后面看，两人不时交换着紧张的眼神，生怕萧剑再出现。厅内香烟缭绕，檀香的味道，弥漫在空气里。知画虔诚地默默祝祷着，忽然间，一阵晕眩袭来，胃里顿时冒着酸水，要吐，急忙用手蒙住嘴，喃喃地说了一句："菩萨，对不起……"

知画就奔出上香行列，急往厅外冲去。太后一惊，问："怎么了，知画？""老佛爷别着急，我去照顾她！"令妃说，追了过去。

知画一直冲到厅外，站在庙宇那大大的天井中，呼吸了几口新鲜空气，终于把那反胃的不适克服了，她扶着柱子站着，脸色有些苍白。令妃关心地扶住她，急问："不舒服吗？""对不起！让娘娘操心了！"知画歉然地说，"这两天一直这样，胃不舒服！刚刚是香味太重了，给烟一熏，就想吐！"令妃眼睛一亮，仔细看她，问："知画，你是不是有好消息了？多久了？"

知画脸一红，头低了下去，无法掩饰那份喜悦，低低地说："还不知道……是不是呢？别说！"就凑在令妃耳边，说了两句悄悄话。令妃顿时眉开眼笑，惊喜莫名，喊着："那就是了！怎么不说呢？老佛爷到这儿来烧香，也是为了你呀！这可是天大的好消息！"令妃就牵着知画回到大厅。众人早已烧香完毕，都看着知画。只见知画笑吟吟，羞答答。令妃满脸的笑。

"知画，还好吧？"太后关心地问。"没事没事！"知画羞涩地笑着，眼睛亮晶晶的。令妃忍不住报喜："老佛爷！好消息好消息！老佛爷大喜了！"说着，就回头看永琪，再说，"五阿哥！好不容易，这次一定不会出问题了，恭喜恭喜！你要做阿玛了！"永琪一震，看知画，知画也看过来，对他悄悄地点了点头，垂下眼睑，抿着嘴角，绽开一个幸福的微笑。

太后大喜过望："哎呀！哎呀！太好了！赶快……"素斋也不吃了，茶也不喝了，急急地吩咐，"备车回宫！让知画好好休息！可别动了胎气！给知画准备一辆小轿子，她不能乘马车，马车颠得厉害！"

太监们大声应着：

"喳！奴才遵命！"一群人都奔出去备轿。小燕子听着看着，目瞪口呆了。紫薇和晴儿，看着小燕子，脸色都黯淡下来。永琪赶紧回头，搜寻着小燕子的眼光。两人的眼光一接，小燕子眼睛里盛满了失意。

他只能用自己的眼神，祈谅地、哀恳地、无奈地注视她，想把自己那矛盾的歉意和不变的爱意，传达到她的心里。小燕子没有接到这份"传达"，因为，她的心不管用了，在一阵撕裂般的痛楚之后，还噼里啪啦地裂成许多碎片，原来，心碎是有声音的！事实上，那阵噼里啪啦是庙祝在放鞭炮，讨好老佛爷、五阿哥和知画福晋。

从碧云寺回宫，已经是晚上了。太后迫不及待，就把知画带进了慈宁宫。

永琪、尔康、紫薇、小燕子、晴儿五个人，都回到景阳宫，进了小燕子的卧室，大家急急忙忙，把一扇扇的窗子全部关上，再把房门紧紧合上，他们有太多的话要谈。尔康看看四周，不放心地问：

"五阿哥，你这个景阳宫到底可靠不可靠？我们说话，会不会有人偷听？""这个……我可没把握，大家声音低一点！"永琪说，眼光还是注视着小燕子。晴儿还陷在和萧剑见面的紧张和兴奋里，说："我想，宫里任何地方都不可靠，但是，景阳宫还比较好！上次五阿哥对桂嬷嬷她们发了一顿大脾气，非常管用，现在，她们都不敢偷听了！"

紫薇看看晴儿说："你不回慈宁宫，老佛爷会不会起疑心？"

"她现在高兴得昏了头，知画又陪在那儿，她来不及要告诉知画各种要小心的事，又知道你在这儿，我一定会来，反正她没什么害怕的事，乐得去管知画，不管我了！"晴儿说。小燕子听了，心中真是五味杂陈，哀怨地看了永琪一眼。"哼！要当阿玛了！"她酸酸地说，对永琪双手抱拳，一揖到地，"恭喜恭喜！我做不到的事，总算有人帮你完成了！"永琪看着小燕子，眼里除了歉意和凄凉，还有温柔和无奈。他低声地、求饶地说："小燕子……我……"小燕子眼眶一红，打断他："不要说了，我……不想听！"就转开身子。永琪一急，拦住小燕子，激动起来：

"不想听也得听！"他看大家说，"你们大家，说我忘恩负义，说我残忍，说我不负责任……把我一步一步逼上梁山，你们如果再跟我生气，我算什么？我看，我现在就出宫，去把萧剑揪出来！都是为了他，才把我陷进这种困境，他居然没有离开北京，还胆敢公然出现，简直气死我了！"

"嘘！嘘！声音低一点！"紫薇上前，拉住小燕子，说，"现在，别忙着吃醋，好不好？萧剑没走，这个震撼实在太大了！""就是就是！不过，我现在想一想，这还真是萧剑的作风，他说过，最危险的地方，就是最安全的地方！"尔康说。晴儿就奔过去，拥抱了小燕子一下，兴奋地，喘息着喊："小燕子！不要生气嘛！等会儿关了房门，你再单独地审五阿哥，让他跪算盘，让他罚站……什么都可以，现在，先看看这个！"晴儿说着，就从口袋里掏出那张纸条，摊开来看。小燕子眼睛一亮，惊喊：

"他给了你一张纸条？"大家全部围拢，尔康移过来一盏灯，一齐读萧剑的信。只见信上写着：

晴儿，自从别后，魂牵梦萦，一日三秋，苦不堪言。可叹咫尺天涯，竟难以飞渡！尽管漫长等待，耗尽心力，却日日夜夜，从未放弃希望！宫中一切皆知，小燕子永琪等之付出，痛彻我心！紫薇尔康等之友谊，念念难忘！相逢有日，再见可期，务必坚持信念，守得云开见月明！纸短情长，言不尽意！珍重珍重，知名不具。

众人看完，大家抬起头来，个个情绪激动。晴儿含泪，更是一读再读。她震动已极，眼中闪亮，自言自语："务必坚持信念，守得云开见月明！还会有云开的时候吗？还会有月明的时候吗？我还能坚持信念吗？还能抱着希望吗？"小燕子眼中充泪，兴奋地说：

"能能能！晴儿！为了我哥，你一定要坚持！"再看看信笺，大骂，"什么哥哥嘛！明知道我也会看的信，四个字四个字地写，看得我头昏脑涨，累死我了！不过，我也看明白了，原来，他还没有死心，他还在等机会！"她拉着晴儿的手，热烈地嚷："晴儿，我哥哥真好，是不是？他才是最懂感情、最坚定的男人！"说着，又看看尔康，"尔康，你也是，你对紫薇，也是好得不能再好！"

晴儿把信纸压在胸前，又喜又悲地喊："他一定等这个机会，等了几百年！才等到我们去上香……"忽然脸色骤变，惊喊：

"糟糕！不行呀！不行！""什么东西不行？"紫薇紧张地问。

"我发过重誓，我对老佛爷发过毒誓，如果我再和萧剑来往，萧剑会……会……会……"

她说不下去，颤抖起来。"哎呀！你不要傻了！"小燕子喊，"那种毒誓，根本不会应验的！我发过好多誓，什么毒誓都有！最常说的是，如果我再撒谎，我就变成乌龟王八蛋！你看，我有没有变？""可是……我还是很害怕，真的很害怕！我发誓的时候，是诚心诚意的！"尔康看看晴儿，有力地说：

"晴儿，不要怕！你发誓是不得已的事！老天不会跟你认真的！"他看着众人，分析着，"萧剑藏在北京，我们已经知道了！但是，他没跟我们任何一个联系，连柳青都不知道他的下落，可见他也非常小心！他这人，到处有朋友，老欧好像也在北京附近！只要他不被监禁，他有的是办法！我们可以不必担心他！他既然没有放弃希望，他一定还会有举动，我们只有处处提防，静观其变！"

"这不是很危险吗？"永琪说，"下次，他不知道又用什么身份冒出来！今天，他的化装非常好，把我都唬住了，没有近看，真的看不出来！不过，在这么多人面前出现，他实在太大胆了！"

"虽然大胆，也是仔细计划过的，我想，很多帮手，都藏在人群里！"尔康说着，看晴儿，"倒是晴儿，你在老佛爷面前，千万不要露出痕迹，这封信，我相信你已经会背了！给我！我要把它烧掉！免得小燕子又要吃信纸！"

尔康伸手给晴儿，晴儿不舍，终究还是理智地递给他。尔康把信笺放在灯上，信笺转瞬就烧掉了。晴儿看着那封信变成灰烬，眼中泪汪汪，惋惜地说："他冒了这么大的危险，只为了要见我一面！好不容易送张字条给我，又被烧掉了！”

“不只要见你一面，他还送来一个信息，就是要我们大家知道，他仍然和我们在一起，不管是他的心，还是他的人！字条烧掉有什么关系？这份心烧不掉！”紫薇安慰着她。小燕子吸了吸鼻子，眼中也是泪汪汪，说：

“晴儿！你掉什么眼泪？你太幸福了！虽然我哥不在你身边，可是，他的心是你的，他的人也是你的！哪像我，熬了这么多年，熬到半个人！”她再看永琪一眼，想到知画已经怀孕了，更是酸楚，“我这儿只有一半，人家那儿，快要变成一个半了！”

小燕子左一句，右一句，句句刺向永琪。永琪被深深地刺痛了，忍不住说：“反正我里外不是人！如果你一直这样夹枪带棒地骂我，我还是走开算了！”尔康一把拉住了永琪，说：“你走到哪儿去？不是你走！是我们该走了！晴儿，你回慈宁宫，我和紫薇，也要回家了！”他拍拍永琪的肩，示意要他安慰小燕子，“你和小燕子，大概也有话要谈吧！”“紫薇！说好的，你要在我这儿过夜的！”小燕子喊。紫薇笑着，歉然地说：“不行呀！东儿自从生了一场大病，就离不开我，每晚，一定要我亲亲抱抱，才肯去睡，现在已经不早了，我得赶回去跟他亲亲抱抱！”小燕子一听，心中的酸楚就决了堤，顿时泪盈于睫，颤声地说：“亲亲抱抱，有儿子真好！我就没这个福分……”

小燕子说得心酸，大家都呆住了，感染着她的伤心。永琪凝视着她，立即觉得，自己简直是“罪该万死”，犯罪感又排山倒海般涌上心头。

尔康一招手，紫薇和晴儿，就都跟着尔康出门去。

"小燕子！我走了！你要好好的，知道吗？"紫薇叮嘱。

"小燕子！我明天再来看你，保持好心情！知道吗？"晴儿也叮嘱。

尔康开门，三人出门去了。永琪看到大家都走了，就奔上前来，把小燕子一把抱住，激动地、热情奔放地、坦诚地喊：

"我知道你现在有多恨我，我知道你心里的矛盾和痛苦，要你假装快乐，那是不可能的！我不能为自己说什么，过去的事，都已经成了事实，我无从改变，但是，我发誓，我再也不会跟她上床了！她问我要一个孩子，我给了她！算是我还了债！以后，我的生命里，只有你！只有你！"

小燕子睁着带泪的眸子，看着真挚而着急的永琪，心中绞痛，哑声地说："我知道我不应该这样，可是……我嫉妒！我发疯一样地嫉妒！我没办法再说好听的话，我没办法控制自己了！我吃醋，发疯一样地吃醋！""我明白！我都明白……我后悔，发疯一样地后悔！不过……"永琪吻着她的鬓角，她的面颊。

"我们还有那么多的时间，我们也可以有很多孩子！以后……我只跟你生孩子！我发誓！"

小燕子不说话，柔肠百转，深深地看了他一眼，就依偎在他怀里。再多的怨，再多的恨，再多的嫉妒……都抵不过那份不舍和爱恋。她的头，情不自禁地靠在他肩上。他用下巴贴着她的鬓角，双手紧紧地、紧紧地揽着她的腰。此时此刻，任何语言都是多余的。她的心，依旧痛楚迸裂，但是，她已经可以听到他的心声了。他的心，在反复地低喊着她的名字！

晚膳之后，知画才从慈宁宫回来。桂嬷嬷、珍儿、翠儿和几个嬷嬷宫女，簇拥着她走进大厅，后面跟着一排太监，捧着各种赏赐，鱼贯进房。桂嬷嬷像捧着一件珍贵的瓷器一般，呵护备至，小心翼翼地说：

"福晋小心，这儿有门槛，别绊着了！"珍儿翠儿就奔过去，把椅子放在正中，扶着知画坐下。后面的一排太监，纷纷站定，就有一个太监，大声报着："皇上有旨！景阳宫接赏！"永琪和小燕子，听到声音，诧异地走进大厅来。明月、彩霞、小邓子、小卓子也惊奇地进房，站在一角观看。只见太监们，把一件件东西呈上，放在大厅的桌子上，每呈一件，报一件："皇上有旨，赐燕窝十二盒给福晋进补！""皇上有旨，赐灵芝十二株给福晋进补！""皇上有旨，赐人参十盒，给福晋进补！""皇上有旨，赐海参十盒，给福晋进补！""皇上有旨，赐珍珠十二串，给福晋赏玩！""皇上有旨，赐观音玉佛一尊，保福晋平安！""皇上有旨，赐吉祥如意锁一片，保福晋平安！""皇上有旨，赐百子被一条，保福晋母子安康！"

太监报告完毕，赏赐物已经堆满一桌。知画站起身来，在桂嬷嬷和珍儿扶持下，要跪拜，说："知画谢皇阿玛赏赐……"太监疾呼："皇上有旨，福晋身子重要，免礼！"桂嬷嬷和珍儿，赶紧扶着知画站起身。太监此时才对永琪、小燕子行礼："五阿哥吉祥！福晋吉祥！还珠格格吉祥！奴才告退！"太监们行礼完毕，全部鱼贯退出。

永琪看得发怔。这番排场，把宫廷里的势力表露无遗，赏赐中一句也没提到小燕子，太监退出时，把"福晋"说在"还珠格

"格"前面，一些小小的地方，都可以看出太后和乾隆的心意。永琪实在代小燕子难过，眼光就不由自主地转向小燕子。

小燕子却强忍着伤痛的情绪，走到知画面前，说："知画！恭喜恭喜！总算心想事成了！"知画急忙给小燕子行礼，脸红红地、羞涩地说：

"真不好意思，不知道皇阿玛为什么要赏赐这么多？只是一件小事嘛，闹得整个皇宫都惊动了，弄得我好紧张。姐姐两个孩子都没保住，我现在是大步都不敢跨，大气都不敢出，什么叫作'身负重任'，这下才明白了！"

知画说得谦虚，却难掩得意之色，小燕子更是"情何以堪"了，张着嘴，还想说几句漂漂亮亮、潇潇洒洒的祝福话，谁知，一句都说不出口。要她诚诚恳恳去"恭喜"另一个女人——因为她怀了自己丈夫的孩子，她怎么也做不到。她忽然醒悟，那个乐观的、没心机的、快乐的小燕子，已经不知去向了。

永琪看看小燕子，看看知画。在小燕子脸上，看到了无尽的落寞；在知画脸上，看到了深深的幸福。他深吸了一口气，觉得必须了断，就神色严肃地对知画说："知画，我们回房间去，我有话要跟你说！"知画似乎吓了一跳。她抬眼看永琪，看到他神色凝重，她的心就狂跳起来。眼神里，顿时充满了戒备和恐惧。她顺从地跟着他，走进了房间。永琪细心地关上房门，就回过身子，面对着她。他正视着她，柔声地说："知画，首先，我要恭喜你，你想要一个孩子，总算让你称心如意了！"知画睁着一对黑白分明的眸子，一眨也不眨地凝视着他。

"我下面要说的话，很难启齿，但是，我却不能不说！"他顿了顿，叹口气再说，"你是一个很好的姑娘，嫁给我，你太委屈！从一开始，我就没有骗过你，我和小燕子，是患难知己，我对她，一直都是心无二志的，这些，你早就明白了，我也不多说了！现在，你有了孩子，我希望是个儿子，那么，你以后也有了依靠！万一是个女儿，一定像你一样，冰雪聪明，可以跟你做伴！我想，我对你只能付出这么多，请你谅解以后，如果没有事情，我大概就不会再到这儿来……"

知画听到这儿，脸色唰地就变白了，她往前一迈步，急急打断："别说了！我明白了！"永琪住口，看着她。只见她眉毛一抬，眼神变得非常凄厉。她沉重地吸口气，紧盯着他，清清楚楚地说：

"让我告诉你，今天，在慈宁宫，太医证实我确实有了身孕，老佛爷高兴得不得了，皇阿玛也赏赐多多，我晕陶陶像做梦一样，觉得我是天下最幸福的女子！以为回到景阳宫，你会多么开心，毕竟，这也是你的孩子呀！我一直想，你会怎样？会不会对我特别好？会不会说些好听的话？会不会期待这个孩子？会不会急着给孩子取名字？会不会这样，会不会那样，我想了几千几万种！我心里这样想着，就急得不得了，只想赶快回来！结果，我回来了，你却来告诉我，你要把我打进冷宫，让我以后，靠着这个孩子度日！这话，是你说得出口的吗？人间怎有像你这样绝情的人？你这一盆冷水，真浇得我透心彻骨地冷！你太狠了！"

永琪踉跄一退，被知画的话，逼得冷汗涔涔了。他讷讷地说：

"对不起……我很惭愧！你有了身孕，我当然是高兴的！我已经不小了，早就该做阿玛了。不过……我想让你明白的，是我的感情！我抱歉，我不是那种可以把自己的感情，分成好多份，一人给一份的那种人……"

知画冷冷地打断，有力地说：

"你这么爱姐姐，当初为什么要答应娶我？只为了要我救箫剑吗？救完了人，就可以把我一脚踹开了吗？"她重重地点头，语气里尽是悲愤，"飞鸟尽，良弓藏；狡兔死，走狗烹！这就是你五阿哥的作风！你不怕传出江湖，被天下人耻笑吗？我没有做错任何事，自认对得起你，对得起皇阿玛，对得起老佛爷，对得起你们爱新觉罗的列祖列宗！你这样待我，你对得起自己的良心吗？对得起我的爹娘吗？对得起我吗？你心里只有一个小燕子，还有没有天理呢？"

知画字字句句，铿锵有力，永琪从来没有看过她这种神态，惊得怔住了。

"我以为你了解……我以为我给你的，已经够了，你不是要个孩子吗？你不是要福晋的身份地位吗？这些都给你，不能给的，只是我这个人而已……"知画脸色一变，忽然变得非常温柔了，幽幽一叹，她凄凉地说：

"永琪……不要傻了，没有你，身份、地位、孩子、金钱、皇宫……这一切的一切，对我都是空的！让我义无反顾地嫁给你的，就是你这个人呀！让我跟着老佛爷进宫，远离爹娘和家人的，也是你这个人呀！让我心甘情愿怀你的孩子，要给你生儿育女的，也是你这个人呀！你难道一点体会都没有吗？你怎么忍心这样对我呢？"说着说着，泪珠就涌出了眼眶，她走上前去，拉住了他的手，"你的话，实在让我万箭穿心，痛不欲生！就算你不喜欢我，也可以虚情假意，敷衍敷衍我，为什么要对我这么冷酷呢？我到底做错了什么呢？"

永琪又惊又痛地瞪着她，毫无招架之力，只觉得自己差劲透了。

知画看了他好一会儿，忍辱负重地、委曲求全地说：

"不要再说了！我们还有一生一世要过。我会忘掉你今晚讲的话，这间房间，你愿意进来就进来，不愿意进来，我也无法勉强！但是，我会期盼着你，即使不做夫妻，我们也可以谈谈诗词，谈谈戏曲，画画写字……无论如何，你是我孩子的阿玛！是我生命里最重要的人！"

知画时而凌厉，时而温柔，每句话都说得掷地有声，言之成理。永琪不知该如何应对，只能被动地看着她。他觉得自己被困住了，一种无助的感觉兜心而来，不知道怎么会弄成这样？她不是什么都不要吗？怎么又要起他这个人来了？她那句"我们还有一生一世要过"，简直让他不寒而栗！这"一生一世"，夹在她和小燕子之间，他怎么过？他掉进陷阱里去了，这个陷阱，深不见底，他可能要付出一生来挣扎，这一生里，跟着他一起沉沦的，还有眼前这两个女人！她们一个也逃不掉，他怎么办？

就在他左右为难、不知所措的时候，一件大事发生了。这件事，改变了所有人的命运，也改变了永琪的命运。这件事就是，清缅战争爆发了！

第
三
十
六
章

　　这天，一队快马，来到宫门前。傅恒滚鞍下马，跟着尔康，直奔乾隆的书房。乾隆正在写字，福伦和数十位大臣在旁观，永琪也侍立在侧。外面传来太监大声的通报：

　　"傅大人到！额驸大人到！李大人到！纪大人到……"这么多大臣突然来到，必有大事！乾隆一惊起身，只见傅恒、尔康带着众大臣，急急忙忙走进，全部行礼如仪。乾隆看到个个大臣，都是一脸的严肃，赶紧搁笔起身，说："傅恒，你们这么多人急匆匆赶来，希望没有坏消息！""皇上圣明！"傅恒拱手说，"消息确实不好，缅甸国王猛白带着大军，分东西两路进攻，打进云南！西路已经攻占了打乐、猛遮、九龙江一带！东路也打进橄榄坝、整欠、猛阿一带！"乾隆大惊，急问：

　　"怎会这样？刘藻在干什么？他前一阵子不是还有捷报传来吗？"永琪再也忍不住，往前一步，急急说："皇阿玛！儿臣在几个月前，就分析过，刘藻是儒将，不能带兵！上次的捷报，多半是假的！不可相信！""五阿哥说的，就是臣要禀报的！"傅恒点头说，"刘藻实际是打了败仗，却以败报大捷！"乾隆怒不可遏，一拍桌子说："岂有此理！刘藻不想活了吗？"就急切地看着傅恒，"那么，现在那儿的情况怎样？照你这么说，不是边境许多城市都丢掉了吗？"尔康一步上前，急忙禀告："皇阿玛不要着急，在普洱，我们还有一员大将守着呢！总兵刘德成很会带兵打仗，一定会死守普洱！我们赶快调兵救援，和缅甸宣战！势必把他们赶出云南！"

乾隆被提醒了："是啊！还有刘德成呢！普洱情况如何？""好像刘藻和刘德成意见不合，自己就闹了一个势不两立！"傅恒说："刘德成提出的许多建议，刘藻全部不听！刘德成拿刘藻没办法……"他双手一拱，着急地说，"皇上，臣请旨，带兵去云南！"

"傅六叔！"永琪开口了，最近几个月，他都在研究云南问题，对清缅边境的情况，相当了解，"只怕刘藻也不会听你的！必须要有一个身份不同的人去制他！你知道，将在外，君命有所不受！"

"儿臣福尔康请旨，带兵去云南！"尔康就急急接口。

福伦也疾步而出，说：

"福伦也请旨，和尔康一起去！"

"皇阿玛！"永琪慷慨激昂地说，"恐怕尔康的身份也不够，还是儿臣去，最为理想！我从小就练武，这两年，对边疆问题也研究了很多，尤其缅甸的问题！请允许儿臣走这一趟！这是我应该做的！"尔康急忙接口："五阿哥去，我也去！我和五阿哥情同手足，这些年，也一起面对过许多大事，我可以保护五阿哥！至于我阿玛，年事已高，还是留在京里伺候皇阿玛比较好！"

乾隆看看永琪，看看尔康，也觉得他们两个，是最佳人选，却有担忧和不舍。但是，如果要立永琪为太子，先让他上战场历练一番，也是件好事。就怕战场上，有所闪失。尔康这个女婿，更是宠爱有加，上战场和护驾不一样，他能带兵遣将吗？乾隆还在犹豫，永琪再上前一步，积极地说：

"如果要带兵去打，事不宜迟！从这儿到云南，大军开拔过去，到了云南，恐怕就是冬天了！皇阿玛！您没有多少时间来考虑！我知道您对我和尔康，还有很多不放心，也有很多舍不得。但是，没有经过烈火的锻炼，怎么会成大器呢？儿臣有信心，一定会打赢这一仗！"

乾隆沉吟再三，终于点头了，说："傅恒，你陪着他们两个去！你经验多，还是主将，朕命你为征南大将军！永琪和尔康是你的左副将和右副将！至于福伦，你两个儿子，都不在身边，你就留在京里吧！"永琪、尔康、傅恒、福伦全部行礼，大声应道："儿臣／臣遵旨！"

尔康要和五阿哥一起上战场！学士府里，顿时乱成一团。福晋完全无法接受这件事，紧张地对福伦说："要去云南打仗？三天以后就开拔？怎么这么突然？准备东西都来不及……你怎么不禀告皇上，尔泰在西藏，家里就一个尔康，我们需要他呀！"

"别说傻话了，这是尔康自己请旨的！"福伦义无反顾地说，"我们福家，世代武将，尔康被皇上选中，封为右将军，带兵打仗，这是件光彩的大事！不要婆婆妈妈，赶紧帮他准备行李吧！”

紫薇赶紧把东儿交给奶娘，急急地说：

“额娘，我来准备！上次南巡，也是我在准备行装，我知道要准备些什么！”尔康看着紫薇，已经离愁万斛了，说：“紫薇，这次跟南巡不一样！南巡还有游山玩水的性质，这次是打仗！平时都穿盔甲和官服，那些平日的服装，能省就省了，轻骑简装为原则！”“是！”紫薇应着，眼里顿时充满了泪水，对两老匆匆请安，“那……我进房去准备！”紫薇就转身奔进房去。尔康看她这种样子，心里一抽，也跟进房去。到了房里，就看到紫薇用手蒙着脸在哭，双肩抽动着。他冲上前来，一把握住她的双肩：“紫薇，不要这样子……不要哭！”紫薇急忙拭去了泪，抬头，笑着说：

“我没哭，没哭……就是有点措手不及……和你成婚以来，从来没有分开过，上次南巡，也跟你在一起，现在，突然之间，听说你要去打仗，就有些手忙脚乱了！你一定会打个胜仗回来，一定会所向披靡，把敌人打得落花流水！我哭什么？傻里傻气！”

尔康深深地凝视她，柔声说：

“我知道你很担心，很害怕，又很舍不得！你心里的千言万语，我早已听得清清楚楚！紫薇，你放心！我会平安地去，平安地回来！自从和你共同面对东儿的病，和几乎失去东儿的恐惧，我就知道，活着是多么重要，在有人爱你的时候，生命是最宝贵的东西，人，要为那些爱你的人而活着！紫薇，你不要害怕，不要担心，我会为你，为东儿，为阿玛和额娘……好好地爱护自己！”

尔康说完，紫薇就抓住他的手，热烈地瞅着他：

　　"这是你的承诺！你一定要记住！战场上危机四伏，你不要太神勇，什么都不怕！刀枪都不长眼睛，你一定、一定、一定要为我和东儿，安全回家，如果你失信了，我一生一世都不会原谅你！"她顿了顿，又郑重地、加强语气地说，"不只一生一世，我来生来世，也不会原谅你！"

　　"是！"尔康郑重地承诺，"我知道了，我会时时刻刻提醒自己，我会遵守我对你的承诺！我一定、一定、一定安全回家！"他抱住她，凝视她，低声地、缠绵地说："紫薇，自从认识你到今天，这么多年以来，你在我心里已经根深蒂固，我们也没有远别过，我也……实在舍不得离开你！我想，我不在你身边的日子，我的魂魄也会飘到你身边来！"

　　紫薇听到"魂魄"字样，忽然背脊发冷，激灵灵地打了一个冷战。尔康警觉到自己用词不当，赶紧说："不要胡思乱想！我的意思是说，我在梦里也会和你相会！我一直很喜欢你写的那首歌，梦里！"紫薇就把他紧紧一抱，热烈地嚷："不管是醒着睡着，不管是梦里梦外，不管是白天黑夜……我都记着你的承诺！我在家里照顾东儿，照顾阿玛和额娘，等你回来！"

　　尔康眼里湿湿的，把她紧紧紧紧地抱着。此时此刻，真是聚也依依，别也依依！

　　学士府里，是一片离愁别绪；景阳宫里，也是一团纷乱。

　　乍然得到消息，知画吓得手里的茶杯，都掉在地上打碎了。"打仗？去云南打仗？要去多久？什么时候回来？"她心慌意乱地问。"打仗的事，谁也说不定！"永琪说，"不过，从北京到云南，路上就要走一个月……战事顺利，说不定几个月内就回来了；如果不顺利，打上三年五载也有可能！"

小燕子满脸惊怔地站在那儿，听到永琪这样说，就想也不想地大喊："明月，彩霞！赶快去收拾行李，我的衣服也要装箱！""是！"明月、彩霞应着，立刻出房去。"还有我的箫，我的剑，和我的鞭子……算了，我自己来收！"

小燕子向外就走，永琪一把拉住了她："你要做什么？""我跟你一起去！我也学了一身功夫，以前的技术不好，现在已经好多了！骑马打仗都难不住我！你去云南打仗，要我在宫里等你三年五年，我才不要！而且，那个云南，不是有个大理吗？说不定还可以去大理看看！""不行！你不能去！"

"为什么我不能去？"

"你用用思想，用用脑筋！"永琪着急地说，"皇阿玛让我当左将军，是将军呀！我的身份又是阿哥，怎么说，都是带头的人，如果我打仗，还把老婆带在身边，那所有的军官、士兵都要跟着学，人人带老婆，还打什么仗？不可以！这是绝对不行的！"

"那……"小燕子怔了怔，说，"我悄悄跟在你后面。我女扮男装，不会让人注意，这总可以了吧？""也不许！"永琪凝视她，认真地说，"小燕子，你让我去打一场轰轰烈烈的仗，这是我期待已久的事，是我义不容辞的事，你不要破坏我，好不好？不要让我有后顾之忧！"小燕子待着，不说话了。知画一直看着永琪，听说这一去，可能三年五载，心里已经乱成一团。本来，和小燕子争宠，已经处于下风，还想慢慢培养感情，现在，他居然要去打仗！他走了，她要怎么办？想着，就一脸凄惨无助的神色，走了过来问："永琪，我可以帮什么忙？"永琪惊觉过来，看了知画一眼，体会到她的茫然失措，也有些感动、有些不忍。"不用了，军中人手很多，什么事都有人做！你们真的不用忙。"他凝视知画，"你是有身孕的人，以后，好好照顾自己，照顾那个孩子吧！""你放心！我会的！"

知画就走到小燕子身边，说："姐姐，我来帮你，一起给五阿哥准备行装！""不需要了，你现在是很重要、很尊贵的人！"小燕子拼命摇头，"收箱子，搬行李……万一动了胎气怎么办？"

永琪看看小燕子，看看知画，忽然觉得隐忧重重。自己一走，留下这样两个女人在宫里，谁知道会发生什么事？小燕子有身世的秘密，又心无城府，个性冲动。偏偏知画知道这个秘密，却很有城府，深藏不露。她们相处得好，或者还能维持表面的平静，万一相处不好，说不定会有大祸！这样想着，他一个激动，就一步上前，一手拉住知画，一手拉住小燕子，诚挚地说：

"你们两个，听我说几句话！你们虽然都住在景阳宫，虽然都跟我成了亲，但是，你们是友是敌，我弄不清楚，说不定，你们自己也弄不清楚！如果我在这儿，无论如何，可以缓冲你们的战争，化解你们内心的不平。但是，我要走了，剩下你们两个，要面对老佛爷，面对皇阿玛，还要面对你们彼此……我，还真不放心！"他转向知画，深刻地说，"知画，小燕子粗心大意，但是，对谁都没有坏心眼！她不像你这么细心周到，也不像你能够讨老佛爷和皇阿玛的欢心，你，要照顾她！"

永琪说完，两个女人都变色了。小燕子背脊一挺，冲口而出："不用了！我哪里需要知画照顾，我又不是小孩子！"

知画听出永琪言下之意，是她比小燕子厉害，比小燕子有心机，他还是口口声声，护着小燕子。她心有不平，却按捺住自己的不满，凝视永琪，柔声说：

"永琪，你的意思我明白了！你放心，我不会和姐姐变成敌人，我们是姊妹！至于姐姐和皇阿玛之间的矛盾，和老佛爷之间的矛盾，我都会尽我的力量去化解！你安心地打仗去！需要你担心的，是前线的敌人，是缅甸人，不是我们！"

知画说得诚恳，永琪就如释重负地松了口气，又十分不放心地看着小燕子："小燕子……答应我，要跟知画和平相处！""我们不是一直很和平吗？干吗要这么严肃地叮嘱我？难道你怕我欺负她？"小燕子早就被离愁弄得心烦意乱，又被他们这番话弄得更加难过，见永琪一直盯着她，就飞快地说："好嘛好嘛！我答应就是了！"她心中一酸，转身就冲出房，"我去收拾东西！"小燕子一跑，永琪丢下知画，也跟着冲出房。剩下知画，怅然地站着。明月、彩霞正在房里收一口大箱子，春夏秋冬的衣服都往里放，看到小燕子和永琪进房，明月就急急问："格格！春夏秋冬的衣服是不是都得准备？转眼就是冬天了，皮袄皮帽都得带着！""是呀！万一真要在外面过三年五载，衣裳必须带够才行……那，这一口箱子不够，要再去搬几口箱子来！"小燕子听到这话，眼眶就湿了。永琪对两个丫头挥挥手，说：

"你们先出去，让我跟格格说说话！"

"我们再去找箱子……"

"不要再找箱子了，这口箱子我也不带！我带着大队人马行军，是准备去吃苦的，不是去当皇子的，打仗的时候，谁帮我扛箱子？不要乱忙了，军队里有军衣军毯，什么都有！”

明月、彩霞应着，赶紧出房去。

小燕子蓦然转身，奔过来拉着永琪的手，热烈地喊：

“让我陪你一起去，求求你！我一定不会闯祸，我现在不是以前的小燕子，我懂事了，长大了，知道分寸了！我打扮成一个小兵，跟在你身边，帮你打杂服侍你！我发誓会遵守所有的纪律，绝对绝对不闯祸！”

“小燕子啊！”永琪诚挚地说，“我也想带着你，我也舍不得跟你分开！可是，这次真的不行！这是我有生以来，第一次去前线打仗，第一次担负这么重的责任，第一次被皇阿玛重用，我全心全意想打赢这一仗。你跟在我身边，别说有多少的不妥，最重要的是，你会让我分心，让我无法专心作战！你想想，这么多年以来，只要你跟着我，我的一颗心，就悬在你身上，怕你闯祸，怕你冲动，怕你被人打死！这样，我怎么有力气去打仗？如果你真的长大了、懂事了，你就会了解我的苦衷，留在宫里，等我回来！”

小燕子凝视着他，听他说得这么诚恳，知道他说的都是实情，怪只怪自己的个性，老是闯祸，才让他对她失去信心。但是，身为将军，带着她确实不妥吧！她愁肠百转，却懂得他的意思了。

“那你要早点回来，顶多半年，假若真的要等三年五载，等你回来，我一定早就断气了！”“你能不能讲一点好听的呢？”他依依不舍地盯着她。“是！”她的眼睛湿湿的，“可是我想不出来什么好听的！我心里乱七八糟！”

他深深看着她，真是千不放心，万不放心。他叮嘱地说：

"我还是对你不放心！在我离开的日子里，你千万不要和老佛爷、皇阿玛起冲突，到时候没有人救你，我不在你身边，金牌令箭又被皇阿玛收回了……你要为我，保护好自己……"他捧起她的脸，拍了拍她的头，"你这颗脑袋，我喜欢得不得了，你千万要留着它！"

小燕子感动极了，眼里泪汪汪的。

"我知道了，我答应你，我会放下和皇阿玛的仇恨，专心等你回来！我也会和知画和平相处，帮你照顾你那个没出世的孩子！"她的眼神坚定起来，勇敢起来，"你去把那些'面店'收服，打他一个落花流水！我不让你操心，我会表现得很好，绝对不会让你丢脸！"她摸摸永琪的脸，也拍了拍他的头，"你这颗脑袋，我也喜欢得不得了，你也要为我，保护好这颗脑袋！"

永琪微笑起来，重重地点头说：

"我们一言为定！"

两人手握着手，眼睛对着眼睛，长长久久地互视着。

第二天晚上，乾隆在宫里，为三位将军饯行。戏台上，一队穿着盔甲的武士，正在表演一支"英雄出征舞"。武士们舞动旗帜，随着雄壮的节奏，舞蹈得雄赳赳、气昂昂。

舞台下，一桌一桌的酒席。乾隆和永琪、尔康、紫薇、小燕子、知画、晴儿、太后、令妃、傅恒、福伦、福晋一桌。其他妃嫔贵妇和皇室贵族等人，坐满了台下的桌子。出征舞告一段落，众人疯狂鼓掌。乾隆起身，举杯大声说：

"后天，傅恒、永琪和尔康就要出发，为我们大清去打一场很辛苦的仗！让我们大家干一杯，预祝他们胜利归来！"全部的人，都早已起立，众人举杯，全部干了杯，齐声祝贺："皇上洪福齐天，预祝傅将军、五阿哥、福额驸，马到成功，胜利归来！"傅恒、尔康、永琪赶紧举杯，一饮而尽。永琪说：

"谢谢皇阿玛！谢谢大家，希望我们不负众望！"大家坐下，宫女们像穿花蝴蝶般上菜上酒。太后不舍地看看永琪，看看尔康，埋怨地说：

"皇帝！朝里那么多大臣，你谁不好派去打仗，偏偏派了永琪和尔康，他们两个这么年轻，跑到那么远的地方去，这一去，不知道要走多久！人家小夫妻，也在热头上，就让人家分离，你怎么舍得呢？"太后这样一说，知画、紫薇都不好意思地垂下头，只有小燕子睁大眼睛，神思恍惚。乾隆看着紫薇等女眷，颔首沉吟："老佛爷说得也是！好像有些残忍啊！"尔康就笑着说：

"老佛爷，你不要心疼，我们这些年，也玩够了！是该磨炼我们、考验我们的时候了！我们不去，别人也要去，几万大军，个个家里都有妻子，也一样要忍受别离之苦！如果我们受不了，他们又怎么受得了？"

乾隆赞赏地看着尔康，说："尔康，说得好！希望紫薇也跟你一样潇洒，没有在心里骂我这个皇阿玛！"紫薇脸一红，赶紧强笑着接口："皇阿玛！别嘲笑我了！尔康去打仗，是义不容辞的事，皇阿玛重用他，我只为他感到骄傲！""好！"乾隆看向知画，"知画！你呢？"知画凝视乾隆，半带忧虑半带愁，沉吟地说："皇阿玛！这两天，我确实寝食不安！如果我说我没有离愁，皇阿玛也不会相信的！我一直在想，以前不了解岑参的诗，'将军金甲夜不脱，半夜军行戈相拨，风头如刀面如割'是什么情景，现在可以想象了！"永琪生怕太后听了更加心痛，赶紧接口："但是，我们应该是这首诗的最后三句'虏骑闻之应胆慑，料知短兵不敢接，车师西门伫献捷'！皇阿玛，老佛爷，不要担心了，我们一定会打一个胜仗回来！"乾隆大笑，由衷地赞美："好！好！好！真是朕的好儿女！真是文有文才，武有武才！"就喊，"永璇！你代表弟弟妹妹们，敬两位要出征的哥哥一杯！"隔壁一桌的永璇就站起身，恭恭敬敬地举杯说："永璇代表其他的阿哥和格格，敬两位哥哥，祝你们攻无不克，战无不胜！胜利归来！"永琪和尔康，都一口饮干了杯子，然后，令妃举起了酒杯，说："来来来！让我代表宫里的娘娘们，也敬三位英雄一杯！"傅恒、永琪、尔康都惶恐地举杯，连说不敢，干了杯。令妃才坐下，晴儿就接着举杯说："我也要祝傅将军和两位英雄，把敌人打败就好，穷寇莫追！要早去早回！记住这儿有好多的人，在等你们回家，要写信报平安哟！""晴格格说的，就是我想说的！希望你们每到一站，都派快马回家，一定要让家人知道你们的情形呀！"福晋含泪说。福伦笑了，不好意思地说："皇上别见笑，她们女人的心思，就和男人不一样！"回头看福晋，"前线打仗都来不及，哪有时间写家书呢？别为难他们了，让他们安心地打仗吧！"尔康看看两老，看看紫薇："我会写信的！放心，只要有时间，我会随时写信报平安！"

乾隆笑着说："福学士，你不要操心了，有紫薇在家，要他不写信都难！""皇阿玛，怎么总是取笑我呢？"紫薇羞红了脸，低声地说。"哈哈！小两口感情好，是件好事！朕说的是实情，哪有取笑？"

众人见乾隆兴致高昂，也附和地笑。永琪一直心事重重，若有所思。此时，就很担心地看着太后，委婉地开口说：

"老佛爷，知画有了身孕，拜托老佛爷照顾！还有……小燕子的一切，一切的一切，请老佛爷看在我出门在外的分上，多多包涵她一点……"他暗示太后，对小燕子的身世，千万要保密。

太后一叹，认真地、诚恳地看着这个心爱的孙儿："永琪，你安心地去打仗吧！你的意思我明白了！其实，我也很疼小燕子的！"

小燕子看到永琪这样放心不下她，已经叮嘱了知画，叮嘱了自己，现在又叮嘱太后。真是心心念念都是她！他担心的，不是自己在战场上的安危，而是她在宫里的安危。这份爱，还能怀疑吗？体会到这点，她那颗炽热的心，就更加沸沸腾腾了。一个激动之下，她突然起身，对乾隆诚挚地说：

"皇阿玛！我要敬您一杯酒，请您原谅我这些日子以来，对您不礼貌的地方！永琪要去打仗了，我不能再让他操心我，我会约束自己，不再让您生气！"她咽了口气，强忍内心的挣扎，一咬牙说，"皇阿玛，请记住我的好，忘掉我的错，至于上辈子的债，我也不算了！"

小燕子说得委婉谦卑，永琪、尔康、紫薇、太后都听得十分动容。但是，听到最后一句，大家都吓了一跳。乾隆见小燕子低声下气地认错，又是意外，又是感动，听到最后一句，也是一脸的错愕。

“太难得了！小燕子也会认错！”乾隆纳闷地说，“可是朕听得有点糊里糊涂，什么叫作‘上辈子的债’？”太后和知画交换眼神，永琪睁大眼睛，好着急。不料小燕子眼珠一转，解释着：

“我常常听人说，儿女都是父母的债，我被皇阿玛认作女儿，发生好多稀奇古怪的事，又常惹皇阿玛生气，不知道是不是来讨债的？如果我是，这笔债我就……我就……不讨了！”乾隆愣了愣，大笑起来。

“哈哈哈哈，原来是这样，你放了朕一马！稀奇呀，稀奇！”他皱皱眉头，想了想，再说，“朕觉得，朕常常被你弄得团团转，确实欠了你的！好吧！这个债咱们都不要算了！希望你快点变回原来那个小燕子！”

“是！”小燕子顺从地说，坐了下来。永琪和尔康等人，听得提心吊胆，此时，才松了一口气。大家坐下，喝酒吃饭。台上音乐一变，节奏强烈雄壮，武士们长剑挥舞，虎虎生风。众人都被舞台上威武的表演吸引了。舞蹈者边舞边歌，歌声慷慨激昂：

旗正飘飘，马正萧萧，征人远去，就在今朝！莫为离别苦，当为英雄笑！长戈直指向匈奴，铁骑如风意气高！

旗正飘飘，马正萧萧，胜利归来，就在明朝！男儿征战去，女儿缝征袍！一身转战三千里，赢得千秋万世豪！

转眼间，就到了离别前一晚。在学士府，尔康初试武装。他穿着一身镶红旗的盔甲，站在室内，看来英姿焕发。紫薇、福伦、福晋围绕着他，上上下下地看着。福晋问："不错！蛮合身的！这样穿，真是帅气得不得了！明天出发，就穿这样吗？""是！这次有三旗的队伍一起出发，都要穿三旗的军服！"

紫薇摸摸盔甲的这儿，又摸摸那儿，强忍离愁，关心地问：

"这胳臂举得起来吗？领子会不会太紧？盔甲是特制的，我不会做，没办法为你缝征袍，可是，哪儿不合身，我还来得及把铁片拆下来改……到了战场，可不能因为盔甲不舒服，打得不顺手。"

"都好都好！每个地方都合身！"福伦拿了一把剑，郑重地走了过来："尔康！这是你第一次带兵出征，我有信心，你会胜利归来！这把剑，是我随身的佩剑，跟着我二十几年，我在京里用不着它，我就把它移交给你了！"尔康神情一怔，双手接过了剑，抚摸剑柄上的"福"字，说："这是福家的剑！我知道这把剑对阿玛的意义，我会用这把剑誓死杀敌，绝不让福家这把宝剑蒙羞！"他坚定地、有力地说，"剑在，我在！剑亡，我亡！"

尔康话一出口，紫薇和福晋都有些变色，尔康却浑然不觉，意气风发地抽出剑来，寒光一闪，唰的一声，剑已入鞘。尔康便把剑佩戴在身上，更显威风凛凛。福晋忍不住眼中充泪了，奔上前来，握住尔康的手："我知道你满心想杀敌，我知道你要报效国家，保护国土……可是，尔康……为了我们，为了紫薇，为了东儿，千万千万要保重！""额娘！您放心！我会的！一定会的！"

福伦就拉了福晋一把："我们出去吧！小两口就要分离了，也给他们一点时间去话别呀！""是！是！"福晋含着泪，跟着福伦出房去了。

福伦、福晋一走，尔康就把紫薇一揽："紫薇，我们说好的，今晚不许掉眼泪！""是！我没掉眼泪！来，先把这件盔甲脱下来……"她对尔康笑着，神秘地说，"你这件盔甲不要给别人穿，我在盔甲里，缝了一个平安符！还有一个小秘密！"尔康脱下盔甲，换回便装，惊奇地问："是吗？在哪儿？我一点感觉都没有！什么小秘密？"紫薇拿起盔甲，翻开衣领，给尔康看。原来，在衣领内侧，绣着一朵紫薇花。"一朵紫薇花！在紫薇花里面，是我从观音庙里求来的平安符！我虽然不能和你一起去，但是，这朵紫薇就是我，会天天陪伴着你，我的平安符，会天天保佑着你！这还不够，还有这个！"说着，就从自己脖子上，取下用红绳绑着的吉祥制钱，"这是皇阿玛给我的吉祥制钱，我在上面，用彩色的丝线，缠了好多层，做了一个同心结！我叫它'同心护身符'，请你一定要贴身戴着，连洗澡都不可以取下来！"

紫薇一面说，一面把那个吉祥制钱，套上了尔康的脖子。

尔康拿起那个制钱看了看，珍惜地、郑重地把它塞进衣领里。

"我一定随身戴着，绝不取下来！这样，你是不是比较安心了呢？"

紫薇把他拦腰一抱，把头埋进他的肩窝里，热情澎湃地喊：

"我不会安心的，我绝对没办法安心的！从现在，到你回家，我会时时刻刻记着你，惦着你，想着你……我恨不得化成那个制钱，那么我就可以让你贴身戴着，和你一起上战场，保佑你平安！哦！尔康……你记住记住，一定要平安回来！"

尔康被她的热情感染着，激动地说：

"有你的紫薇花，有你的平安符，还有你的吉祥制钱，我全身都包裹在你的期待和热情里，我怎么可能不平安呢？放心，我会非常非常小心！我对你和东儿，还有未了的责任，我一直是个负责任的人，我会负责到底的！放心，放心……我绝对不会辜负你！放心，放心……我会毫发无伤地回到你身边！"

两人对看，离愁依依，深深注视，再紧紧拥吻。

终于到了出发这一天，在太和殿前，黑压压地站着送行的人潮。乾隆带着众多的大臣、亲王、阿哥、嫔妃……全部站在殿前。

永琪、尔康和傅恒，都穿着全副戎装，带着三旗将领，骑在马背上。大殿前，马队、仪队、军乐队、士兵队……阵容壮大地罗列着。本来，由北京到云南还有漫漫长路，将军是不必穿全副戎装出发的，但是，为了让军容整齐，也为了乾隆的亲自送行，大家都披挂上场。永琪的一身镶白旗，像白云般潇洒。尔康的一身镶红旗，像火焰般明亮。傅恒带着镶蓝旗，以主帅身份，站在正中。三人站在大军前，真是雄姿英发，壮怀激烈！

乾隆走到三人面前，声如洪钟地喊道：

"傅恒！永琪！尔康！"三人朗声回答："臣在！"

"永琪在！""尔康在！""朕封傅恒为征南大将军，是这次出征的主帅！带领镶蓝旗一万大军，出征云南！五阿哥是左将军，带领镶白旗一万大军！福尔康是右将军，带领镶红旗一万大军！虽然左右将军，是皇子驸马，但是，仍然要以傅将军为主！军令如山，服从第一！傅恒身经多战，经验丰富，左右将军，初次出征，切忌轻举妄动！"

永琪和尔康就齐声回答："永琪／尔康谨记在心！""等你们胜利回来，朕一定亲自到城外去迎接你们！"乾隆豪气干云地说，一挥手：

"去吧！"号角齐鸣，鼓声震天，傅恒、尔康、永琪都向乾隆行军礼，然后，傅恒手一挥：

"出发！"壮大的队伍，就开拔向前。文武百官，全部弯腰恭送，喊声震天：

"祝三位将军，百战百胜，胜利归来！"小燕子和紫薇，站在女眷之中，拼命挥手，眼看永琪和尔康，带着队伍浩浩荡荡出门去。她们两个，泪眼相对一看，小燕子就拉着紫薇的手一奔。

旗帜飘飘，马蹄杂沓。壮大的军队，在永琪、尔康、傅恒的引领下，迤逦向前，蜿蜒数里，转眼间就出了北京城。队伍到了荒野，忽然有两匹快马，从后面飞奔而来。隐隐约约的喊声，跟着快马传了过来："永琪！永琪！等一等……"永琪大惊，勒马回头。尔康跟着回头，看着那两匹快马，狂奔而来，马背上，赫然是小燕子和紫薇！"是小燕子！"永琪惊喊。"还有紫薇！"尔康更惊。

傅恒赶紧举起手来，停止队伍，对永琪和尔康说：

"左右两位将军，去跟夫人话别吧！队伍可以暂停一下！"永琪和尔康，双双一夹马腹，疾奔上前，去迎接小燕子和紫薇。四匹马在山边相遇，大家勒住马互视。尔康惊愕地说：

"紫薇，你们怎么跑到城外来了？"永琪更是担心，看着小燕子，急切地说："小燕子，你出宫有没有得到批准？你就这样溜出来了？"

小燕子奔得上气不接下气，喘着气嚷："你们不要紧张，我是问过皇阿玛的，他特地答应我们，到城外来送你们一程！你看，傅云带着一队人马，在远远地保护我们！"果然，远处有一队骑着马的官兵，站在那儿遥望着。紫薇对尔康歉然地笑着说：

"没办法，我被小燕子说服了，想再见你一面的念头，把所有的理智都赶走了！还是跟着她来了！"尔康看着这样的紫薇，真是千般不舍。四人就下了马背，走到山壁旁。小燕子急急地，把自己脖子上的吉祥如意锁，套在永琪脖子上。

"紫薇说，她给了尔康好多保佑的东西，又是平安符，又是吉祥制钱！我傻傻的，什么都没帮你准备，所以赶了过来，把皇阿玛给我的吉祥如意锁给你，让它保佑你！""永琪，尔康！"紫薇接口，"你们两个，在战场上要彼此帮忙，最好不要分开……千万不能落单……"

"就是就是！你们要发挥所有的作战能力，把敌人打得天翻地覆，落花流水……"小燕子喊着喊着，忽然说，"哎呀！紫薇，我不回宫了，我就这样跟着他们一起去！你一个人回去吧！"

"不可以！"永琪惊呼，"绝对不可以！小燕子，每次，我都听你的，这次，你一定要听我的！"尔康看看在等待的大军，着急地说：

　　"紫薇，小燕子，你们珍重！五阿哥，我们不能再这样拖拖拉拉了，今天是第一天出发，我们就延误进度，实在不好！"他伸出手去，紧紧地握住了紫薇的手，"紫薇，代我亲亲东儿！告诉他，我已经开始想他了！紫薇……珍重珍重，保重保重！"

　　"你也是，你也是！要写信给我……要注意安全……要小心身体……"紫薇急切地叮嘱，还有没说的千言万语，全部卡在喉咙口。"我知道，我知道，我都知道！你也要小心身体，自己身子不是很好，万事不要逞强！"小燕子和永琪，也是两手相握，四目相对。小燕子忽然想到什么，赶紧把马背上一个大袋子，拿了起来，翻开袋子，急急地搬出里面的东西，一件一件地往永琪手里塞去。

　　"我给你们准备了一些吃的，这是宫里醃制的陈皮梅，给你路上吃！这是牛肉干，也给你路上吃！这是金橘干，很甜的，吃了就不渴！这是炸锅巴，好好吃！路上饿了可以吃……这是柿饼，这是苹果干，这是核桃酥，这是雪片糕，这是瓜子，晚上聊天可以吃……"

　　永琪用手捧着，转眼间，食物已经堆到他的下巴。他目瞪口呆，喊："帮帮忙，小燕子！我不是去游山玩水耶！一路上，都有伙夫烧饭，我要跟大家一起吃大锅饭……哪有一个将军，一路吃零食的呢？"小燕子的眼眶蓦然红了，泪珠在眼眶中打转，她哽声地说：

　　"你带着你带着嘛！路上总会饿的嘛……饿着肚子怎么打仗嘛……"

　　永琪凝视着小燕子，她一个劲儿把东西继续往他手里堆，还在那儿絮絮叨叨地说着，这是什么，那是什么……永琪什么都听不见了，只看到那对含泪的眸子，那两瓣动来动去的嘴唇，还有那无穷无尽的不舍……他的手一张，所有大包小包都掉到地上去了，他一奔上前，用手臂紧紧地抱了她一下。如果不是那头上的帽子太碍事，如果不是傅云在远远随侍，他真想对她吻下去。

尔康和紫薇，也是难舍难分的，尔康知道，必须上马了，但是，紫薇握住他的手，就是不放。他用双手，把她的双手合在手中，紧紧一握，说："我必须去了！""是！"紫薇应着，慢慢地、不舍地松了手。

永琪和小燕子，正在捡地上的大包小包，紫薇和尔康赶快帮忙，七手八脚，把那些东西都装回大袋子里，永琪把它挂上马背，不能再耽搁，让整个军队看笑话，他一跃上马，喊着：

"紫薇，请你时时进宫，帮我照顾小燕子！""是！我会带着东儿，随时去景阳宫小住！"尔康也一跃上马，忽然觉得衣服下摆被人攘着，低头一看，紫薇攘着他的衣角。他伸手过去，紫薇立即放开衣角而重新抓住他的手。

"紫薇，"他深深地凝视她，"我会信守对你的承诺，我会言而有信！让我走吧！"永琪看再这样耽误，未免太儿女情长了，一咬牙，举起马鞭，一鞭抽在马背上，马儿一声长嘶，撒开四蹄，疾驰而去，永琪的声音，随风而至："小燕子……再见！尔康，快走！"尔康再深深看了紫薇一眼，忍心地用力一抽手。紫薇握不住，两手乍然松脱，尔康就一挥马缰，疾驰而去，不住口地喊着："珍重！珍重！珍重……"

小燕子和紫薇，站在那儿，忍不住疯狂地挥着帕子，喊着：

“胜利！胜利！一路胜利！”“平安！平安！一路平安！”

永琪和尔康奔回队伍，大队人马，立刻出动。仪队、马队、辎重队……浩浩荡荡向前行去。尔康和永琪回首，但见紫薇和小燕子，兀自站在那儿，不断地挥着帕子。队伍走了好远，他们再回首，还看到那两个身穿红衣的女子，像两个小小的红点，嵌在山头。

小燕子和紫薇，是一直等到大队人马都看不见了，才黯然回宫去。后来，紫薇写了一首歌，常常坐在窗前，弹着琴唱着：

> 人儿远去，山山水水路几重？
>
> 送君千里，也只有一声珍重！多少叮咛，耳边声声在飘送，想必今后，呼唤都在梦魂中！
>
> 最怕离别，千丝万缕情切切！马蹄翻飞，只怕铁衣冷如雪！号角声里，英雄壮志当激烈，莫忘深闺，有人望穿云和月！

永琪和尔康，开始了一份和以前截然不同的生活。

行行复行行。为了赶时间，队伍几乎没日没夜地赶路。再也没有锦衣玉食，再也没有诗情画意，生活是紧张的、忙碌的。前线的状况，不断传来，都是一些不利的消息。三位主将，越来越着急。走着走着，秋意渐浓，常常一阵大雨，淋得大家浑身湿透。雨后，气温也骤然降低。紫薇的歌唱对了：“马蹄翻飞，只怕铁衣冷如雪！号角声里，英雄壮志当激烈！”这样走着，赶着，日夜不停，总算在一个月后，走到了云南境内。云南的气候并不冷，但是很潮湿。这对在北京长大的尔康和永琪来说，又有许多不适应。对军人来说，仗还没打，已经人困马乏、水土不服了。

这天，大军在离边境一百里的郊外扎营，傅恒就带着一队精锐部队，去探听战事情况。

永琪和尔康，留守在营地。黄昏时分，落日悬在天边。在一个帐篷中，尔康、永琪正在吃饭，一些勤务兵在伺候。两人一面吃，一面研究地图，分析战事情况。"总算走到云南了，还好，云南一点都不冷！不过，怎么没有看到刘藻的军队来迎接呢？大军这样入境，先头部队也已经到了云南，他老先生总不会不知道吧？"尔康说。"我觉得，这事不妙！刘藻这个人，年纪大了，难免贪生怕死，说不定带着大军潜逃了！"永琪说。"不至于吧！他好歹是个云贵总督！手下的人马，有两万人呢！就算打了败仗，也不可能全军覆没！""等到傅六叔回来，就可以知道一个大概！我想，我们不可能期望刘藻能帮什么忙，都要靠自己了！"尔康沉吟着，点了点头。

"我们先让士兵们休息够，这一路够辛苦了，再来计划怎么打这一仗！看这地图，越到边境，路越难走，山上好像根本没有路，马和辎重，能不能过去，粮食够不够，如何运输到前线，都要计划！军队要打仗，绝对不能饿肚子！"

两人正讨论着，有个士兵进来，大声报告："报告两位将军，外面有个百夷人求见！""百夷人？"永琪一怔，"那是云南的土著！云南地区，主要的民族就是百夷人！"说着，就狐疑起来，"百夷人来军营干什么？恐怕有诈，不得不防！""他一个人来？还是有人一起来？"尔康问士兵。"报告将军，只有一个人！""他一个人来，会有什么作为？"尔康艺高人胆大。"我们两个在这儿，还怕什么百夷人，不怕！让他进来吧！""是！"士兵才出去，帐篷一掀，只见一个浑身穿着白衣、头上绑着白色头巾的百夷人，大步进入帐篷，用清楚的汉语，朗声说："百夷人游鹏劳拜见两位将军！"两手一拱，笑了，"两位别来无恙！"尔康和永琪大惊，目瞪口呆。什么百夷人，原来是萧剑！"哇！百夷人？好一个百夷人，你……"永琪脱口惊呼。

尔康急忙把永琪一撞，对帐篷中的士兵说："你们全体到外面去守着，有任何人来，都要通报！""是！"士兵们退出帐篷。

尔康四面检查了一下，这才一掌拍在萧剑的肩膀上，说："你好大的胆子，单枪匹马闯军营！还好傅六叔不在，要不然，一定把你抓起来，当作奸细给杀了！"萧剑有恃无恐，从容不迫地说："你们那个傅六叔从来没有见过我，不知道萧剑是谁。有百夷人来投效，自愿当向导和军师，为什么要杀呢？不过……我从北京跟你们到这儿，今天才现身，已经够小心了！""你真是千变万化，你现在的名字叫什么？游什么？"永琪惊喜不胜。"游鹏劳，倒过来念就明白了！"

永琪眼珠一转。明白了！是小燕子的游戏嘛！"哦！原来是'老朋友'呀！"

三人这才相视而笑，久别重逢，兴奋不已。尔康就追问："你说什么向导和军师？你要加入我们，去打缅甸人吗？""可不是！你们两个，一个是我的生死之交，一个是我的妹夫！我不为了你们的帮主，也要为你们，共同来打这一仗！何况，我在云南长大，精通百夷话、云南话，对这儿的地形山势，也了如指掌，你们缺乏一个向导和军师，我正是那个可以当向导和军师的人！""那太好了！你来了！我们是如虎添翼！"永琪不禁大喜。"等到傅六叔回来，我们就把你引见给他，就说，你是毛遂自荐的百夷人，已经通过我们的安全检查了！"

"就这样！"萧剑豪气干云地说，"那些缅甸人，也欺人太甚！让我们三个联手，打一场漂亮的仗！"笑容忽然一收，低问："晴儿怎样？""还能怎样？"尔康瞪他一眼。"那天，被一个白胡子老公公弄得神魂颠倒，现在，和宫里其他几个女人一样，在那儿过着望穿秋水的生活！"萧剑一叹，看着永琪，又问："小燕子怎样？你那个知画，有没有喧宾夺主？"永琪脸色一暗，皱皱眉说："你一来就踩到了我的痛脚，夹在两个女人里生活，我真是苦不堪言！关于这个，我们慢慢再谈，还是先来谈谈军情吧！""谈军情以前，先喝一杯酒，庆祝我们三个的重逢！"

尔康倒了三杯酒，三人兴奋地碰杯。"为了重逢！"尔康说。"为了友谊！"永琪说。"为了胜利！"萧剑说。"为了在北京等我们的女人！"永琪再说。

三人"叮"的一声，清脆地碰杯，再仰头一饮而尽。

北京那等待中的女人，确实度日如年。这天，紫薇进了宫，完全不顾平日的悠闲镇定，一路穿花拂柳，飞奔进了景阳宫的院子，不住口地喊着："小燕子！小燕子！小燕子……"

小邓子、小卓子迎上前来。小邓子惊愕地问："格格！怎么跑得上气不接下气？什么时候进宫的？""小邓子，小卓子，"紫薇急忙说，"你们赶快去慈宁宫，把晴格格请到这儿来，就跟老佛爷说，我进宫了，好想跟晴格格聚一聚！""喳！我知道了，我想办法把她找来就是了！"小卓子说，飞奔而去。

小燕子听到声音，迎了出来。看到紫薇就兴奋地喊："哇！紫薇，想死我了！怎么没带东儿来？""谁说没带？东儿跟着奶娘和秀珠，慢吞吞地下马车，东张西望，摸摸这个，踢踢那个……我可等不及了，就一路跑了过来！"她兴奋地抓住小燕子的手，激动地说，"小燕子！尔康有信来了！"看看屋里，压低声音："还有永琪给你的信……还有一个奇事……我们进去谈！"

小燕子眼睛一亮，脱口喊："永琪的信？真的？跟尔康的信一起，送到学士府……"

小燕子话没说完，知画冲到院子里，带着一脸的期盼，急切地看着二人，问："永琪有信来？是不是？"紫薇赶紧捏了小燕子的手一下，示意她别说。她脸色一变，掩饰地说：

"没有没有！是尔康有信回来，提到永琪而已，他们很好，已经到达云南了，还没遭遇到缅甸兵，所以，还没打仗！可是……"她想了想，计算了一下，"快马传书，也传了十几天才到，现在，他们一定交兵了！"

"我们进去说话！赶快来我房间！"小燕子知道永琪有信给自己，哪儿还沉得住气，拉着紫薇，不由分说就往里面跑。两个格格就掠过知画，冲进房间去了。知画站在那儿，脸色顿时黯淡下去。她听到了几句，也猜到了几分，不禁自言自语、自怨自艾起来："写信到学士府，却不送进宫，明明就不想写信给我，才会这样！他把我当成什么？他心里，真的完全没有我吗？我就不如这个小燕子吗？"她站在院子里发呆，也顾不得小院风寒，深秋露冷。桂嬷嬷急急地拿了一件披风出来，披在她的肩上，说："福晋！我的主子！这院子里风大，你是有身孕的人，怎么可以吹风呢？万一着凉怎么办？赶快进去吧！"

知画不动，沉思着。这时，晴儿飞奔而来，急忙忙地冲进院子。小邓子、小卓子跟在后面跑。晴儿看到知画，赶紧放慢脚步，不好意思地笑笑，说："知画！紫薇来了是不是？我去跟她们聊天去！"晴儿说完，一溜烟就掠过知画进房去了。桂嬷嬷纳闷地说："几位格格，怎么都是这样急匆匆的？"她看看知画说，"福晋不跟她们聊天去？"桂嬷嬷提醒了知画，她笑笑，若有所思地说：

"是啊！这晴格格和紫薇格格来到景阳宫，就都是我的客人，我也该尽一尽地主之谊嘛！"她立刻打起精神说，"桂嬷嬷，准备一点吃的！豌豆黄、芸豆卷、小窝头、千层糕、炸酥合、肉末烧饼……都拿一点来！"

"喳。"桂嬷嬷赶紧照办。晴儿冲进了小燕子的卧室，小燕子就奔了过来，一把拉住她，兴奋地嚷："晴儿，晴儿！永琪给我写了一封信……"小燕子把信笺压在胸前，"我真想他！现在，才明白他对我有多好……""先别说你那一封信！晴儿，你看这个！"紫薇喊，就拿出一张信笺，摊在桌子上，给晴儿看，"这个字迹，你当然认得，这张信笺，和尔康的信，封在一个信封里！你看！"晴儿急忙对那张信笺看去，一眼看到那熟悉的字迹，她的心已经怦怦怦地狂跳起来，拿起信笺，只见上面题着四句话："回首向来萧瑟处，也无风雨也无晴；遥望云深不知处，又是风雨又是晴。"晴儿悲喜交集，念着信笺，左念一遍，右念一遍：

“回首向来萧瑟处，也无风雨也无晴；遥望云深不知处，又是风雨又是晴。”她不能喘气了，“萧剑！难道他们在一起？这是他的笔迹，这四句话，嵌着“萧（萧）”字和“晴”字，他是写给我的呀！”

“是啊！”紫薇热烈地说，“这四句话里，有对你的思念，也有对你的担心！他们生怕家书落在别人手里，所以不敢明写，但是，你看……”她把尔康的家书拿给晴儿看：“尔康在这儿写着，‘幸有故人来，如虎添翼’，又写‘犹记辛未状元，共度患难之日’，看到了吗？‘辛未状元’就是当初萧剑带你私奔时，留给我们那个字谜的谜底！”

晴儿喜出望外，眼睛闪亮，激动地低喊：“是他！就是他！一点疑问都没有，他们写得非常明白了！小燕子，太好了！他们又在一起，并肩作战了！哎呀，紫薇……”她眼中充泪，唇边带笑，简直无法隐藏自己的感情，“知道了他的下落，我夜里做梦都会笑！”小燕子更是乐不可支，抓住晴儿的手，又摇又喊：“我就说嘛，他们去云南打仗，那根本就是我哥最熟悉的地方，他等于回家了！我想了好多年，要去那个有水有花的地方，就是去不成，现在，他们三个，都在那儿，我们三个，却都关在这个回忆城里，动也不能动！哎，我真想他们！”这时，门上传来敲门的声音，大家都紧张起来。只见彩霞伸头进来说：“紫薇格格，东儿少爷来了！你们尽管聊天，我和明月、奶娘她们带着他玩！等他找额娘的时候，再带过来！”“好好好！你们照顾着他，当心他摔跤！”紫薇说。彩霞还没关门，房门突然被冲开了，知画笑吟吟的，带着珍儿、翠儿、桂嬷嬷，手捧各色点心，送进房来。知画笑着说：

"紫薇格格和晴格格来，都是景阳宫的客人……来来来，一些小点心，一边吃一边聊……"把手里的点心放上桌，一眼看到桌上摊着的信，就伸手去拿，"信！是永琪写来的吧！姐姐，不要小气，我也可以看看吧……"

三个格格大急，全部扑过来抢那封信。小燕子速度最快，一个箭步，就直冲上前来，伸手抢走了信笺，大叫："那不是永琪的信，是尔康写给紫薇的信，你怎么看别人的信呢？"小燕子这一抢，冲得很急。知画一闪，不知怎的，撞到桌子上，把点心哐啷一声撞下地，只听到知画惨叫一声，摔倒在地，痛喊出声："哎哟……姐姐……你为什么要撞我的肚子……哎哟……哎哟……"桂嬷嬷吓得尖叫起来：

"福晋！小心肚子里有孩子呀！福晋你怎么不小心……"

珍儿、翠儿吓得把点心盘子一放，全部奔过来扶。"福晋！伤了哪儿，要不要紧啊？"珍儿急问。"格格手劲大，有功夫的……你怎么不避开啊？"翠儿急喊。

知画躺在地上，用手捂着肚子，仍在"哎哟哎哟"惨叫："哎哟，哎哟……好痛……好痛……哎哟……"

晴儿和紫薇，也吓得面无人色了。晴儿俯身下去察看，着急地问："知画，严不严重？""很痛……很痛……"知画的眼泪掉下来，眼神里盛满了恐惧。"我很害怕……"她用手压着肚子，"孩子……孩子……永琪不在，如果孩子……"晴儿知道严重性，万一知画失去这个孩子，小燕子大概也性命难保，她的脸色顿时惨白，疾呼："传太医！赶快传太医！小邓子！小卓子！赶快传太医……"桂嬷嬷、珍儿、翠儿和赶进来的明月、彩霞也一路喊了出去："传太医！传太医！传太医……"整个房间里，立刻乱成一团。桂嬷嬷和珍儿翠儿，扶起知画，一步一停地往新房走去。知画一直捂着肚子，又是呻吟，又是哭泣。

小燕子呆呆地看着知画离去，一脸的惊愕和困惑，转头对紫薇说："我根本没有碰到她……她怎么会摔了下去？"紫薇震惊地看着小燕子。

太后几乎和太医一起赶到，接着，新房里一阵忙乱。太医出出入入，太监们拿着药方去御药房抓药、熬药，丫头们川流不息地奉汤奉水，嫔妃们得到消息纷纷前来慰问……到了晚上，太医和嫔妃们才陆续出房去，孩子总算保住了。

知画躺在床上，看起来弱不禁风。桂嬷嬷端着药碗，伺候着她吃药。太后坐在床沿上，拉着知画的手，不胜怜惜地拍抚着说：

"还好还好，有惊无险！总算没有大碍，吓死我了！你也小心一点呀，自己的身子，自己要注意嘛！那个小燕子，以前曾经从屋顶上跳下来，手里拿着烟火棒乱舞，把我的衣服都烧起来……你呀，和她离开远一点，知道吗？"

知画委曲求全地说："老佛爷，请你不要责备姐姐，她只是不小心，不是故意的，是我不好，看到紫薇格格来，晴格格又来了，就有点兴奋……"说着，落泪了，说不下去。太后看着知画发愣，桂嬷嬷就低声说："老佛爷……福晋心肠好，有苦都往肚子里咽！据奴婢看，格格是有意撞伤福晋，她自己生不出孩子，也不愿意福晋有孩子！您想，格格的身手和力气，如果她存心使坏，福晋实在不是对手！""胡说！"知画赶紧阻止，"桂嬷嬷，不可以这样说姐姐，她只是粗心大意而已！绝对不会有坏心！"太后看看知画，看看桂嬷嬷，严肃地说：

"知画！你最好小心一点，知人知面不知心，尤其女人妒忌起来，是一点理性都没有的！小燕子对你，一直妒忌得厉害，现在，永琪又不在这儿，没人保护你！如果这个景阳宫住不下去，还是先搬到慈宁宫去，等永琪回来再过来吧！"

"老佛爷，不好吧！"知画摇头，说，"我已经嫁进景阳宫了，就应该在景阳宫等永琪！和姐姐处不好，是我的失败……如果我搬去慈宁宫，大家一定说我有老佛爷撑腰，享有特权似的。老佛爷放心，我会继续努力，让姐姐喜欢我！好在，孩子保住了！"

"你还想让她喜欢你？"太后不可思议地看着知画，拍拍她的手，一副悲天悯人的样子，叹息地说，"但愿菩萨保佑你！"

太后离开知画的房间，走进大厅，紫薇、小燕子、晴儿都围了过来。"知画还好吧？"晴儿急忙问。"你想呢？"太后看了晴儿一眼，"虽然太医说，没有动到胎气，可是她吓都吓死了！永琪不在家，她有个什么事，你们大家对永琪怎么交代？"小燕子、紫薇、晴儿听太后语气严厉，都呆了呆。小燕子冲口而出："我又没有怎么样，她自己站不稳，就摔下去了！"太后大怒，手在桌子上重重一拍："你没有怎么样，知画的孩子都差点保不住，如果你有怎么样，大概知画小命都难保了！"小燕子听了，气得差点昏倒，晴儿和紫薇也双双变色。"老佛爷！"小燕子跳起身子，往前一冲，"知画说是我推她了？我撞她了？我找她对质去！"小燕子往里面就走，太后大声喊："回来！"紫薇和晴儿，赶紧拦在小燕子身前。紫薇就对她使眼色："不要沉不住气，今天，本来大家都很开心……想想好的一面，知画的事，是个意外，只要大事化小，小事化无就好！你不要再去打扰她，让她休息吧！""就是就是！"晴儿也跟小燕子使眼色，"看在'辛未状元'啦，'又是风雨又是晴'的分上，不要计较了！"小燕子呆呆地站着，胸口剧烈地起伏着，拼命按捺自己，气呼呼的。

太后走到小燕子面前，有力地说：

"你不要去冤枉知画了，刚刚在知画房里，她可是苦苦地求我，要我不要责备你，不要怪你，说都是她自己的错！"她叹了一口气，"小燕子！你应该庆幸，知画是这么有修养有教养的姑娘，才会息事宁人，你也宽厚一点，得饶人处且饶人吧！你那个力气，我早就领教过了！"她回头看着晴儿和紫薇说："晴儿，跟我回慈宁宫去！紫薇，你劝劝小燕子，心胸要宽大一点，知画肚里的孩子，好歹是永琪的！如果有任何差错，我不会原谅小燕子！"

小燕子听着太后一句一句的话，眼睛越睁越大，最后，连嘴巴都张开了，就差没有怄死。紫薇也听得一肚子的不平，却不敢再说什么。晴儿着急万分，生怕小燕子再顶撞太后，心想，还是早走早好，就急忙搀住太后，说：

"老佛爷，我扶您回去！紫薇，你照顾小燕子，我明天再过来！"

小燕子还想说话，紫薇拼命拉住她：

"别说了，别说了！"

晴儿就扶着太后往门口走去。

就在这时，知画在桂嬷嬷搀扶下，捧着肚子，颤巍巍地走进大厅，嚷着：

"老佛爷，您好好走！当心路上滑……"

太后站住，回头惊问：

"你怎么不在房里躺着，又跑出来干什么？"

"我出来送老佛爷……"知画虚弱地笑。小燕子看到知画这样，忽然忍无可忍地爆发了，大叫着对知画冲去："哇！我要疯了！我要憋死了！我要气死了！我要冤死了……你说清楚，到底你是怎么摔的……"小燕子这样一冲，知画吓得脸色惨白，双手保护着肚子，尖叫出声："救命……救命……老佛爷……救命……"

紫薇一看不对，想也没想，就冲上前去拦小燕子，这一拦，就和她迎面撞在一起。想那小燕子，力气有多大，紫薇站不住，就摔倒下去。正好摔到茶几上，茶几倒了，茶杯茶壶碎了一地，发出一阵碎裂的巨响。明月、彩霞惊叫着，赶紧奔上去搀扶她。小燕子急忙收住了步子，惊怔地看着摔得七荤八素的紫薇。

太后吓得浑身发抖，喊着：

"这我可亲眼看到了！我明白了！这个景阳宫，怎么还能住？桂嬷嬷，珍儿，翠儿，扶着你们主子，立刻跟我回慈宁宫去！东西也别收了，明天再拿！知画再待下去，迟早会被弄死！快走！"

"喳！奴婢遵命！"桂嬷嬷大声答应。

"老佛爷……"知画犹豫地、颤抖地喊。

"还犹豫什么？走！马上走！"太后就去拉知画。

桂嬷嬷、珍儿、翠儿赶紧扶着。知画就在众人簇拥下，跟着太后，满脸余悸犹存的样子，一起出门去了。晴儿无奈地看了紫薇和小燕子一眼，也跟着去了。转眼间，大家都走了，紫薇坐在一堆碎片里发怔。明月、彩霞也傻住了。小燕子看着地上的紫薇，一下子失去浑身的力量，往地上一坐，坐在紫薇身边。她双手托着下巴，沉重地吸着气，好像她已经快要窒息了。紫薇凝视她，轻声说："小不忍则乱大谋……你又忘了！""这个'小人'和'大猫'，我知道……可是……知画怎么变成这样？"她睁大眼睛看紫薇。

"她冤枉我，我发誓，我真的没有碰到她，是她自己摔的……"她想想，痛楚忽然淹没了她，"我弄砸了，我又弄砸了，永琪临走的时候，对我说了几千几万句，要我跟知画和平相处……紫薇，怎么会这样呢？那个'大猫'，实在太难养，我不会养，我养不起啊！"

小燕子脆弱地说着，眼泪终于掉了下来。紫薇一把抱住她，两人依偎在一起。半晌，紫薇震动地、深思地、低低地说：

"或者，知画没有变，她可能一直是这样一个人，我们说不定统统中计了！她步步为营，进宫，征服了老佛爷，说服了我们，当了五阿哥的福晋，怀了永琪的孩子……想想看，这是好难的一条路，她都做到了！她没想到的，是永琪会在这个节骨眼，上了战场……"说着说着，她忽然打了一个冷战。

小燕子抬头看她：

"你在说些什么？""我希望，是我想太多了！"紫薇摇摇头，不说了，但眼中露出担忧和恐惧。小燕子似懂非懂，以她那单纯的心，要了解紫薇的分析，还是不容易的。她看着紫薇，因为紫薇的担忧而惊怔起来。

第
三
十
八
章

在云南的永琪和尔康，开始了他们这一生的第一场战争。

他们是一清早从边境出发的，在出发前，早已研究好了策略。傅恒这次带着一位皇子、一位驸马出来打仗，压力实在很大。探子来报，敌军正在打猛笼，葫芦口只有少数缅甸军在驻守，他就做了第一仗的安排。

营地一早拔营，无数清军，身穿盔甲，整装待发。傅恒、永琪、尔康、箫剑和几位武将，都全副武装，站在营地正中，傅恒以统帅身份，分配了任务：

"就这么决定，我们兵分两路，我带着杨坤参将去攻猛笼！左右两将军，有总兵刘德成协助，去收复葫芦口！不管胜败，日落时分，一定收兵，两军都要在奇木岭营地集合，根据战绩，再研究下一步的战略和路线！"

"就这么办！"永琪一点头，看着傅恒，了解地说，"不过，傅六叔把简单的工作交给我们了！葫芦口听说已经没有缅军，说不定很轻松就收复了！倒是猛笼，都是山路，地势险恶，傅六叔要小心！""那也不一定！"尔康说，"猛白神出鬼没，谁都不知道他在哪儿！我们都听傅六叔吩咐，就没有错！大家都尽力而为吧！"傅恒看看这两位皇室贵胄，不放心地叮嘱：

"两位将军，安全第一，切忌轻举妄动！如果遭遇了猛白的正规军，最好先退回营地，不要交锋！刘德成有经验，让刘德成带路！"他看了萧剑一眼，"军师，听说你武功高强，又熟悉地形，务必保护两位将军！"

萧剑已经换上了白色军服，英姿飒爽，抬头挺胸说：

"傅将军放心！我誓死保护两位将军！"

"就这样！大军出发吧！"

永琪一跃上马，喊："祝两路人马，都马到成功！"军号大作，所有军人，各就各位。永琪、尔康、萧剑、刘德成纵马向前，带着西路军，大军浩浩荡荡地出发了。

军队走了大约两个时辰，距离葫芦口已经近了。永琪带着镶白旗，尔康带着镶红旗，红白相映，旗帜飞扬，军容浩大，声势非常惊人。走着走着，永琪忽然觉得有些不对劲，举起手来，喊着：

"停一下！听！这是什么声音？"大军暂停，隐隐间，有如闷雷的声音传来。尔康大喊："斥候兵！去前面看看，有什么动静？"

几个斥候兵骑马往前奔。奔了一段路，雷声更大，斥候兵跳下马，伏在地上，用耳朵贴着地倾听。只听到雷声逐渐加大，天摇地动。斥候兵惊愕抬头，只见前面烟尘大作。尘土飞扬中，一片黑压压的乌云从地上席卷而来。

永琪勒马站在那儿，引颈翘望，忽然感到恍如地震，步兵们的枪支都震得嘎嘎作响。他大惊地说："这是什么东西？""好像是地震！"尔康说。"地震？不可能！那一片黑云是什么东西？"萧剑说。

大家都注视着前面，那片黑云转眼间已到面前。萧剑明白了，疾呼："我知道了！是大象！大家注意，准备武器，象兵来了！"萧剑的喊声中，只见烟雾腾腾里，无数的象兵奔驰而来。身先士卒的一个，正是缅甸王猛白，骑着大象，举着战斧，十分威武。"冲啊……冲啊……"猛白声如洪钟，大喊。跟在猛白身边的，是个面貌清秀的青年军官，也骑着大象，舞着长剑。那青年军官风度翩翩，年少英俊，个子娇小，却行动迅速，扬着长剑大喊："冲啊……杀啊……"

随着这两个敌人的出现，巨大的象脚沉重地踩过泥土。象鼻左扫右扫，扫向空中。巨象抬头长嘶，声势惊人。大象来得迅速，象脚踩上斥候的身子。斥候们跳起身子，狼狈奔逃。只见象鼻一卷，卷起一个斥候，抛在空中。

永琪、尔康、萧剑三人，看得目瞪口呆。永琪挥舞长剑，回头大喊："我大清的部队，什么都不怕，还怕几只大象吗？冲啊！"永琪就身先士卒，对着象兵冲了过去。尔康大叫："五阿哥！千万不要冒险！傅六叔特别交代，万一碰到猛白，不可轻易交手，还是先撤退，研究了战略再打！"尔康的声音，淹没在一片震耳欲聋的象鸣声中。大象转眼已到眼前，萧剑大吼一声：

"尔康！杀吧！撤退已经来不及了！"说着，一剑刺了过去。

尔康仓促应战，和那个青年将军交手。青年高高地坐在象背上，尔康的战马，只有大象一半的高度，虽然尔康武功了得，但是青年居高临下，尔康备受威胁。连续几次交手，尔康都没占到便宜。那青年一面打，一面用汉语大喊：

"我是缅甸王子慕沙！你们赶快投降！"

原来他是猛白的儿子，怪不得武功这么好，还会汉语！看样子，缅甸入侵，早有预谋了。尔康一面迎战，一面大声喊了回去："缅甸王子又怎样？我还是大清驸马呢！"说着，一剑刺去。

那缅甸王子慕沙，竟然口齿伶俐，边打边喊："驸马是什么马？马遇到大象就变成小白兔了！""你才是小白兔！"尔康大怒，"长得就像只小白兔，看你年纪那么小，武器拿得稳吗？"大叫，"我来了！"尔康眼看，大象和马，不能齐头作战，就施展武功，从马背上飞身而起，落在慕沙身后的象背上，持剑就一剑直刺慕沙。人到剑到声到："缅甸小白兔，碰到大清驸马，是你倒霉！"慕沙没想到这个驸马，居然会飞到自己的象背上，大惊失色，急忙反身，持剑一挡。两剑相碰，迸出火花。同时，慕沙手一扬，数十支金针已经对尔康飞去。尔康大叫：

"还会暗器！不得了！"尔康长剑舞成一个闪亮的大圆，把暗器全部打落在地。慕沙看得目瞪口呆，忍不住赞美：

"你这匹马，好厉害！"慕沙拍拍象头，象鼻忽然举起，扫向尔康。尔康只顾得和慕沙交手，完全没有防备大象也能作战，被象鼻扫了一个正着，站立不稳，幸好武功高强，翻身落地。他这一下怒不可遏，伸手一把抓住慕沙的脚踝，将他也拖下象背。慕沙大惊，一连串的缅甸话冲口而出："该死的死马，从哪儿跑来的？居然敢用手拉我，你不要活了，我不打死你，我就不是八王子慕沙……"尔康听不懂他的缅甸话，也不再拌嘴，两人就在地上缠斗起来。尔康和慕沙打得难解难分的时候，永琪正和猛白交手。猛白是个天生的武士，身材高大，相貌堂堂，手持战斧，居高临下，锐不可当。永琪用剑，灵活无比，可惜马太矮小，打得捉襟见肘。猛白边打边用汉语喊："我是缅甸王猛白，你打不过，赶快投降！""我是大清王子永琪，专门打缅甸王猛白！你才赶快投降！"永琪喊。"你这个王子，今天死期到了！"猛白一斧头砍下来直击永琪面门。

永琪闪过武器，心想，这样打不行，就一剑砍向象鞍，象鞍断裂。永琪跃下马背，飞扑过去，长剑直刺猛白。猛白大惊，缅甸话冲口而出：

"哪里跑出这么厉害的一支队伍？"猛白从地上一跃而起，赶紧应战。两人打得天昏地暗，日月无光。箫剑早已看出，用马队无法对付象队，必须找到他们的弱点，才能打赢这一仗。他骑马一阵冲刺，专门砍断象鞍，只见象兵纷纷摔下地。他一面冲刺，一面大喊："弟兄们不要怕，砍断象鞍，先把他们从象背上打下来，再交手不迟！来呀！马队冲啊！砍象鞍！砍象鞍！砍象鞍！砍呀……"许多清军，就跟着箫剑，一路砍去。象兵纷纷落地，但是，也有许多清军，被象鼻卷起，摔成重伤，还有许多清军奔跑不及，被象脚践踏身亡。两方人马，在漫天的尘土中，短兵相接，杀声震天。尔康和慕沙这边，两人已经战出高下，尔康毕竟是从小练武的高手，一番你来我往，短兵相接，慕沙就打得手忙脚乱了。缠斗中，尔康一剑刺向他的前胸，慕沙一躲，尔康剑到人到，剑剑进逼。慕沙眼见不敌，回头就跑，尔康飞身而起，落在他面前，伸脚一绊，把他绊倒在地。尔康长剑直指他的咽喉，大叫：

"你投不投降？"慕沙躺在地上，只见那把长剑，映着日光，在眼前闪闪烁烁，他不禁大骇，举起双手，一迭连声喊："我投降！我投降……"尔康回头大喊："刘总兵！赶快把这个王子绑起来！"就有几个清军，冲上前去压住慕沙。尔康长剑一收。岂料，慕沙手一扬，一排暗器，清军纷纷倒地。一头大象快速奔来，象鼻子一卷，就把慕沙卷上了象背，慕沙发出一串大笑，喊着说："大清驸马，要我投降，哪有这么容易？这次不玩了，下次再打！"

慕沙喊着，骑象狂奔而去。尔康哪里肯放过他，跃上一匹马，急追："你跑哪里去？我不杀你，你居然诈降使坏！""你还追我？"慕沙回头喊，"你那个穿白衣服的兄弟，已经被我爹杀死了！你看！"

他伸手一指。尔康本就在牵挂永琪，一听之下，急忙看去。只见永琪和猛白打得天翻地覆，哪儿有被杀死？尔康这一分心，只觉眼前一暗，竟被慕沙那头大象的象鼻卷入空中。慕沙大笑，乐不可支地喊：

"你这个驸马，快变成死马啦！"

尔康急忙用手中长剑，一剑刺向象鼻。大象一痛，长嘶一声，把他抛落在地。尔康滚了两滚，才一跃而起。只见慕沙和大象，已经奔出重围。慕沙一面飞奔，一面用缅甸话，大喊着：

"爹！他们好厉害，我们不要再打，会吃亏的，快走……"

猛白和永琪，正打得难解难分，猛白从来没有遭遇过这么厉害的对手，怎么打都打不赢，心里正在烦躁，听到慕沙的喊声，无心恋战。一阵冲刺后，就退向大象身边，象鼻一卷，猛白上了象背。猛白用缅甸话大喊：

"缅甸部队撤退！大家跟我来！"永琪持剑就追，喊："不要逃！有种就打！"箫剑快马奔来，大喊："五阿哥，不要追！我们的弟兄伤亡很重，赶快整理军队，看看伤亡情形再说！"

永琪站住，看着象兵部队快速撤退，再看着满地狼藉。尔康也奔了过来。"永琪，箫剑，你们怎么样？有没有受伤？"尔康关心地问。"还好，我们都没事，你呢？"箫剑问。"抓住了那个缅甸王子，又给他逃掉了！"尔康愤愤地说。

永琪跌脚大叹："我也好可惜！没有把那个缅甸王给抓起来！如果抓到了缅甸王，这场战争就结束了！本来可以速战速决的，太可惜了！"三人站在硝烟弥漫的战场，向前遥望，看到遍地伤兵，呻吟不断，许多战马，倒在地上，不禁触目惊心。尔康咬牙切齿地说："那个缅甸王子，我跟他誓不两立！"

傅恒的情报错误，差点把永琪和尔康都送进虎口，真把他惊得一身冷汗。这晚在营地，大家谈起战役经过，依旧扼腕不已。营地上，都是受伤的士兵，军医在给众人包扎，担架还一个个抬来。营火上煮着大锅饭。傅恒、永琪、尔康、箫剑、刘德成及参将等，都在视察伤亡情形。永琪看得心惊胆战，沉痛地说："没想到象兵部队这么厉害，弟兄们不是断手就是断脚，都被大象踩伤摔伤！看到弟兄们受伤的情形，我真后悔当时没有下令撤退！""五阿哥不要自责了，"箫剑说，"当时那个状况，撤退也来不及，象兵转眼间就到眼前，除了应战，没有第二条路！""还好，我们几个主将都没受伤！"尔康说，"傅六叔，怎么没人警告我们，有个象兵部队？让我们措手不及！对于要和大象打仗，我们想都没有想到，一点防备都没有！""奇怪极了！刘总兵，你遭遇过象兵部队吗？刘藻是被象兵部队打败的吗？"傅恒问。"报告三位将军，这是第一次遭遇象兵部队，以前，我们只听说缅甸有象兵，从来没有见过！大家都以为，那大象笨笨的，怎么能打仗？谁知道这么厉害！"刘德成报告着。

"我们必须仔细研究一下，除了象兵部队，他们缅甸军队还有没有其他本领？那个缅甸王子，会一种细针一样的暗器，一定有毒，中了暗器的，几乎都死了！"尔康咬咬牙，"好狠毒的王子！"

永琪看着受伤的士兵，交代着："刘总兵，带一队人马，明天一早，就把这些受伤的弟兄送到车里去治疗，他们目前，不能上战场，带着他们会影响行军速度！""刘总兵，"尔康接口，"要派人督促军医，药品是不是充足，也了解一下！治好一个，归队一个，我们需要每一个战士！看样子，我们要准备长期作战！""是！"刘德成应着。这时，一个士兵走来，大声报告："报告！晚饭已经准备好了，请几位将军到帐篷里去用膳！"

尔康四面一看，问："这些受伤的弟兄，为什么还没有用膳？""报告将军，还没做好！"

永琪就大声说："去把准备给我们的晚饭，先拿过来给受伤的弟兄用！快去！多叫一些人，先让大家吃完，我们再吃！""是！"士兵赶紧跑走。傅恒不禁惊看永琪和尔康，眼中露出佩服的神色，忽然领悟到，他们不是皇子驸马，他们是两位将军了。
看他们为了伤亡那么难过，就安慰地说：

"你们也不要难过，刘总兵告诉我，猛白和那个王子，是带
着象兵部队逃跑了，可见，他们遇到你们，也是招架不住，等于
输了！""只能这样自我安慰了！"永琪苦笑着说。

接下来，清军和缅军，有一段辛苦的战争岁月。在这段岁月
中，永琪、尔康、箫剑都饱受风霜之苦。扎营，拔营，起营火，
灭营火……大军行行复行行。风也好，雨也好，太阳也好，军旅
生涯，没有任何诗情画意。几度短兵相接，都分不出胜负。每次
面对战后的战场，硝烟处处，尸横遍野，都会带给永琪相当大的
震撼。第一次了解到，人命，在战场上是多么渺小。他们三个，
逐渐变成包扎伤口的好手，尤其是永琪，跟着军医，学了许多救
人的技术，每次抢救伤患，他都身先士卒。尽管尔康、傅恒、箫
剑苦劝，他都充耳不闻。数月以后，他和军医的技术，已经相差
无几。

他们好几度和缅甸王猛白正面交锋，几乎有猛白，就有那个
缅甸王子慕沙。慕沙精通暗器，身手不凡。只是说话尖声细气，
尔康认为他不男不女，每次见面就打，一打就兼吵架。尔康一心
想活捉他，来要挟猛白投降，却苦于没有机会。

这天，探子来报，说慕沙单独扎营在"黄土坡"的山谷里，
尔康和永琪商量之后，就由尔康带着镶红旗人马进入山谷诱敌。
永琪和箫剑带着人马在后，分别从山头、山谷两边夹击支援。

尔康的先头部队，才进入山谷，忽然间，喊声大作，山谷两

壁，冲出大批的缅军。只见慕沙，身先士卒，杀了过来，嘴里大喊着："哈！驸马！你居然还没有死？我来讨命了！"尔康看到慕沙，真是仇人相见，分外眼红。他策马冲去，也大叫："小白兔！今天非把你活捉不可，今晚加菜，吃烤兔子！"

喊叫中，两人相遇。慕沙手一扬，一把金针，全部射向马的眼睛。尔康是防备着他的暗器的，但是，没想到他会射马，躲避不及。马儿受创，人立而起，长嘶着掉进山沟。尔康几乎摔落地，一个翻身站稳，慕沙已经持剑，一剑刺来。尔康就地一滚，滚到草丛中，动也不动了。慕沙狐疑地看着躺在草丛中的尔康，自言自语：

"死了？太简单了吧？这样容易就不好玩了！"说着，他就走过去察看。尔康手一扬，许多金针射向他。慕沙大惊，狼狈地闪避奔逃，用缅甸话喊："好厉害！他居然把我的金针接住了！还用来打我！"就在慕沙狼狈躲金针的时候，尔康已经飞身而起，一掌劈向他的胸前。这一下又快又准，慕沙闪避不及，就挨了一掌，顿时大怒，喊："我要杀了你！"在山谷上的草丛中，猛白带着弓箭手，埋伏在那儿。猛白正用望远镜看山谷里的情势，看到这一幕，气得咬牙切齿。

"这个驸马够厉害！我要他偿命！"山谷中，两军人马，早已打得天昏地暗。尔康向慕沙节节进逼，长剑舞得密不透风，外带中国功夫的拳打脚踢。他一面打，一面眼观六路，耳听八方，问："你的大象呢？这个山谷进不来是不是？没有大象帮忙，你还有什么本领？人家狗仗人势，你们缅甸人，是狗仗象势！"慕沙被打得手忙脚乱，不住看向山谷两壁，着急猛白怎么还不现身。再几招下来，他知道尔康技高一筹，看样子，自己打不过，就急嚷："驸马，驸马！不打了，我们讲和吧！这样打来打去，大家死的死，伤的伤……不如停战……""讲和？"尔康大为心动，"你们把霸占的土地交回，退出大清的边境，我可以做主，饶你们一命！"说着，攻势略缓。"那么我们就不要打！坐下来讲和！"慕沙一脸的诚恳，嚷着。"你能做主吗？你的父亲呢？"尔康仍然不敢放松。"你找我爹？好，我就请我爹跟你谈！"慕沙忽然转头对山上，用缅甸话狂叫："爹！你还不赶快来帮我！再不动手，我就要吃亏了！"尔康一怔，刹那间，只见无数的弓箭，射向山谷中的清军。尔康大惊，急喊："弟兄们！大家注意！箭有毒！盾牌！盾牌……"

　　尔康喊声中，一支利箭，直射向尔康面门。尔康长剑一挥，硬生生把利箭削成两段落地。慕沙满脸惊愕地看着尔康。这时，埋伏的缅军纷纷现身，在猛白指挥下，弓箭像雨点般射向清军。清军手持盾牌，挡箭的挡箭，中箭的中箭，倒地的倒地，冲锋的冲锋。猛白在山坡的树林里，指挥着弓箭手："准备！射击！大家看好目标，不要射到自己人！"猛白正在指挥若定，忽然山头传来一声大喝："猛白！你中计了！这叫'螳螂捕蝉，黄雀在后'！"永琪大喊着，带着镶白旗厮杀过来，声震四野地大吼，"弟兄们！冲啊……不要心软，为我们死去的弟兄报仇呀……"镶白旗像潮水般卷了过来，缅军放下弓箭，急忙反身应战。永琪连续杀了几个缅军，直扑猛白。猛白仓促应战，手忙脚乱。镶白旗和缅军在山上交战，镶红旗在山谷交战，两队人马，打得日月无光。山谷中的清军，看到永琪和镶白旗，大喜，喊声震天：

“五阿哥到了！皇上万岁！大清万岁！”山谷中的清军如有神助，杀得神勇无比。慕沙大惊，急忙用缅甸话喊："缅甸军队！立即退出山谷！快退！"

慕沙一边喊，一边拼死力战，往山谷外退去。尔康微笑地看着他，并不追赶。慕沙带着许多缅军，已经退到山谷出口，忽然之间，喊声大作，傅恒和箫剑，带着镶蓝旗人马，迎面杀了进来。箫剑大笑说："缅甸王子，你还要向哪里逃？百夷人来了！"缅军陷进包围里，拼死抵抗。箫剑迎向慕沙，大打出手。尔康喊着："箫剑！那个缅甸小白兔，是我的！让给我！"他冲过来，接手再打。箫剑也和缅军的一个将领缠斗起来。

慕沙眼看腹背受敌，眼中，露出祈谅的神色，一面打，一面说："大清的英雄，慕沙佩服之至！请手下留情！""我上过你的当，再不留情！"尔康喊。

尔康一连几剑，逼得慕沙只有招架之力，毫无还手的余地。然后，尔康的剑一挑，慕沙手中长剑飞去。尔康回剑一剑刺下，慕沙大骇，仓皇后退。慕沙一退，竟然退到箫剑身边，箫剑刺倒了敌人，回身伸手一抓，就像老鹰抓小鸡般，提起慕沙盔甲的衣领，把他整个给拎了起来，大喊："尔康！这个缅甸王子，是你的了！你要怎么发落？""我一剑杀了他！"

尔康长剑一指，已到慕沙咽喉，慕沙徒劳地挥舞着双手，抬眼直视尔康。他的眼里闪耀着视死如归的英雄豪气，正气凛然地大喊："英雄！请一剑毙命，慕沙向你致敬，死在你的手里，也是我的光荣！"尔康一愣，长剑停在他的喉咙口，不忍刺下。尔康这样一犹豫，慕沙乱动的袖口中，突然飞出无数金针，直射尔康。

尔康完全出乎意料，这一次，躲得不够快，许多金针刺向胸前，幸有盔甲挡住。但是，一根金针却插在尔康眉心，他只觉得眼前一黑，就砰然倒地。萧剑这一下，吓得魂飞魄散，双手举起慕沙，向山壁上一砸，疾呼：

"尔康！"他扑向尔康，一把抱起他，扛在背上，狂呼，"尔康！尔康！尔康……"

萧剑那一砸，力道十足，也是慕沙命不该绝，当他的身子飞向山壁时，正好有个缅甸军倒下，给慕沙做了垫背。但是，慕沙依然被摔得七荤八素，狼狈地爬起身。只见萧剑扛着尔康横冲直撞，发疯般地大喊：

"军医！军医……你在哪里？傅将军，不好了！额驸受伤了！"就在这时，忽然闷雷似的声音又响起，山谷外，又见烟尘滚滚。清军惊喊："象兵部队！象兵部队……不好，象兵部队又来了！"傅恒见尔康受伤，象兵又至，无心恋战，急忙喊："大家不要慌，从后面撤退！快！撤退……"山谷中，情势大逆转。清军奔逃，撤退。大象进了山谷，象脚践踏着武器、伤兵，嘶吼着横冲直撞。萧剑顾不得打仗了，扛着尔康没命地往山谷外奔去。一个黑影忽然掠到萧剑面前，几包药丢在尔康身上。慕沙喊着：

"一个时辰一包！用水灌下去！要紧！要紧！"萧剑一怔。慕沙已上了象背，不见了。

这场战役，双方都有死伤，打得都很狼狈。晚上，清军的营地上，营火熊熊。一个一个帐篷林立着，士兵全副武装地在守夜。在尔康的帐篷里，永琪、萧剑、傅恒、军医都围着床，着急地抢救尔康。尔康正陷在昏迷里，两个士兵抬起他的头，萧剑捏住他的下巴，把药粉倒进他嘴里。拿起一碗水，再灌进他嘴里。永琪和傅恒担心地站在旁边看。永琪拿起那包药粉的纸，凑在鼻子上闻了闻，怀疑地说：

“你怎么敢给他灌这个药？我觉得大有问题，那个缅甸王子为什么要给你解药？如果这是毒药，怎么办？中了毒针，再吃毒药，那还有救吗？军医，你认为如何？”

军医惶恐地说：“禀告将军，臣对这种毒针完全没有研究，也不知道这个药可靠不可靠。”“你相信我这个百夷人，好不好？”萧剑说，“云南和缅甸一带，盛产各种有毒的花花草草，可以淬炼成各种毒针毒药，我从小看到大……这药，如果不是解药，额驸一个时辰以前，就该没命了！”“军师的话不错！”傅恒点头。“上次中了毒针的人，没有一个活着！我们已经没有办法了！不管有效没效，只好试一试！”说话中，萧剑已灌完一碗水。士兵放下尔康的头，起身走开。尔康仍然昏迷着，脸色苍白。永琪坐在床边，目不转睛地看着他，着急地说：

“尔康！你快点醒来！我们的仗还没打完，紫薇还在家里等你，如果你有个三长两短，我如何回去面对她们？”傅恒焦灼地走来走去，叹息着：“今天，这场仗本来打得很顺利，以为那些大象，绝对进不了山谷，谁知道，象兵部队还是来了，功败垂成！还让额驸受了伤……我应该守在旁边的！”

“守在旁边也没用，我就守在旁边，眼睁睁地看着他受伤，就是救不了……”萧剑说，想到那个慕沙王子的奸诈，恨得牙痒痒。可他奸诈之外，又送了解药，实在稀奇！但是，如果这不是解药是毒药呢？

萧剑正在胡思乱想，尔康喉咙中，忽然咯咯作声，大家赶紧扑上去看。看到他眉头一皱，眼睛睁开了，呻吟着。"喀喀！喀喀喀……"他忽然作呕。

"赶快拿盆子，他要吐！"萧剑急喊。尔康一翻身，几乎滚下地，永琪急忙扶住，尔康哇的一声，吐出一口黑水，永琪闪避不及，都吐在永琪衣服上。尔康呻吟着，歉然地说："五阿哥……对不起，弄脏了你的衣服……"永琪看到尔康醒来，神志清醒，还知道为弄脏他的衣服来道歉，真是喜不自禁了。把尔康扶上床，他兴奋地喊：

"尔康！你想吓死我是不是？弄脏衣服有什么关系！重要的，是你醒了！你活了！谢天谢地！还是百夷人比我冷静，这个药居然有效！"说着，又一急，"可是，药都吐掉了，要不要再给他吃一包？"

"再吃一包？那会不会太猛了？"萧剑看着尔康喊，"尔康……"喊出口才发现傅恒在场，不能和尔康、永琪直呼其名，急忙改口："将军！额驸！福将军……你觉得怎样？"

尔康睁眼看众人，寻思着："我中了那个缅甸王子的毒针？""就是！"萧剑瞪着尔康，看他大概没事了，就开始生气起来，"你是怎么一回事？剑抵着那个小子的喉咙口，还让那小子有机可乘！你为什么不杀他？气死我了！在战场上，你还有恻隐之心吗？"傅恒赶紧打圆场：

"军师不要生气，额驸有惊无险，能够活过来，真是皇上的洪福！大家庆幸都来不及，不要责备他了！赶紧弄些吃的来！"

傅恒出去张罗。永琪还是很担心，看着尔康说："尔康！看看我的手指头……"他竖起两根指头在他眼前晃，"有几根？""你把我当成几岁？以为我是东儿吗？跟我玩这个？"尔康大声说，坐起身子，一阵头晕，身子摇摇晃晃。

永琪一把扶住了他："你躺下躺下！还有两包药，大概吃完毒才会完全解除！""你们哪儿弄来的解药？"尔康惊奇地问。"你相信吗？"箫剑说，"是那个缅甸王子给的！他用毒针伤了你以后，丢了几包药，还交代一个时辰一包！我们看你昏迷不醒，只好死马当作活马医，给你灌了三包，居然有效！"

尔康精神一振，急喊："军医！""臣在！"军医急忙答应。"赶快拿一包去研究一下，到底是什么成分，对于中毒箭的人，有没有作用。我想，这一定是一种花草的种子……找一找云南有没有这种花草？如果你一个人研究不出来，和其他军医联合起来研究！限你们明天给我答案，快去，紧急紧急！""这样不好吧！"永琪要阻止，"你身体里的毒素还没清干净，你把药拿去研究，你吃什么？""我没事了！那缅甸小子，受我不杀之恩，报以不杀之恩，这人也很有意思！他绝对没有想到，我会拿药去研究，说不定破解了毒箭的威胁！""说得很有道理！"箫剑就拿出一包药，交给军医。军医急急地去了。

尔康摇摇晃晃地站起身来。箫剑和永琪一左一右地护着他。"你怎样？"箫剑问。"好像晕船一样，但是，我一定死不了！"尔康说。

永琪这才笑了，拍了尔康的肩膀一下，说："你最好死不了，看到你中了毒针，昏迷不醒，我已经在打腹稿，如果你死了，我见到紫薇要怎么说……腹稿没打完，想到紫薇可能的反应，我就从头到脚冒冷汗！"

尔康赶紧警告："写家书的时候，不许提到我受伤的事！紫薇胆子小，受不了这个！""是！遵命！"永琪笑着嚷。

尔康逃过一劫，萧剑和永琪如释重负，三人相视，都笑了。

第
三
十
九
章

　　前线好久没有消息，紫薇带着东儿进宫，到景阳宫小住。这天，紫薇和小燕子在御花园里，和东儿玩捉迷藏。东儿笑得咯咯咯咯的，在御花园中到处奔跑。紫薇怕他摔跤，过来牵着他。小燕子用帕子蒙着眼睛，张着双手，在那儿大声数着："一、二、三、四、五、六、七、八、九、十……快点躲好哟！我要来捉你啰！我是大老鹰哟……我是大老虎哟……"就学老虎叫，"啊呜……啊呜……"紫薇拉着东儿，一会儿往石头后面躲，一会儿往树丛后面躲。明月、彩霞、小邓子、小卓子和奶娘都笑嘻嘻在看热闹。紫薇每钻进一个地方，就低声问东儿："躲在这儿好不好？"东儿摇头。"不好？那……躲在这儿好不好？"东儿又摇头。"也不好……好了！这儿这儿！"紫薇就躲在小邓子身后，把手指放在嘴唇上，示意东儿别说话。

　　"好了没有？好了没有？"小燕子大声问。"好了！好了……"东儿喊得好大声，紫薇赶紧蒙住东儿的嘴。小燕子听到东儿的声

259

音，就循声摸索过来。

"啊呜……大老虎来啰！啊呜……"东儿咯咯咯地笑着，拉着小邓子的衣服，把脸孔往衣服里埋去。小燕子摸索到了小邓子面前，小邓子把身子蹲下来，小燕子矮下身子，伸长了手一摸，就摸索到小邓子的光头。小燕子的手在光头上摸了摸，大惊：

"东儿，你的脑袋怎么变得这么大？你一下子就长大了，我这个姨妈真该打，都不知道你长得这么快……这是什么……"她摸到小邓子的辫子，"哇！好长的辫子！你怎么有辫子了？"

明月、彩霞、小卓子、奶娘全部笑得东倒西歪。小燕子觉得有异，一把拉下帕子，才发现自己扯着小邓子的辫子。东儿这一下，笑得前俯后仰。紫薇看到东儿笑得那么高兴，也跟着笑。就在这一片笑声中，知画和晴儿走来。知画的肚子已经隆起，手里拿着一个风筝，带着珍儿翠儿，一路笑嘻嘻的。走到大家面前，她就温柔地喊："东儿！知画阿姨知道你来了，特地来找你呢！你看，我帮你扎了一个风筝！好不好看？让小邓子小卓子带你放风筝，可好玩呢！"

东儿眼睛一亮，惊喜地嚷："风筝！风筝……额娘，大风筝！"他接过风筝，笑着，拉着小邓子，"小邓子，放风筝！""好好好！我陪您去放风筝！"小邓子应着。东儿拉着小邓子就跑，小卓子、奶娘都赶紧跟着跑。紫薇伸长脖子嚷："奶娘，看好他啊！别让他摔了！"东儿跑走了，知画才赶紧对小燕子和紫薇请安，柔顺地说："两位姐姐吉祥！我在慈宁宫，听说紫薇姐姐进宫了，就赶过来了！"她看着两人，笑容一收，变得非常诚恳，看着小燕子，低声下气地说，"姐姐！你还在生我的气吗？"小燕子脸色一僵，咬了咬嘴唇，没说话。

“姐姐，你不要生我的气了！”知画带着一脸怯怯的笑，“那天，是我不好！你知道，那一阵子我害喜害得很严重，刚刚有身孕，就怕孩子出问题，每天都紧张兮兮，看到一片树叶掉到头上，我都怕被砸到，会影响孩子，所以……那晚我就紧张得失常了，害得你被老佛爷误会，这些日子，我每天都跟老佛爷解释，老佛爷也明白了！”

晴儿在一旁，就点头说：“知画说的是真的，她确实每天都跟老佛爷解释，说是她自己摔倒的，不是小燕子撞的，当时没弄清楚状况而已。”

紫薇看着知画，看到她一脸的真诚，眼光澄澈，就有些怀疑自己的揣测了。“这样啊？”紫薇说，“知画也别太言重了，误会解释清楚就好了！小燕子早就不生气了，对不对？”小燕子瞄了紫薇一眼，又看了晴儿一眼，两人都跟她眨眼睛，示意她讲和。小燕子想起永琪临走前的千叮嘱、万叮嘱，再也强硬不起来，就笑了笑说：“如果紫薇和晴儿，都联合起来帮你说话，我就是有气，也变得没气了！现在，操心永琪他们在战场的情形，都来不及了，哪儿还有心情来生气？”晴儿就急忙问紫薇：“尔康有没有快马传书给你？”

紫薇脸色一暗：“好久都没有他们的消息了，今天进宫，也想问问你们有消息没有。”“我听老佛爷说，消息不是很好，他们收回了一些地方，可是打得很艰苦！战事陷进了胶着状态！看样子，他们今年，没办法赶回来过年了！”晴儿说。

紫薇、小燕子脸色都一暗。“过年都不回来啊？那……今年过年还有什么意思？"小燕子神色怅然。"这是七年以来，第一次过年的时候，没有尔康！"紫薇充满失落。

知画抬起眼睛，看着遥远的天边，带着满腹真诚的感情，虔诚地说：

"但愿他们个个平安，身体健康！只要平安回来，晚一点也没关系！"紫薇心里一抽。在这一刹那间，她体会出来，不论知画跟小燕子之间有多少矛盾冲突，现在，这深宫里的四个女子，却是心意相通、同病相怜的。这晚，晴儿来到景阳宫，和小燕子谈知画的问题。紫薇在旁边打边鼓，几句话一说，小燕子就不耐烦了，激动地对晴儿嚷着："你要我去慈宁宫，把知画接回来住？我为什么要这样做？我不要！""你听我说，老佛爷今天接到了消息，陈邦直夫妻，马上就要到了，他们特意来看知画，要在宫里和知画一起过年。"晴儿说。"哈！"小燕子眉毛一抬，"有爹有娘真好，看样子，爹娘也要来撑腰了！他们到了，一起住在慈宁宫就好了，难道还要住在景阳宫不成？"

紫薇深思，知道太后的难处了，说："陈邦直夫妻，住在什么地方，根本没有关系！关键是，知画住在哪儿！""就是这个意思！"晴儿点头。"是她自己搬去慈宁宫的！老佛爷生怕我会杀了她，把她急急地带走，现在回来，不怕我是老虎，半夜把她吃了吗？"小燕子气呼呼的。"你也听到知画在御花园的解释了，那天是个误会，她还特地跟你道歉，你就乘这个机会转圜吧！我想，老佛爷现在也有一点尴尬，陈家两老来了，看到知画不住在五阿哥的景阳宫，而是你一个人住。知画大着肚子，跟老佛爷住，明摆着就是你容不了知画……虽然说五阿哥去打仗了，这事也是不合规矩的！"晴儿婉转地说。小燕子站定了，看着晴儿说："我懂了，老佛爷觉得事情不妥，又要我收回知画，是不是？"

紫薇也看着晴儿，怀疑地问："知画怎么说呢？她也愿意回来住吗？""我想也是！知画说，她一直写信回家，说宫里人人对她都很好，现在爹娘要来了，她很怕引起不必要的误会！我觉得，她实在很懂事，不是那种会用心机的人！""难道是我们误会了她？那天的事情，说不定是我们太激动了！"紫薇沉吟着。"我仔细地分析过了，知画嫁给永琪，一路都是被动的，说她有预谋，恐怕是冤枉了她！"晴儿由衷地说。"说得也是！最近几次在老佛爷那儿碰到她，她都是谦和有礼，态度诚恳，对东儿也好得不得了，实在不像会耍手段的人！"紫薇不得不承认这点。

小燕子瞪大眼睛，轮流看两人："你们两个，又被她收服了？""不是被她收服！"晴儿诚挚地看小燕子，语重心长，"是希望你能收服大家！平常，你给人的印象，总是比较霸道，这次知画搬去慈宁宫，大家也说是因为你小心眼，嫉妒知画，假若现在，你去迎接知画回来住，老佛爷一定如释重负，大家也会觉得你贤惠，识大体！"小燕子看着二人，突然哀声地说：

"紫薇，晴儿，我跟你们坦白说，不是我不愿意她回来，而是……你们相信吗？我居然有些怕她！最近，她住在慈宁宫，我觉得好舒服，她在景阳宫的日子，不知道怎么回事，我看到她，心里就毛毛的！"

"那还是因为五阿哥的原因，你心里对她，多多少少是吃味的！你自己不知道，你心里藏不住事，常常都流露在脸上，你对她，基本上就有敌意。你说你怕她，我觉得是她怕你！你有时还真凶，难怪她看到你横冲直撞就吓死了……"

　　晴儿的话还没说完，小燕子就毛躁起来，对晴儿吼着："搞了半天，你还认为是我不对？你们怎么都向着她？"晴儿急忙把小燕子的双手一拉，认真地说："小燕子！我们是什么交情？我怎么会帮她？我都在为你设想，也为大局设想，你和五阿哥是天长地久的，那么，你这一生，都逃不掉知画了！"小燕子像是挨了一棒，屁股跌坐在椅子里，凄然地说："我知道了，因为她和永琪，也是'天长地久'的！"紫薇和晴儿不语，默认了。小燕子就用手托着下巴发愣。

　　就在这时，门外一阵骚动。外面传来太监大声的通报："老佛爷驾到！福晋到！"

　　三人赶紧跳起身子，面面相觑。只见太后带着知画进房来，后面跟着桂嬷嬷、珍儿、翠儿，三人手中，都抱着知画的衣服、书本、画册、画卷等物。明月、彩霞跟着进来，张罗茶水。

　　三人急忙行礼，说"老佛爷吉祥"等话。太后看着三人，一副息事宁人的样子，态度温和地说：

　　"小燕子，我把知画送回来了！那晚的事，知画都跟我说清楚了，大概是我误会了你。我想，事情过去就算了，大家都不要记在心上！知画说，她是景阳宫的人，没有道理长住慈宁宫，她要回来向你请罪，你怎么说呢？"

　　小燕子愣在那儿，还来不及开口，知画就一步上前，拉住她的手，含泪说："我错了！姐姐，请你原谅我！不要赶我走，允许我回来！"小燕子一向"吃软不吃硬"，知画这样一喊，她就算是铁打的人，也都融化了，反而觉得鼻子里酸酸的："你说的是什么话？景阳宫本来就是你的家，我有什么资格赶你走呢？""那么，你不气我了？"知画小声地问，又看紫薇和晴儿。"小燕子这人，就算有气，顶多一个晚上就过去了！"紫薇笑笑说。

"事实上，我们三个正在研究，是不是让小燕子去接你回来呢！"晴儿接口。"是吗？"知画有点受宠若惊，眼睛一亮。小燕子只得点点头，知画就含泪而笑，说："谢谢你们，你们待我真好！"太后看到事情搞定，就急忙嚷："桂嬷嬷，珍儿，翠儿！把五福晋的衣服和东西去放好，还有些在慈宁宫的，也去搬回来！"桂嬷嬷、珍儿、翠儿忙着答应，大家就穿花蝴蝶般忙忙碌碌地往里面跑。紫薇和晴儿对视一眼，晴儿如释重负，对紫薇颔首，表示这样做没错。紫薇虽然也微笑着，心里依旧存着疑惑，眼神是若有所思的。

知画就这样，又回到了景阳宫。第二天早上，小燕子、知画、紫薇三个，带着东儿一起吃早餐。桂嬷嬷、珍儿、翠儿、明月、彩霞都在伺候，不住把菜和烧饼油条搬上桌。紫薇端着一碗粥，在喂东儿吃。东儿爬上爬下，吃得极不安静，奶娘也在一边照顾着。紫薇满口央求：

"好东儿，求求你啦！不要把饭含在嘴里，要咽下去呀！吃多多，才会长胖胖！等到阿玛回来，看到你变成一个'小壮丁'，多好！"

东儿咽下了粥，张嘴给紫薇看，笑着说："吃多多了！"伸出拳头，一拳头打在紫薇鼻子上，嚷着，"壮壮！壮壮！""好壮好壮！"紫薇又闪又躲又笑，"真的咽下去了，东儿好伟大！"

东儿笑着，紫薇赶紧再喂一口，东儿含着饭一滚，滚进了紫薇怀里，满嘴的粥，都擦在她的衣服上。紫薇也不在意，抱着东儿直笑。奶娘赶紧去抱东儿，说：

"还是我抱下去喂吧！在额娘面前，他就是会撒娇！"奶娘抱着东儿下去了，明月、彩霞急忙拿了帕子，帮紫薇擦拭。知画看得目不转睛，饭也忘了吃，感动地说：

"看到你们母子这副样子，真是羡慕！东儿和尔康额驸，简直像一个模子印出来的！连动作都像！"紫薇因知画的感动而感动，笑着说："是啊！大家都说，东儿就是一个'小尔康'！现在，尔康不在，我每天看着东儿，都会想着尔康！东儿就像尔康的影子，给我好大的安慰。这一代一代的延续，实在太神奇了！"知画不由自主，低头看看自己隆起的肚子，充满期待地说：

"我还要等五个月，孩子才会出世，好久啊！我都等不及了，真想马上生下来，不知道孩子像我，还是像永琪？"她快乐地、幸福地笑，"希望他像永琪！不过，永琪说，是个女儿也不错，他希望生个女儿，长得像我！"

小燕子一直闷着头吃饭，若有所思，此时，不禁一震抬头："他希望生个女儿像你？你们常常讨论孩子的事吗？""你说永琪和我？"知画一怔说，"是呀！他走以前，我们常常讨论。他说，他已经老大不小了，才有这个孩子，所以特别高兴。我想，每个第一次当阿玛的人，都会这样吧！但是……"她甜甜地一笑，心无城府，自然而然地说，"我当然希望生个儿子啰！等到第二个，再生女儿也不迟！"

小燕子大震，看着知画，冲口而出地问："第二个？你们也计划过第二个的事吗？"知画害羞起来，低下头去，怯怯地说：

"不是计划，是讨论而已。永琪说，他和我的孩子一定聪明，希望多生几个。他当然希望孩子多多益善，毕竟，他是皇子嘛！其实，结婚以后，前两个月都没消息，我还真怕自己不能生！"

知画这话一出口，小燕子神色大变，紫薇也一脸的诧异。小燕子又冲口而出："前两个月？你前两个月怎么怀孕？永琪不是根本没有碰你吗？"知画似乎吓了一跳，睁大了一对黑白分明的眼睛，瞪着小燕子说："谁说的？哪有这个事？这不是太荒唐吗？"她掉头看桂嬷嬷，再问，"桂嬷嬷，宫里有这样的谣言，你怎么没有告诉我？是哪儿传出来的？"

桂嬷嬷赶紧上前，低声说：

"福晋，宫里哪有这种传言，大喜第二天，老佛爷就验明正身，逃都逃不掉！新婚的时候，你和五阿哥如胶似漆，人人都知道！这话，大概是五阿哥和还珠格格闺房里的悄悄话吧！"

知画眼珠一转，一副恍然大悟的样子，就一笑说："算了，咱们不要谈这个问题，在丫头们面前，讨论这个不大好意思耶！"看着小燕子，充满抱歉地再说，"永琪怎么说，就怎么算呗！你听他的就好了……是我一时失言了！"小燕子一面听，一面下意识地夹了一个鹌鹑蛋放进嘴里，听到这儿，心里一怔，整颗蛋都卡进喉咙里，不禁大咳起来。

"喀喀喀喀喀……我要噎死了……喀喀……"紫薇急忙帮她拍着，明月、彩霞也急忙上前，拍背的拍背，倒水的倒水。珍儿、翠儿、桂嬷嬷在一边旁观，交换着得意的笑。

"赶紧用力咳，吐出来，赶快吐出来！"紫薇喊，拼命拍打着小燕子的背脊。小燕子咕咚一声，把整颗蛋都咽进了肚子里，推开碗筷站起身，大声说："哪里吐得出来？我都吞进去了！这早餐，我也不吃了！"小燕子掉头就走，紫薇急忙追了过去。只见小燕子冲进卧室，开衣柜拿出包袱皮，铺在床上，再抱出一些衣服，丢在包袱皮上，开始急急忙忙地把衣物打包。紫薇冲上前去，把她手里的衣服抢下来。"你在做什么？""我去云南，我去找永琪问个清楚！""你疯了？"紫薇问，"为了这样一件事跑到战场去问个清楚？云南离这儿有多远，你知道吗？以前我们出门，都有他们几个保护着，现在，你要一个人去，谁保护你？""我去找柳青柳红……""不要傻了，金琐又怀了第三胎，会宾楼生意好得不得了，柳青根本走不开！柳红听说也快生了，怎么陪你去云南？"小燕子听到这样，挫败感排山倒海般涌了上来，瞪大眼睛问：

"怎么人人都要生小孩？那么容易就有孩子？不是太奇怪了吗？"她继续打包，语气坚决，"不行！紫薇，我怄得快要死了，如果我不马上找到永琪问清楚，我会憋死的！你也知道，当初永琪说，始终没有跟她圆房，还是我逼他去的……我受不了这个！我一定要去找永琪！我们一起出宫，侍卫以为我去学士府，就不会东问西问，你去带东儿，我们赶紧出宫去……"

"你太不理智了！永琪跟你那么多年的感情，你不去相信他，偏偏要相信知画……"紫薇拼命抢着小燕子的包袱，小燕子说："你们不是都说，知画不会用心机，不会耍手段吗？她讲得那么自然，一定是真的！"

小燕子气得脸色发青，跺脚大骂："该死的永琪，为什么要骗我？左拥右抱就左拥右抱嘛，见一个爱一个，还要在我面前装模作样！骗得我团团转，我气死了！气炸了！气疯了……"一面说，一面翻箱倒柜找东西。

"你安静一下，听我说好不好？"紫薇急坏了。"不好不好！我收拾东西马上走！"小燕子把自己的鞭子、箫、剑一样样找出来，放进包袱里。紫薇一急，拦住了她，抓住她忙碌的手，急促地喊："小燕子！你要中计吗？""中计？"小燕子一怔。

紫薇奔去，把房门窗子都关好，奔过来再拉住小燕子，开始分析：

"知画说的这些，明明就是要气你！你如果中计就走，说不定她就是要逼你走！我现在都明白了，她确实步步为营，当了五阿哥的福晋！但是，她没料到永琪这样爱你，你的地位太稳固了，使她备受威胁，就算皇阿玛、老佛爷都喜欢她，她争取不到永琪，她还是输！所以，最好的办法，是离间你和永琪的感情，这比杀了你还管用……"

小燕子不耐地打断她："我中计，我就是中计了！我没有办法和她生活在一个屋檐底下，每天听她说和永琪多么多么恩爱……我要去找永琪，我非找到他不可！"

小燕子说完，把紫薇用力一推，背着包袱，拿着鞭子，冲出房门去了。她一口气奔进院子，紫薇跌跌撞撞地在后面喊："小燕子！回来……回来！你答应过永琪的话，你都忘了吗？""我是傻瓜，才会答应他那些鬼话！"小燕子边跑边喊。

明月、彩霞也追了出来，小邓子、小卓子不知道发生了什么，一拦："格格要去哪里？""小邓子，小卓子，明月，彩霞……拦住她！别让她走……"紫薇喊。"是！"

几个宫女太监就去拦小燕子，明月拉住小燕子的衣袖，彩霞拉住小燕子的衣摆。"格格！听紫薇格格的话吧！"明月劝着。"你一个人跑出去不行呀……你忘了翰轩棋社的事了吗？五阿哥不在，谁去救你呀？"彩霞嚷着。

小邓子、小卓子张开双手，拦在小燕子前面。"格格心里有什么不痛快，在院子里练练剑就好了！不要往外跑！"小邓子说。"就是就是！挥鞭子也可以，要不然，奴才陪格格练功夫，打拳，叠罗汉！"小卓子说。

大家喊成一团，知画带着桂嬷嬷、珍儿、翠儿出来看热闹。小燕子被众人纠缠住，不能脱身，大急，一声大吼：

"谁再拦着我，我跟你们不客气了！"

小燕子喊着，鞭子一阵挥舞，小卓子、小邓子、明月、彩霞全部遭殃，哎哟哎哟地摔了一地，小燕子就冲出重围，往外飞蹿。谁知，门外，乾隆带着几个太监，正要进门。小燕子一冲，就直撞到乾隆身上。乾隆大喝一声：

"小燕子！你在做什么？"小燕子猛然收住脚步，抬头看着乾隆。院子里的一群人，全部手忙脚乱地站起，喊皇阿玛的喊皇阿玛，喊皇上的喊皇上。小燕子却扑通一声，对乾隆跪下了，哀求地喊："皇阿玛！请你派一队军队给我，我要去云南找永琪！""你要去云南找永琪？"乾隆大惊，"你疯了？失去理智了？还要朕派一队军队给你？你以为你是梁红玉，还是花木兰？"小燕子仰头看着乾隆，带着一脸的狂热，迫切地说："我会一点功夫，比许多清军都强，我不要当将军，只要有人保护我就行了！我一定很勇敢地打仗！他们打了几个月，都没打赢，说不定我一去就打赢了！”乾隆不可思议地摇头，抬头看紫薇和知画，嚷着："太荒唐了！紫薇，知画，你们就由着她这样胡闹？前线是女人可以去的地方吗？”紫薇还来不及说话，知画进一步上前，对乾隆屈了屈膝说：

"皇阿玛不要生气，姐姐只是思念五阿哥，情不自禁而已！"

"情不自禁？怎么动不动就'情不自禁'？”乾隆更气，严厉地说，"小燕子，这宫里生活的第一步，就是学会控制你的感情！你现在不是刚进宫那个不知天高地厚的小燕子，你是五阿哥的妻子，是一位福晋，你看看你有没有福晋的样子？”

小燕子一听这话，气得发抖，从地上站了起来，喊着："福晋？我哪儿是福晋？这个景阳宫，已经有位'福晋'了！我算什么？""搞了半天，你又在跟知画较劲，是不是？”乾隆恍然大悟。

紫薇急忙上前，对乾隆说："皇阿玛！不是您想象的那样，我们很久没有前线的消息，小燕子觉得，女人也是人，也可以贡献自己的力量，一心一意要去帮忙打仗！她并没有恶意！"知画就接口说：

"就是就是！皇阿玛，小燕子姐姐跟我，情同手足，您千万不要误会！看在知画的面子上，别生气啦！”说着，就嫣然一笑，转变话题，"皇阿玛！我最近在练您的字体，练得很有心得耶！我写了整部《唐诗别裁》，您要不要帮我指点一下？”

乾隆脸孔一亮，盯着知画，不相信地问："你用朕的字体，写了整部《唐诗别裁》？不可能！""真的呀！但是，皇阿玛的字好难练，我写得不好！”知画笑着。

“让朕看看去！”乾隆兴趣来了，回头对小燕子一凶，“你胡闹到这儿，就够了！别再闹下去，让大家看笑话！如果你的时间太多，别用在害相思病上！学学知画，练练字，念念书，画画画……心就静下去了，不是很好吗？”说完，带着知画，在桂嬷嬷、珍儿、翠儿的簇拥下，进房去了。明月、彩霞赶紧跟进去伺候。

剩下小燕子和紫薇，站在院子里。小燕子脸色惨白，眼睛发直，气得浑身发抖。紫薇的心，也沉进了地底，但是，她的理智毕竟比小燕子强，她低声地对小燕子说：“永琪和尔康他们，在前线打仗，我们在这儿打仗！你只要一走，就算撤退，就是打输了，你好好考虑一下！”

小燕子重重地呼吸，胸口剧烈地起伏着，半晌，才茫然无助地说：“紫薇，我要怎么办？”“不怎么办！和她斗法！”紫薇坚定地说，“只要你不生气，以不变应万变，她就没辙了！”“那……”小燕子可怜兮兮地看着紫薇，毫无把握地问：“万一她说的都是真话，是永琪在骗我呢？”“如果你认为这样，那么她已经赢了！”紫薇叹息着说，“赢得好轻松，不费吹灰之力，几句话就把你打倒了！真是……最容易的战争！”

小燕子睁大眼睛，眼里充满了挫败、怀疑和无助。她抬头看着天空，突然发疯一样地想永琪。永琪永琪，你在哪里呢？

第四十章

　　落日正在沉落，彩霞把半边的天空，都染成了红色，极目四望，在地平线上，天与地几乎都接在一起。绿色的草原和起伏的山峦，被彩霞渲染成紫色的剪影，落日就在两个山峦间缓缓下沉，景色美得让人不能喘息。谁能知道，这样的美景下，却隐藏着随时可以爆发的战争。永琪站在山头上，眺望着天空，深深地沉思，几个月的战场生涯，已经让他满面风霜。

　　尔康和箫剑走了过来。"永琪，在想什么？"尔康问。永琪回过神来，坦白地说："想小燕子，不知道她和知画，处得怎样？总是心神不定，觉得她会出事！家书里，很多事也不能提！""我最担心的，还不是知画！"箫剑说，"我怕小燕子无法摆脱那份'杀父之仇'，见到你们的皇阿玛，不知如何相处？她在那个皇宫里，比我们在战场上还难！我们清清楚楚地了解，敌人是缅甸人，她们却根本不了解，谁是敌人，谁是亲人。"

　　"还好有紫薇，她会帮她分析，会站在她的立场去思想！

唉！"尔康一叹，"我们必须赶快打完这场仗，回到她们身边去！什么叫作'英雄难过美人关'，现在了解了！原来天天生活在烽火里，生活在生死边缘，还是会想她！"

"这场战争，没想到这么难打！"永琪回到现实，担忧地说，"再过十天就过年了，军人个个都在想家了！"

"更麻烦的是，粮食已经不够了！"尔康更加担忧，"虽然一路征收粮食，大军的消耗实在太大，现在，云南的粮食都吃完了，贵州本来就穷，粮食还不够自己吃！广西、四川的粮食，已经第三次征收了！路远迢迢，运过来还要一段时间，也是远水不救近火！"

"我们必须想出一个办法，速战速决！"永琪着急起来，"再拖下去，军心涣散，粮食不够，真是隐忧重重！"他思索着问，"不知道大象怕什么？""听说大象怕老鼠，也不知道是不是真的，你总不至于要去找许多老鼠来打仗吧？"萧剑也开始沉思，"不过，大象一定有它的弱点，我们只要把大象的弱点找出来就行了！"

尔康突然有力地说："火！大象一定怕火！""这算什么主意？"永琪皱皱眉头。"大象怕火，战马也怕火！再说，我们总不能拿着火把打仗吧！"

"不忙……我们想想，那群大象，调动一次，也是一件大事，他们到底把大象养在哪儿？我们一直忙着收复失地，是不是应该改变策略，去主动出击？"萧剑不愧为军师，提出了一个主要的问题。

三人彼此互看，点头，开始苦思对付大象的策略。

　　这晚，天空里只有疏星数点，缅甸的军营扎在一个山坳里，四周十分荒凉。暗夜沉沉，象栏中的象群正在休息，或站或坐，一只一只，像一幢幢巨大的黑影。在一座缅军帐篷中，猛白和慕沙正在用缅甸话吵架。猛白嚷着："那个驸马，你离他远一点！不要忘记你自己是个公主，脚也给他拉过了，胸口也给他打到了……下次他落到我手里，我一定要他死！""不行不行！他是我的，我要亲手结束他！"慕沙激动地喊，"不然，这口气怎么出？爹，下次遇到他，你不能插手，把他交给我！""交给你？"猛白瞪大眼，"万一你放水怎么办？""放水？我怎么会放水？""如果你没有放水，他们怎么会拿到解药？"猛白恼怒地大吼，"探子回报，说是清军已经知道解药是什么，这些日子，地上龙须草的根，都被他们的部队挖走了！听说那个驸马中了你的毒针，为什么没有死？"他冲上前去，一把抓住慕沙的盔甲，"你跟我说清楚！他为什么没有死？"

　　就在猛白和慕沙吵架的时候，尔康带着箫剑，已经悄悄地溜到山头上，几个巡夜的缅军，正来来往往地走着。尔康、箫剑和几个武功高手，无声无息地掩至，从缅军身后窜出，勒住脖子，守卫缅军纷纷倒地。

　　尔康、箫剑就匍匐在草丛中，拿着望远镜向山谷中看去。果然，大象都在象栏里。尔康察看着大象群，也察看着缅甸军营。确定山坳中就是象群了，他就举起手来，低低说："开始行动！"

　　尔康一个手势，原来清军准备了炸药，包在无数的稻草球里。清军看到尔康的手势，便把稻草点燃，推向山谷。只见山坡上，无数的火球，滚进象栏中，然后，一阵阵轰然巨响，火球炸开，火花四射，群象大惊，悲鸣着，挤来挤去，天摇地动地四散奔逃。

缅军冲进猛白的帐篷，对猛白和慕沙大喊大叫：

"火球……火球……噼里啪啦，爆炸……大象跑了！全部跑了……"猛白和慕沙大惊，冲出帐篷，只见象群四散奔逃。慕沙拿起望远镜，对着山头看去。不料，在镜头里，居然看到尔康也拿着望远镜看过来，两人在镜头里，都一眼看到了彼此。尔康看到她，就得意地对她挥挥手，然后，放下望远镜，带着一队人马，迅速地撤退了。慕沙丢下望远镜，气得哇哇大叫：

"我要去抓他！我要去追他！我要他的命……我的战马呢！"慕沙冲进帐篷，抓了自己的头盔，急忙戴好，再冲出来，跳上帐篷外的一匹战马，策马疾驰，狂奔而去。猛白跳脚大喊："不要追那个驸马了，赶快把大象追回来，才是正事！"慕沙早已奔得不见踪影，猛白只得疾呼："赶快派一队人去保护她！"一队缅甸军，急忙上马，跟着飞驰而去。

尔康和萧剑带着一队精锐的清军，正在夜色里疾驰。忽然，身后喊声震天，慕沙和缅军追了过来。慕沙喊着："你这个'死马'！你敢放火烧我们的大象，我要你的命！你往哪儿跑！"

"哈！那个缅甸王子，居然追过来了！"萧剑惊愕地说，"他真是胆大包天！好像没几个人，就这样追来，不怕我们把他俘虏吗？"

尔康回头一看，再看看前面的山势，对萧剑说："萧剑，我把这个慕沙引诱到那边树林里去，你负责断他后路，挡住缅军！我们今晚活捉这个缅甸王子！""就这么办！小心他的毒针！"萧剑举手示意，带着清军，隐身于山壁后。慕沙已经挥舞着长剑，追杀过来。

"死马，你有种就不要跑！"慕沙大喊。"哈哈！"尔康大笑，"我偏要跑！你有种就不要追！"尔康一面喊着，一面飞骑奔入丛林。慕沙疾追，也进入丛林。缅军随后要追入丛林，箫剑带着人马，大喊着冲了出来。

"来一个，杀一个！来一双，杀一双！兄弟们！杀呀！"箫剑就带着人马，和缅军大打起来。慕沙疾驰进了树林，四面张望，不见尔康身影。

"死马！你躲到哪儿去了？出来！"只见一棵树上，拴着尔康的战马，慕沙勒住马，狐疑地四看。"哼！要布陷阱是吗？以为我好欺负？"慕沙一股正气凛然、大而无畏的样子。"就算你埋伏了千军万马，我也不怕！"正说着，尔康大笑着从树梢飞扑而下，喊着："没有千军万马，只有我一个！今晚，我们大清的驸马，要单挑你这个缅甸王子！"说着，直扑马背上的慕沙。慕沙被尔康一扑，在马背上坐不稳，滚下地来。他身手灵活地站稳脚跟，拔剑在手，看着面前气定神闲的尔康，怒骂："只有你一个人？那你就不是'死马'，会变成'死人'了！"

"你这个缅甸王子，学了中文，还学了耍嘴皮子！"尔康一剑刺过去，"你不如乖乖投降，归顺我们大清！""做你的梦！我看，你长得不错，武功也有一点，不如归降我们缅甸！""哈哈！看看是谁投降！"

两人一面拌嘴，一面交锋，两人武功都不弱，互有惊险之处，每当惊险时，不禁惊怔互视，彼此都有服气的地方。但是，毕竟尔康武功了得，慕沙不是对手，越打越吃力，几次三番，都差点伤在尔康的长剑之下，打着打着，慕沙越战越心急，眼看不敌，又不见自己的人马前来支援，不禁着急，突然跳出战圈喊：

"不打了！不打了！下次再打！"说着，就飞身上马。尔康哪里放得过她，飞跃过去，抓住她的脚，把她拖下马背来。"想逃？门都没有！下来！"慕沙被拖下马背，又急又气，急忙横剑就砍。尔康欺身上前，发现慕沙始终没有用暗器，更加放胆打了过去。"你的暗器没带出来！那……你是死期到了！"

尔康施出擒拿手，闪电般抓住慕沙胸前的盔甲。这些缅甸贵族，盔甲上有许多像鳞片一样的装备，用来抵挡刀箭，也用来区别身份。尔康一抓，就抓住了那鳞片，用力一扯，居然把那盔甲给扯下了一大片。慕沙大惊，蓦然变色，疾呼：

"你放手！"奋力一挣，一个筋斗翻出去。尔康长剑跟着急刺而来，慕沙一闪，长剑正好挑起了她的头盔，头盔落地，慕沙一头乌黑的长发迎风飞舞。慕沙身子落地，尔康看去，月光下，只见她胸前肌肤似雪，里面穿着缅甸式半边肚兜，酥胸半露，长发飘飘，原来是个绝色女子！尔康大震，仓皇后退，震惊已极地说："原来你是个姑娘家！怪不得……"慕沙看到自己衣冠不整，又羞又窘又气，跳起身子，直扑尔康："我杀了你！我非杀了你不可！"

尔康仓促应战，伸脚一绊，慕沙跌倒，尔康一剑逼了过去，直刺她的前胸。她倒在地上，已经没有生路，大眼盈盈然地瞪着他，羞窘已极。尔康的剑尖，抵在她胸前，却不忍刺下去。慕沙羞愤地说：

"我杀不死你，只好让你杀了我！杀呀！刺呀！杀呀……"尔康怔着，凝视慕沙，忽然叹口气，把长剑一收，说："没想到，缅甸有这样的奇女子！好男不和女斗，我放了你！快走！"岂知，慕沙却十分刚烈，打输了，又弄得这么狼狈，羞愤填膺之下，拿起自己的剑，就横剑对自己脖子抹去，嘴里壮烈地说：

"我是猛白的女儿，身子被你看了，还怎么活下去？我怎能受这样的侮辱？不如死去……"尔康大惊，想也没想，就一剑直挑过去，用力甚大，把慕沙的剑挑飞了。他瞪着她，被她的气势震撼了，义正词严地喊：

"慕沙！你是英雄人物呀！你敢跟着你爹上战场，你敢冲锋陷阵，你大敌当前，面不改色，你哪儿像个姑娘？你是缅甸的勇士呀！现在，居然会在乎这些小节？生命怎么可以随便放弃？你起来！快走！我不俘虏你，也不杀你，今晚的事，我不会跟任何一个人说！我们清军，没有人看出你是女子，我会保密到底！快走！"

慕沙跳起身子，用手捂着胸前的衣服，呆呆地看着尔康。树林外，有马蹄声音传来。尔康疾喊："你还不走？等到清军来，你要走也走不掉了！是英雄，下次战场见！"

慕沙再看尔康一眼，心中佩服已极，勇气和信心立刻恢复。她大喊："你今天不杀我，你会后悔！下次在战场上相遇，我不会放过你！""彼此彼此！后会有期！"尔康笑着喊回去。

慕沙就飞身上马，疾驰而去，一面疾驰，还一面回头。尔康仍然持剑肃立，看着慕沙的背影消失。一阵马蹄声，箫剑带着马队奔来，对尔康喊：

“缅甸军已经被我们消灭了……怎么？你没有活捉那个缅甸王子？人呢？”尔康回过神来，抬头看箫剑，摇摇头：“那个缅甸王子，身手实在太好，我们大战一场，还是给她逃掉了！”箫剑惋惜着，看到天色已亮，不想追赶了。

“逃掉也别追了，我们赶快回到营地去吧！五阿哥看我们一夜不回，会着急的！”尔康一跃上马，带队回程。关于这次和慕沙的遭遇，尔康非常守信，从来没有对永琪或箫剑提起。有时，也会觉得奇怪，怎么大家都没有怀疑过这个慕沙王子是公主！

接下来，清军如有神助，一连打了好几场胜仗，陆续收复了许多失地。永琪和尔康这左右两将军，逐渐成为清军的主力，连带兵多年的傅恒，也不能不佩服他们的作战能力，更对那个神秘的“百夷人”佩服不已。

这天，几个主将，决定兵分两路，傅恒带镶蓝旗去收复九龙江，永琪和尔康带领镶白镶红两旗去收复普腾。这是永琪、尔康、箫剑在缅甸的最后一役。这一战，战出了生离死别，战出了天人永隔，战出了人世最大的悲痛！

这天，雾色苍茫，层云飞卷，群山重叠。在普腾的郊外，缅甸的一支军队，正在山谷中扎营驻守。

山谷里，有几栋被军队征收的农庄草房，还有十几个帐篷。在帐篷四周，三三五五的缅军，军容不整地四散着。还有几个缅军在无精打采地打瞌睡。许多缅甸兵，正在搬运刚刚运到的粮食，不断从马车上，一袋一袋地抬到农庄仓库里去。战马四散吃草，有种懒散的气氛。显然经过久战，缅军也已人困马乏。

山脊上，无声无息地，出现永琪、尔康、萧剑的身影。三人都是一身军装，隐在树丛间，萧剑拿着一个望远镜，在视察敌营。永琪低声问："你看这情势怎么样？没有象兵部队，是我们最好的机会！要不要攻下去？""慢一点，我闻出一股'诱敌深入'的味道，你们闻到了吗？"萧剑四面看。"尽管有'诱敌深入'的味道，也有'粮食'的味道！看到了吗？他们一袋一袋地在运送！我们如果攻击成功，就可以抢他们的粮食，来补我们的不足！"尔康说。

萧剑在镜头中，忽然看见了慕沙，正策马徐行。他兴奋地放下望远镜说："不只'粮食'的味道，我还看到那个缅甸王子慕沙！""慕沙？"尔康一愣，"又是她！""慕沙在哪儿？"永琪精神一振，"我们只要抓住慕沙，不怕缅甸王不投降！"

尔康抢过望远镜一看，镜头下，慕沙风度翩翩，悠闲自在。"我看到了！她在东边！把她交给我吧！我带一队人马直冲慕沙！"萧剑四看，还有些顾虑：

"奇怪，怎么没看到他们的弓箭手，他们的毒箭，不能不防！"永琪看到慕沙挂单，又看到粮食运进粮仓，决心一战，豪气干云地说："不入虎穴，焉得虎子？我们赶快打一场漂漂亮亮的胜仗吧！有粮食，有缅甸王子，我们还犹豫什么？""就是这个才奇怪……让我再研究一下！"萧剑察看着地势。"不要研究了，机会难得！"永琪看二人，"怎样？战还是不战？""战！"尔康重重一点头，视死如归地说。"战！"萧剑也收起迟疑，重重地一点头。"好！战！"永琪点头，"我攻中路！萧剑，你攻西边！我们分两路进攻！""萧剑！你跟在五阿哥身边，保护五阿哥！"尔康急忙吩咐，"你们一路，我一路！"

他盯着永琪："不管有多么危急，你身为阿哥，绝对不能冒险！"

"大家都不能冒险，我们进攻吧！"永琪严肃地点头，也盯着尔康。三人严肃地互看，永琪伸出手掌，三人的手，在空中重重地一击。永琪举起手示意，顿时间，号角声划破寂静的长空。在山谷里的慕沙，听到号角声，猛然一抬头。只见山脊上，清军号兵吹着号角现身，紧接着，战鼓齐鸣。鼓兵打着鼓，跟着现身，接着，山脊上，无数的清军现身，一字排开，军容壮大。

永琪的手一挥，清军就从山脊上呼喊着，直冲而下。

"冲呀……杀呀……冲呀……"无数清军，冲下山谷，缅甸军营中，缅军奔出迎战。尔康骑着马，手拿盾牌和长剑，一路厮杀过去，后面带着一队精锐马队。慕沙抬头凝视，眼看清军奔驰而来，发出一声清啸。刹那间，缅军从草屋里，后面树林中，蜂拥而出。无数的利箭，不知从何处飞来，直射清军。永琪手里的剑和盾牌舞得密不透风，利箭纷纷坠地。永琪大喊："不好！敌人有埋伏！赶快告诉尔康，撤退！"萧剑紧跟在他身旁，左一剑，右一剑，杀得眼睛发红，喊着说："来不及了！杀呀……"

永琪顾不得这是不是陷阱了，只能奋不顾身，一路厮杀过去。萧剑亦步亦趋，一方面力战缅军，一方面保护永琪。他知道，永琪是大清的未来，也是小燕子的生命，他不能让永琪有任何闪失。

尔康直奔慕沙，长剑直刺，连连刺倒敌军，转眼间奔到慕沙面前，大喊："慕沙！又见面了！我军五万人，已经包围了你们！

你还不投降？"慕沙对尔康大笑："你们包围了我们，还是我们包围了你们？你回头看看！"

"想骗我回头？门都没有！你们的象兵部队，已经被我破解了！""象会认主人的，你这点常识都没有吗？"慕沙笑着喊，"象兵部队是这么容易破解的吗？难道我们不能再送大象过来吗？"两人和往常一样，一面斗嘴，一面交手。慕沙手中的长剑，虎虎生风地刺向尔康，招招凌厉，毫不留情。"我早说过，不杀我，你会后悔！"慕沙嚷着。尔康急忙迎战，两人就在马背上大战起来。战着战着，尔康听到身后，那种雷声又起，象鸣声惊天动地。"不好了！中计了！"清军纷纷惊喊着，"敌人从后面打来了……象兵部队又来了！大象……大象……"尔康大惊，猛一回头，只见象兵部队，从清军身后追杀出来，象兵居高临下，手舞各种有铁链的武器，清军中箭的中箭，中刀的中刀，中铁钟的中铁钟，纷纷倒地。尔康正在错愕中，慕沙身边的一个武士，举着战斧，对着尔康当头劈下，慕沙急喊："这个驸马是我的，我要活捉他！"

武士的战斧在尔康的盾牌上溅出火花，尔康力贯盾牌，战斧竟然飞了出去。尔康就用盾牌当武器，一横，把武士打落马背。此时，慕沙飞身而起，落在他的马背上，把他的身子一抱。慕沙在尔康耳边喊：

"你说过，好男不和女斗！你别占我便宜！"尔康大惊，喊："那你跑到我的马背上来干什么？"慕沙叫着："活捉你！"尔康伸手，抓住慕沙的胳膊，想甩掉她。她大叫："你敢碰我！"又用缅甸话大喊，"拐马腿！"

　　缅军挥舞一根铁链，绊住马腿。马儿长嘶倒地，尔康施展轻功，落地站稳，只见慕沙就地一滚，滚出战圈，一抬手，一排小匕首打向他，他长剑飞舞，把暗器纷纷打落。才打掉暗器，觉得四周有异，猛一抬头，看到无数的缅甸箭手包围过来，无数的毒箭像雨点般从四面八方射来。

　　永琪在远处，打倒了两个缅军，一抬头看到尔康有难，大叫："尔康……小心毒箭……"永琪一面喊，一面不顾一切地策马飞奔向尔康。萧剑急喊：

　　"五阿哥！让我去……尔康小心……"萧剑也策马飞奔向尔康。这时，带领象兵部队的猛白，舞着战斧，连续杀了几个清军，追了过来。永琪首当其冲，就挥舞着长剑，力战猛白的战斧。

　　尔康眼看毒箭射到面前，只能拔地而起，落在一匹马背上，策马要杀出重围。但是，一根象鼻一扫，尔康被扫下马背。一支利箭，就这样直刺进他的胸口。虽然穿着盔甲，那利箭力道太强，仍然穿透了战袍。尔康大叫，双手握住箭柄，用力一拔，血花飞溅，他喘息着，大吼一声，就用拔出的箭当武器，对缅军横扫过去，一排缅军，被他这样勇猛地一扫，纷纷倒地。他伤口剧痛，眼前模糊，身子摇摇欲坠。又一阵箭雨，对他急射而至，这次，他再也躲不掉，许多利箭，都射在他的身上。在这一刹那间，他的眼前，掠过无数紫薇的影像……紫薇的笑、紫薇的泪、紫薇的温柔、紫薇的叮咛、紫薇的声音，在那儿喊着："尔康，我等你！记着记着，要平安回来……"他眼前是千千万万个紫薇，再也没有战场，没有向他当头打下的各种武器。他脚一软，跪下，再跌倒。

当时，永琪正和猛白缠斗，听到尔康的喊声，抬头一看，目睹这一幕，吓得魂飞魄散，撕肝裂肺地大喊："尔康……尔康……"永琪红了眼睛，抛下猛白，就向尔康的方向直扑过去。猛白哪里会放他走？骑着大象，追杀过来。永琪心急如焚，只想去救尔康，没有心情恋战，施展轻功，飞身上了象背，一剑直刺猛白，一脚踹掉了猛白的战斧。猛白没料到他如此神勇，象背上坐不稳，翻身落地。永琪也跃下地，再往尔康的方向跑。岂料，猛白大喝一声："大象，挺！"大象竟然用它那巨大的头，顶向永琪的背，他站立不住，跌倒在地，一翻身，只见大象举起巨蹄，像泰山压顶般对他的脸孔踏下，他急忙用力一滑，身子穿过了大象的腹下，从象尾处溜了出来。他一把抓住象尾，正想借力站起身子，不料大象力大无穷，拖着他向前奔。他急忙松手，却惊见后面的大象，也抬着"巨灵之掌"，对着他的面门直踩过来。他仓皇跃起，紧张之中，没有看到猛白，抽出腰间的短刀，对着他的脑袋劈下。永琪只觉得眼前一黑，什么都看不到了，他闷哼一声。

箫剑眼看尔康倒下，又见永琪倒下，他心魂俱碎，飞驰过来，舞着长剑，喊得力竭声嘶："五……阿……哥……尔……康……五……阿……哥……尔……康……"山谷中烟尘滚滚，箫剑的喊声，穿山透云而去。

同一时间，景阳宫正静悄悄地躺在午后的冬阳里。

紫薇搂着小燕子，倚在卧榻上睡着了。明月、彩霞和众宫女在悄无声息地伺候着。添炉火的添炉火，点香炉的点香炉，盖被子的盖被子。彩霞抱着东儿，拍着哄着，东儿也睡着了。

忽然，紫薇从睡梦中惊醒，惨叫：

"尔……康……尔康……"小燕子吓得整个人惊跳起来，跟着大叫："永琪……永琪……"明月彩霞急忙冲到床边，喊着："两位格格怎么了？午觉睡得好好的，被什么吓醒了？"

紫薇瞪着一对惊惶的大眼睛，看着小燕子，害怕地说："小燕子……我梦到尔康……""我也梦到他们了……"小燕子颤抖地说，"不是尔康，是永琪……永琪……"

孩子被吓醒了，伸手要紫薇抱："额娘……额娘……"

紫薇没有注意孩子，只是瞪大眼睛，看着小燕子，小燕子也瞪大眼睛看着她，两人互看，都在对方眼中，看到自己的恐惧，不禁吓得紧紧一抱。紫薇低低地、急促地说：

"不会的，不会的……他有吉祥制钱保护着，他有同心护身符……永琪更不会的，他有皇阿玛的洪福罩着……他是大清的命脉……"

小燕子拍拍胸口，拼命镇定自己：

"是的是的……他答应过我，他会保护好他的脑袋，他们都会好好的……"

紫薇和小燕子眼睛里的恐惧越来越深，他们到底是不是好好的？谁能告诉她们呢？

第
四
十
一
章

　　永琪和尔康，并没有"好好的"。战场上，一片悲惨景象。
这一战实在惨烈，双方都损失惨重。猛白的大将，纷纷被杀，他
无心恋战，带着军队急忙撤退，剩下的清军，还在战场上收拾残
局。硝烟弥漫，两军的尸体，散布各处。受伤的士兵，在呻吟求
救。残破的战车冒着烟，余火兀自燃烧。倒地的马匹、散落各处
的兵器、半毁的旗帜……在显示曾经有过多么惨烈的战争。刘德
成带着无数清军，在找寻尔康。他到处寻觅，喊着："额驸……
你在哪里？福将军……你在哪里？"永琪躺在一件军毡上，萧剑
和军医围绕着他，给他治伤。他的额头中了一刀，正在流血，人
也昏迷着。军医帮他清理了伤口，再麻利地包扎起来，萧剑紧张
地看着，着急地问：

　　"军医！五阿哥的伤势怎样？有没有生命危险？""五阿哥
洪福齐天，应该不会有事，伤口不是很深，但是，流了太多血，
又伤在头部，就怕昏迷不醒，也怕醒来之后，意识不清楚，我

们喊喊他，最好把他喊醒！""五阿哥！醒一醒！快醒来！五阿哥……"萧剑急喊。军医和士兵，也围在旁边大喊："五阿哥！五阿哥！五阿哥醒一醒！五阿哥！"永琪在大家的呼唤声中，呻吟一声，眼睛蓦地睁开了。萧剑惊喜地喊："醒了醒了！"就盯着永琪，"五阿哥！看到我了吗？认识我吗？"永琪猛然坐起身子，"哎哟"一声，用手抱住头，"哎哟！好痛！"军医急忙把他的手拉下来："不要碰，那儿有伤口！"萧剑看到永琪醒了，又听到军医说没有大碍，就拍拍他，一跃起身，着急地说："五阿哥……你醒来就好了！我还要去找尔康……"永琪听到"尔康"两字，大大一震，整个人都醒了，一把抓住萧剑的衣服急问："尔康在哪里？"他挣扎着要站起来，大家赶紧扶住，"尔康呢？尔康怎样？我看到他中箭……他在哪里？""还没有找到尔康……好像不只中箭，我看到他倒地以后，刀、剑、战斧都对他砍去……可是，就是找不到他的人，我再去找！"萧剑说着，转身就跑。

"五阿哥！赶快躺到担架上去，我们送您回营地！"军医伸手去扶永琪。永琪一把推开了军医，激动地喊："我没事，不要管我！赶快去找额驸……"他跌跌撞撞地向四处找寻，疯狂地放声大叫："尔康……尔康……你在哪里？尔康……"

永琪一面喊着，一面脚步踉跄地四处去看，身子摇摇晃晃，萧剑回头喊："我去找，你先回营地休息！""我不要休息！我不要！"永琪大叫，"尔康……尔康……"对士兵们大喊，"兄弟们，快找！救人如救火，说不定他受了重伤，无法答应我们……"

萧剑赶紧吩咐："扩大搜寻的范围！往缅甸军撤退的方向去找！一路找过去！""我带一队快马去找！"刘德成急忙答应。

刘德成上马，马队迅速地奔去。

永琪着急地、脚步不稳地、凄然地到处寻找。军医亦步亦趋地扶持着。萧剑也在整个战场奔走，到处呼唤。士兵们翻开重叠的尸体，拉起倒翻的战车，捡起铺地的大旗……在各个角落搜寻尔康。发现有受伤未死的清兵，就发出喊声，担架上来，迅速抬走。这样寻寻觅觅，几乎把整个战场都找遍了，还是不见尔康的踪影。

黄昏来临了，落日挂在天边，暮色慢慢笼罩着大地。永琪已经筋疲力尽，伤口剧痛，心更痛，再也走不动了，坐在一块石头上休息。萧剑越找越心急，奔向永琪："五阿哥，找不到人！尔康的战袍那么明显，整个军队里，只有几件，远远地都看得到，我猜，他一定被猛白俘虏了！""如果他被猛白俘虏，就证明他还活着！"永琪跳起身子，心急如焚地说，"我要亲自带一队人马，一路追过去找！"回头大喊，"我的马！"

士兵牵来战马，永琪还没上马，身子一阵摇摇晃晃，几乎晕倒，萧剑赶紧扶住。

"你回营地，我去找！"萧剑说。

"我行，我没事，我要去……"永琪说着，勉力跃上马背。

就在这时，刘德成喊着叫着，带着骑兵，快马奔来："五阿哥……找到额驸了！找到额驸了！"永琪和萧剑震动着，急忙看过去。只见刘德成的马背上，横放着尔康的身体，转眼奔到眼前。刘德成哽咽地说："额驸……已经为国捐躯了！"

永琪和萧剑大震。两人都瞪大眼睛，看着刘德成滚鞍下马，几个士兵手忙脚乱，把尔康的尸体抬下地。永琪再也坐不稳，从马背上滚落地，军医和士兵赶紧扶住。萧剑早已扑到尔康身边，一看，就把头痛楚地转开，脸色苍白如死，哑声地疾呼：

"五阿哥！不要看！他已经面目全非，浑身是血……"

永琪看了一眼，看到那张血肉模糊的脸，心就崩裂了。他的脸色如死，抗拒地、不愿承认地说："不是他！不是尔康……"刘德成拿了尔康的剑，递给萧剑，哀痛地说："这把剑，他还握在手里！"萧剑拿起那把剑，这是福伦在尔康出发时，给他的剑，剑柄的"福"字清晰，是他一刻不离身的剑。萧剑持剑的手，不禁颤抖，哑声说："是他的剑，没错！"永琪涨红双眼，坚持地说："不是他！他身上有紫薇的同心护身符，有皇阿玛的吉祥制钱，盔甲领子里，有紫薇亲自绣的紫薇花，里面藏着平安符……这不是他……"

永琪一边说着，一边扑过去，从尸体的衣领里，拉出红绳绑着的吉祥制钱。一看那吉祥制钱，永琪崩溃了，再也没有怀疑了，顿感天旋地转。尔康自从出发以来，就连沐浴更衣，也从来没有让这制钱离身过！

"紫薇的同心护身符！不行！这不能是他，不可以是他！"永琪站起身子，跌跌撞撞奔开去，向空狂呼，"尔……康……我们一起来，要一起回去！你不能这样离开我们！尔康……你要回去见紫薇……"

紫薇在做什么呢？她坐在灯下，缝制着东儿的小棉袄。东儿在床上熟睡着。等待中的时光尽管漫长，回忆里依旧充满了甜蜜，她嘴里低低地吟唱着："山也迢迢，水也迢迢，山水迢迢路遥遥……盼过昨宵，又盼今宵，盼来盼去魂也销……"嗯，盼来盼去魂也销，现在才了解这句话的意思！门外，有人敲门。紫薇惊觉地抬头，只见尔康穿着便服，从门口的光影中走向她。他笑着，喊着：

"紫薇！我回来了！"紫薇大惊，跳起身子，身上的针线篮、小棉袄全部落地。她揉揉眼睛，喊："尔康！你回来了？怎么可能？我没有做梦吧？"她扑上前去，"你怎么不声不响地回来了？皇阿玛也没说，谁都没有通知我……我要去城外接你呀！"

尔康一把抱住了她，笑着说："我故意不让大家告诉你，我要给你一个惊喜！"他深深看她，"紫薇，你好吗？""我好吗？"紫薇又哭又笑地说，"我不好！整天想你想得快生病了，怎么会好呢？"

她抓着他的手，看来看去，眼光上上下下地巡视着他。"你呢？你没有受伤吧？我天天担心，每天都心惊胆战！昨天，还做了一个噩梦……"

尔康凝视她，眼光里是无尽的深情，打断她：

"嘘！再也不要担心了，我在你的身边，再也不会离开你了！我知道，这些日子，你是如何煎熬着过下去的！我不要你为我再受这种苦！紫薇……我答应过你，我会回来，所以，你要相信我，无论发生了什么事，我都在你身边，不会离开你！"

紫薇热烈地笑着，泪水满盈在眼眶里："是！是！是！我知道！我从来没有怀疑过！你是我永远的尔康，是东儿的阿玛！谢谢你平安回来……"尔康紧紧地拥着她，无限不舍地，在她耳边低语：

“你知道吗？我走了之后，最不放心的就是你！我知道，东儿会慢慢长大，额娘和阿玛会在东儿身上找到安慰，可是，你这样痴情，怎么办呢？我心里牵牵挂挂的，都是你！我舍不得你……”

“我也是呀！”紫薇热烈地喊，“你走了之后，我都分不清每天想你几次，因为思想是连续不断的，我都没有办法剖断，你填满我所有的思想！尔康，请你再也不要离开我，你笑我好了，我承认我的软弱和无助，我需要你，离不开你！”

“我知道，我知道，我知道……”尔康一迭连声地说，就俯头吻住了她。一个缠绵的长吻以后，尔康拥着她，在她耳边一连串地说：

“好好爱东儿，好好爱东儿，好好爱东儿……”他放开了她，退向门边。“是是是！我会的，我明白了，我确实给东儿太多……以后，我更要好好爱你！”紫薇追着尔康，惶恐地喊：“尔康，你要去哪里？”尔康的身影，消失在门口的光影中。紫薇忽然找不到尔康了，大惊，四面张望，室内一灯如豆，哪儿有尔康的影子。她惊慌失措，大叫：“尔康……尔康……尔康……你在哪里？尔康……尔康……尔康……”忽然，有人摇着她，喊着：“醒来醒来！紫薇，你又做噩梦了！”紫薇一惊而醒，发现她和小燕子睡在一张床上。小燕子正在拼命摇着她，喊着她。她从床上陡然坐起，睁大眼睛，茫然四顾。“尔康……”她的声音低了下去，“没有尔康……我在哪儿？”“你在景阳宫呀！你进宫陪我，已经快十天了！”

紫薇坐在床上，神思恍惚，困惑地、茫然地说：“我看到尔康了……他回来了……”“那是梦！我也做了好多这样的梦，梦到永琪回来了，醒来，才发现什么都没有！"小燕子拍着她说：
"吸口气，再慢慢吐出来……我就是这样让自己清醒。"

紫薇回忆着、寻思着，忽然打了一个冷战："是梦吗？梦里
的尔康，为什么那么真实？我似乎还感觉得到他的手臂，他的
温度。他说的每一句话，都在耳边回响……是梦吗？"紫薇眼
前，突然闪过尔康临走前的脸孔，听到他临走前说的话："我不
在你身边的日子，我的魂魄也会飘到你身边来！"紫薇颤抖着，
抬眼看小燕子，低低地、小声地说："我很害怕……我真的很害
怕……"小燕子抱住她，喊着："我们都不要怕！只是做梦而已！
他们去了那么久，我们除了梦到他们，还能怎样呢？"

紫薇点头，眼神里，依旧盛满疑惧。她茫然四顾，室内的
桌子、椅子、宫灯、摆设……——在目，这是景阳宫，不是学士
府，哪儿有尔康？是梦！只是一个梦而已。她的尔康，会活着回
来和她相会！一定的！

同一时间，清军营地，营火熊熊。帐篷一座座竖立着，士
兵在各个帐篷间巡逻。永琪披着一件军氅，头上包扎着，脸色惨
白地坐在火边。萧剑递了一杯热茶给他，他就握住杯子，双手无
法控制地颤抖着。萧剑在他身边坐下，凝视营火，神情悲苦。半
晌，两人不言不语。然后，萧剑掏出一支新做的萧，开始吹起
《你是风儿我是沙》，萧声凄凉地在营地萦绕。带着他们，回到了
以前的时光。一曲未终，萧剑掷萧长叹："这样的牺牲，未免太
惨重了！"永琪捧着杯子，涨红了眼圈，依旧一语不发。"五阿
哥，你头上有伤，请早些休息，节哀顺变吧！"永琪动也不动。

这时，刘德成奔来，肃立着报告："报告五阿哥，所有牺牲的弟兄，都已经挖好了坟墓，明天一早就用军礼安葬！不知道额驸的遗体，是不是也葬在这儿，以后再来迁葬？"刘德成这样一问，永琪才感到彻骨彻心的剧痛，跳起身子，把手里的杯子往石头上一砸，他爆发般地喊着：

"怎么可以葬在这里？紫薇还在北京盼着他……谁也不许动他的遗体！不许下葬，不许火化，我要带着他走！我到哪儿，他到哪儿！我要一路带着他，带回北京去！现在，你们去把他搬到这儿来，我看着他，我陪着他！"

刘德成大惊，结舌地说："五阿哥这……这不大好吧！仗还没打完，一路带着，不知道要待多久？最近气候不好，天气潮湿，雨水又多，遗体不马上处理，只怕会……会……"永琪大声打断：

"不要再说下去！把他搬过来，搬过来！"箫剑给了刘德成一个眼色，刘德成这才嗫嚅着说：

"是！我知道了！"刘德成匆匆地走了。箫剑和永琪彼此凝视。永琪一下子跌坐在地上，用手蒙住了脸，低语：

"我怎么回去见紫薇？我怎么告诉她？来的时候，那样生龙活虎，回去的时候，会是一堆白骨吗？紫薇怎么忍受这个？"箫剑也痛楚着，没有力气安慰永琪了，拿起箫，再度吹奏着《你是风儿我是沙》。几个士兵捧着尔康的盔甲、长剑、吉祥制钱等过来。士兵肃立说："报告五阿哥，额驸的盔甲，已经洗干净了，血迹都清除了！额驸的遗体，换上了他的官服……这是额驸身上的遗物，刘总兵要我交给五阿哥！"永琪接过尔康的遗物，大痛。

“我看着他中箭，我怎么没有冲过去？怎么会让它发生呢？我算什么兄弟？我算什么朋友？我们离开北京的时候，紫薇和小燕子追到城外来送行，紫薇再三叮咛，要我和尔康彼此照应……”他拿起那个吉祥制钱，痛定思痛，“吉祥制钱，大吉大利，会逢凶化吉，遇难成祥……”他的声音哽住了，说不下去。

萧剑展开那件盔甲，翻开衣领，赫然看到染着血迹的紫薇花：“染着血迹的紫薇花！这朵紫薇，总算伴着尔康，走到最后一程！”

这时，几个士兵抬着军旗盖着的担架过来。刘德成跟在旁边，说：“报告五阿哥！额驸的遗体在这儿！”“放在这儿，放在火边！”永琪哑声吩咐。

担架放在永琪和萧剑身边，整个遗体从头到脚都盖着军旗。永琪默默地看着，手里，紧握着那个吉祥制钱。“那个同心护身符是他从不离身的东西，我们最好再帮他戴上去！”萧剑说。永琪点点头，两人就把吉祥制钱，戴回遗体上。永琪看看担架，看看炉火，哽咽地说：“壮志未酬身先死，长使英雄泪满襟！”萧剑无语，眼中充泪。两人就这样捧着尔康的盔甲长剑，伴着尔康的遗体，泪眼相对地坐在火边，一直坐到天明。

第二天一早，永琪安葬了上百位牺牲的弟兄。在号角声里，军旗冉冉升起。刘德成双手捧着酒器，递给他。他接过酒器，慢慢地把酒倾倒在地上，沉痛地念着他自创的奠文：

　　永琪路远迢迢，带着各位，来到前方，却不能把

各位英雄，带回北京！只能让你们留在这儿，遥望故国
河山。永琪愧对各位在天之灵！你们身经百战，英勇无
比！马革裹尸，名留千古！永琪将带着你们的英魂回
去，希望你们神游不远，魂兮归来！

永琪祭完，士兵们开始铲土，一铲一铲地铲进坑里。永琪和
箫剑凄然而立。就在此时，烟尘大作，傅恒带着一队人马，举着
旗帜，快速奔来。众人一惊抬头，刘德成大喊：

"傅将军到了！傅将军到了！"傅恒快马奔来，一面飞驰，一
面大喊："五阿哥！我们胜利了！缅甸大军已经撤退！我们胜利
了！"永琪惊愕着，箫剑震动着。傅恒已来到墓地前，一跃下马，
兴奋地说："这次普腾之战，我方虽然损失惨重，缅甸也损失惨
重，再加上我们收复了九龙江，猛白不打了！带着象兵部队，连
夜退进虎踞关！所以，我们的战事结束，我们胜利了！"顿时间，
士兵欢声雷动，大喊大叫："胜利！胜利！傅将军胜利！五阿哥
胜利！皇上万岁万岁万万岁！我们胜利了！胜利了！我们要回家
了！大清万岁万岁万万岁……"士兵们抛掉铲子，彼此拍打击
掌，欢喜如狂。永琪看着狂喜的清军，再看向傅恒，这才有了一
点反应。

"胜利了？我们打赢了？""是！打赢了！所有的失地都已
经收复，我们可以回京见皇上了！"傅恒说。"打赢了……打赢
了……"永琪喃喃地说着，忽然悲切地大笑，"哈哈哈哈！打赢
了！为了'打赢'，我们付出多么惨重的代价，多少人从京城到
这儿，行军几千里，离家别子，死在这个遥远的地方，变成这一

堆堆的黄土！我们失去了尔康，这是无法挽回的悲剧！对所有牺牲的弟兄来说，都是无法挽回的悲剧！多少家庭破碎了，多少人要面对死别，多少妻子等不到丈夫……赢了！是的，我们赢了，可是……胜利对于我，已经没有意义了！"

萧剑走过去，拍了拍永琪的肩，安慰地说："你心里的痛，我们都明白，我也难过得不得了，痛不欲生！但是，胜利总比失败好，这样，尔康在天之灵，也会安慰许多！最起码，不是'壮志未酬身先死'了！"傅恒也上前，收起笑容，诚恳地说："额驸的殉职，我已经得到消息了！我想，额驸为国捐躯，死得光荣，死得其所！到了战场，生死就在一线之间！请五阿哥节哀顺变吧！"永琪点点头，知道自己还有责任在，不能深陷在这样的悲哀里，他勉强地振作了一下，说："傅六叔！找一口好棺木，我们把尔康的遗体带回北京去！让他能够葬在福家祖坟里！""是！"傅恒恭敬地回答。

紧接着，清军拔营回北京。永琪、傅恒、萧剑骑马在前，带着浩大的队伍，迤逦前进。骑兵队伍后面，几匹骏马，拉着一辆灵车，车上，是尔康的棺木。棺木上，盖着军旗。灵车四周，两列士兵全身缟素，戴着白帽，一路撒着纸钱，呼唤着"额驸"，扶棺前进。清军们虽然个个满面风霜，但是，毕竟打了胜仗，要回家了，个个也都是精神抖擞的。只有永琪、萧剑、傅恒等人，因为失去了尔康，面容悲切。

走着走着，傅恒勒马说："前面就是大理！我们绕过大理，不进城了，早些回北京比较好！""大理！"永琪震动地看萧剑，

"前面就是大理？""是！前面就是大理！"萧剑回答。

永琪思前想后，想到当初在南阳，大理就是大家的"梦"。如今，他带着尔康的灵柩到了城外……尔康这一生，终究没有走进大理，真是情何以堪！"我和尔康，终于到了大理，却是过门不入！""大理没有脚，它不会走！让它继续等吧！我有预感，有一天，我们会在大理相聚！"

萧剑忽然一拱手说："傅将军，五阿哥！百夷人在这儿和两位将军告辞，云南是我的家乡，恕我不再远送了！"永琪这才想起，萧剑不能回北京。傅恒看着萧剑，赞赏地说："军师！这次平缅甸，你身先士卒，勇不可当！是一个不可多得的人才！请和我们一起回北京，我会面奏皇上，论功行赏，一定让你封官晋爵！"

"傅将军！好意心领！我来的时候，就没有想过封官的事，只想帮助五阿哥打这一仗，现在功成身退！我来自苍山脚下，回到苍山脚下！你们大军不想进大理，我在大理还有未完之事！原谅我不陪了！"

傅恒深深地凝视萧剑，忽然问："傅恒明白了！军师和五阿哥，应该是旧识吧？"萧剑一惊，永琪一震，傅恒一笑，"每当危急时，常常听到你们直呼姓名！百夷人好功夫，傅某佩服之至！放心，军师不想以真面目示人，傅恒也绝不多嘴！就此别过，后会有期！"傅恒诚恳地说。傅恒对萧剑一拱手，两人眼中都有折服。萧剑转过目光，看着永琪："我们去那边谈谈！"永琪会意，一拉马缰，向前奔去，萧剑急忙跟去。两人两骑，就一直奔到山头上，才勒住马。永琪看着萧剑，问："你不去北京了吗？决定了吗？""是！请你转告晴儿，我对她的心不变！已经到了大理，我无论如何，也要去看一看我的义父！你这次回去，大概要面对很多问题，尔康的事，我知道你至今无法接受，其实，我也无法接受！总以为我们早就把生死置之度外，原来并不是，我们可以看淡自己的生死，却无法接受好友的死，永琪，你要振作一点！"

"我明白！"永琪凝视他，"什么时候会再见到你？"

"说不定很快！晴儿在北京，我的心也留在北京！何况小燕子也在那儿……"箫剑说着，眼光变得深刻而恳切，"永琪，小燕子是很重感情的人，所有重感情的人，在感情面前，都会变得很脆弱！小燕子不是天不怕地不怕的，她爱你，更怕失去你，你千万不要负了她！"

"你放心！"永琪叹着气，"经过这次的离别，我对自己看得很清楚，自从离开了北京，我心里想的，都是小燕子，不是知画！再经过了尔康的事，我体会得更深，感触更多，人事无常，我会珍惜和小燕子在一起的时光，别的，都不重要了！"

两人深深互视。"那么！暂时告别，下次见面的时候，就是我带走晴儿的时候了！告诉晴儿，这是我不变的决心！请她和我一样坚定！"永琪点头，箫剑一勒马缰，转身疾驰而去。永琪也一勒马缰，追上大队。大队人马，继续向前移动。永琪回首，箫剑一人一骑，没入云深不知处。

当快马传书传到宫里那天，乾隆正在景阳宫，带着知画练字。自从发现知画可以写好几家的字，还精通乾隆的书法，乾隆对这个儿媳妇，就刮目相看了。闲暇的时候，常常来到景阳宫。

何况，这儿还有他的“开心果”，还有他心爱的紫薇和外孙东儿。虽然，小燕子变得脾气古怪，笑容也越来越少，乾隆都把它看成是思念永琪所致，也不曾和她计较，在他内心深处，依然十分宠爱着小燕子。

这天，乾隆在书桌上写字，小燕子、知画、紫薇、太后、晴儿都在围观。明月、彩霞、珍儿、翠儿在一边伺候，裁纸磨墨，奉茶奉水。乾隆写完一张纸，众人恭维不断。知画纳闷地、佩服地说：

“皇阿玛的字，下笔很轻松，但是笔笔有力，为什么我写起来，就软弱无力呢？”“你也不是软弱无力，以姑娘家来说，你的字算是很有力了，怎么能跟皇阿玛比呢？朕是男人，提起笔来，就比你有分量！”乾隆心情良好地说。“是呀是呀！可是……我总想学个几分！”知画说。“你已经有几分了！我看你学得挺像的！”晴儿忍不住说，心想，这知画还真懂得如何讨好乾隆，这一点，小燕子是望尘莫及的。小燕子那一套，都是“歪打正着”的，绝对不像知画那样心有城府，而且，小燕子冲动起来，还常常“歪打”“正不着”，弄出一堆状况。果然，小燕子不服气地接口了：“比几分还多几分，写字功夫有五分，做人功夫就有五分！加起来是满分！”乾隆看了小燕子一眼，听出她话里的醋意，就微笑了一下，说：“你懂得这个道理就好了！不管做人还是写字，你都应该跟知画学！”

“我其笨如牛，学不会的啦！”小燕子噘了噘嘴。“不错呀！‘其笨如牛’都会用了！”乾隆忽然发现旁边一沓写好的字，面上一张，写得非常工整，拿起来看：“好字！谁写的？”紫薇看了一眼，赶紧应道："是我！随便写的，写得不好！"乾隆念着字：

"故人入我梦，明我长相忆。……恐非平生魂，路远不可测……"不禁看紫薇，"字，写得真好！我们宫里有三个才女，紫薇、晴儿、知画！只是……这首杜甫的《梦李白》，应该改名，是紫薇的'梦尔康'吧？"

紫薇顿时面红耳赤，急忙说："皇阿玛！您不要取笑我了，不是不是啦……是在抄《唐诗三百首》！""哈哈哈哈！"乾隆大笑，"是，也没关系呀，想尔康，也是天经地义！小燕子前些日子，不是还闹着要去云南找永琪吗？年轻夫妻，就是忍受不了别离！"太后乘机说：

"皇帝，你说我们宫里，有三个才女！这紫薇和知画，都有了很好的归宿，只差晴儿，还没有婆家。我再不给她找个婆家，别人一定以为我自私，要留着她伺候我！最近，我看上了两个人，你帮我挑一个吧！"

太后这样一说，晴儿、紫薇、小燕子全部吓了一大跳。晴儿立刻情急起来，说："老佛爷！您说什么？什么婆家？我不要不要……请您让我留在您身边，伺候您！这就是您对我的恩惠！"乾隆看了晴儿一眼，摇摇头，不悦地说："晴儿！难道你还没有忘记萧剑？那种无情无义的人，你就把他忘掉吧！"小燕子听到乾隆这样骂萧剑，忍不住哼了一声，紫薇赶紧拉了拉她的衣服，示意她不要说话。乾隆也没在意，问太后："晴儿的事，朕也一直放在心上，老佛爷看中的是谁呢？""一个是傅恒的侄儿，新上任的御前侍卫傅云！还有一位，来头就大了，那就是八阿哥永璇！前两年，永璇还小，现在已经长大了！晴儿年长几岁，也没什么关系！皇帝认为如何？""咦！忘了永璇！确实不错……"乾隆沉吟着，就看晴儿，"晴儿，你愿意当朕的儿媳妇吗？永璇，总不会输给箫剑吧？"晴儿、小燕子、紫薇都变色了。晴儿急忙哀恳地说：

"皇上！老佛爷……晴儿真的不想嫁，请开恩让我跟着老佛爷，现在，老佛爷身边，也缺一个体己的人。晴儿自己愿意这样，不会有人说老佛爷自私，老佛爷就不要过虑了！八阿哥地位太高，晴儿不敢高攀！"

"不是'不敢高攀'，是看不中吧？"太后皱皱眉。"老佛爷！求求您了……"晴儿凄然地喊。小燕子实在忍不住，往前一站，抬头挺胸地说：

"老佛爷，皇阿玛！你们心里都明白，晴儿就是忘不掉我哥嘛，为什么一定要强迫她忘掉呢？我哥千不好、万不好，可能是晴儿心里的'最好'！她想着他过一生，也很美呀！皇阿玛，您还不是心里想着人，在过日子吗？我打赌皇阿玛没有忘记盈盈姑娘！"

乾隆一怔，还来不及说话，外面一阵喧闹，小邓子、小卓子冲进房来请安禀告："皇上吉祥！有前线的快马传书……""快马传书！"众人全部惊呼出声。不论大家各有各的心事，对于前线的消息，盼望的心情却是完全一致的。"是谁？快传他到景阳宫来！"乾隆喊。"已经来了！傅云大人把他带来了，在大厅里等着呢！"

乾隆一听，捞起长袍，就快步冲进大厅。众人身不由己，全部追了上去。到了大厅，傅云已经带着风尘仆仆的官兵在等候。

见到乾隆，急忙行礼："臣傅云叩见皇上！有前线的快马传书！"两个官兵跟着一跪，喊"皇上万岁万岁万万岁"。乾隆急急地一伸手，说："起来！赶快拿给朕看！"

傅云和官兵起身，傅云就从官兵手中，接过传书，双手呈上。乾隆拿着信，急急地拆开信封，拿出信笺来看。大厅门外，紫薇、小燕子、知画、晴儿、太后都挤在那儿，伸长了头听着，看着。乾隆一面看，一面惊呼："云南大捷！十三个地区全部收复！缅甸王猛白带着象兵部队，已经撤回了缅甸……"他再看下去，脸色大变，"但是……"乾隆愕然回头，看着站在门口的女眷。大家见乾隆脸色如此惨淡，全部心惊肉跳，一齐冲进门。太后颤声问："大捷？那是打了胜仗！是好消息呀……皇帝脸色怎么不对？难道……""是谁出了事？"小燕子冲口而出，"是不是永琪？他怎样了？"

知画用手一把蒙住嘴，呻吟般地说："不要……不要……"

乾隆一直不语，紫薇睁大眼睛，一眨也不眨地看着他，小小声地、害怕地问："皇……阿玛？到底是什么？""皇上，没有坏消息，是不是？他们马上就要回来了，是不是？"晴儿追问着。

乾隆终于抬眼，看着紫薇。紫薇接触到乾隆凄惨的眼光，就开始浑身簌簌发抖。她摇头，脸色越来越白："不会……不会……他答应过我，会平安回来……他说，他是最负责任的人，他会对我和东儿负责任……"紫薇的声音顿住了，哀恳地看着乾隆。众人全部瞪着乾隆，房内鸦雀无声。半晌，乾隆哑声地开口了：

　　“紫薇，尔康殉职了！他，英勇牺牲了！”紫薇睁大眼睛看着乾隆，咕咚一声倒下地。晴儿和小燕子扑上去抱住她，哭着急喊：“紫薇！紫薇！紫薇……”

其实，尔康还没有断气。

缅甸大军，因为久战不胜，人困马乏，大象在清军的火攻下，也损失了好多。以前攻下的土地，又被清军一一收复。而普腾这一战，损兵折将，元气大伤。猛白知道再战下去，一定更占不到好处，识时务者为俊杰，当机立断，收拾残局，带着大军撤回缅甸。

旗队、马队、车队、象兵队、步兵队一行人走在烟尘滚滚中。

在一辆马车内，躺着遍体鳞伤的尔康。他穿着缅甸人的白色长袍，胸前敞开，里面缠满裹伤的白布巾，头上也密密层层地包扎着，左手臂和双腿都包扎着，白布上血迹殷殷，看起来像一个木乃伊一样。他在层层包裹下，露出昏迷着的脸庞，脸色苍白如纸，看来毫无生气。

慕沙带着一个缅甸大夫，守在尔康病床前。大夫拿着药碗，正用药水和药粉混在一起调药。猛白坐在一边看着，脸色十分不耐。

大夫把药拿到慕沙面前，说："八公主！药水可以喝了！这次一定有效！"慕沙就急忙端起药碗，一匙一匙地把药水喂进尔康嘴里，用汉语喊着："赶快喝下去！喝下去你这匹马才能活！快喝！"尔康的魂魄，正在缥缥缈缈，找寻着回家的路。躺在这儿的他，完全没有知觉，没有意识，昏迷不醒。药水灌进去，全部从嘴角溢出来。"喝呀！喝呀……当了死马，就没有意思了！"慕沙着急地喊。尔康动也不动。慕沙对大夫一凶：

"大夫，他喝不进去呀，你们治的什么病？"大夫和侍卫上前去，拉起尔康，灌药的灌药，掐人中的掐人中。猛白忍无可忍，跳起身子，命令地说：

"慕沙，把这个死人丢到马车外面去！你看，他这个样子还能活吗？就算他活了，浑身都是伤口，说不定脚也跛了，手也断了，绝对不是在战场上那个威风凛凛的驸马！你还救他干什么？"

慕沙回头，对着猛白一阵大喊："我要救他！我就是要救他！我一定要救他！除非他断了气，我不会丢掉他！"猛白大怒。

"这样吗？那还不简单！"猛白一面说，从腰间拔出匕首，拨开众人，飞扑到尔康面前，一匕首刺了下去。慕沙眼看情况不对，飞身一拦，匕首划过了慕沙的衣袖，衣袖唰的一声破了，血溅了出来。猛白大骇，瞪着慕沙喊："你疯了？""你让我救嘛！"慕沙任性地说，"如果大夫治不好，我们还有巫师呢！一个用巫术治，一个用医术治，总有一个能治好他！真的治不好，我再放弃也不迟呀！"猛白收起匕首，不可思议地摇摇头："这小子有什么本领，让你这样迷恋？"他瞪着慕沙，见她一脸坚决，投降了，

"你救！你救！救得活才怪！"尔康被一阵折腾后，气若游丝地躺下去了，嘴里，发出一阵喃喃的呓语："恐非平生魂，路远不可测……"慕沙惊喜地喊："瞧！还没死，还在说话！"大夫赶快去给慕沙包扎手臂上的伤口。慕沙才不在乎自己身上这点伤口，匆匆包扎完毕，又扑到尔康床前去。大夫说："八公主，要救这位驸马，除非赶快回到三江城，用'银朱粉'来治，银朱粉需要用罂粟花的种子，龙须草的根，火云石的粉，番红花的茎……一共九味药来调制，现在已经用完了，有了银朱粉，他就不会这么痛，说不定可以起死回生！"

"那就快马奔回去！告诉车夫，快！快！"马车蓦地加快，向前飞奔。尔康躺着，正一步步走向死亡。他什么意识都没有，唯一还占据着思想的，是紫薇！他的紫薇，他答应过她，他会活着回去，他会对她负责任！他要回去，要回去，要回去……要回去告诉紫薇，他不会离开她，不舍得离开她……如果他即将死去，他的魂魄也要飞回她的身边去！这唯一的思想，强烈地控制着他的灵魂，他觉得自己会飞，他可以摆脱那个遍体鳞伤的躯壳，他要飞回学士府，飞到紫薇身边去……

他确实飞了起来，他的魂魄，像一片羽毛，比羽毛还轻，随着风，飘过了缅甸的土地，飘过了云南的边境，飘过了遥远的山山水水，飘到了北京，飘到了从小长大的家，再飘进了他熟悉无比的大厅。紫薇，东儿，我来了！阿玛，额娘，我来了！然后，他震慑住了，为什么家里一片愁云惨雾？

他看到了紫薇，她呆呆地坐在一张椅子里，眼睛大大地睁着，一动也不动，像是一座化石。他也看到了厅里其他的人，小燕子、晴儿、福晋、福伦都哭成一团。福晋哭得上气不接下气，完全无法置信地说：

"为什么发生这样的事？尔康……他是我的命根呀！他是这个家的重心呀，他走了，要东儿怎么办？我年纪大了，迟早也是一伸腿，跟着去了！但是，东儿还小，他需要阿玛，需要尔康陪着他长大，教他学问，教他骑马射箭呀……"

福伦老泪纵横地对福晋吼着：

"不要再说了！我的孙儿，再也不许练武！练好了武功，成了武将，生生死死，就再也不是自己能够控制的！"说着，就自责起来，"我应该自告奋勇，坚持由我去打仗，我死不足惜，尔康还这么年轻……"他捶胸顿足，"我为什么要让他去？"

小燕子哭着，在紫薇、福晋、福伦之间跑来跑去，试图安慰每一个人，但是，自己哭得比任何人都惨，几乎语不成声：

"紫薇，你怎么不说话，也不哭呢？你抱着我哭，大哭一场，你就会心里舒服一点……你哭，我陪你哭……呜呜……我们的尔康，他总是带头的一个，他最会出主意，他永远有信心、有活力……他怎么可以死？呜呜……"她扑到福晋身边去，安慰人的她，也需要人安慰，她痛哭着喊，"伯母，伯母……"

福晋就搂着小燕子，两人抱头痛哭。

尔康惊怔地看着，什么？难道他已经死了？为什么会这样？他不太明白发生了什么，不太明白自己怎会回家？看到这样凄惨的情况，他的"心"，如果魂魄也有"心"的话，这颗心跟着碎了。他知道自己这样"飘"回家，有些不寻常。隐隐约约地明白，大概自己死了，或者，即将死了。现在的他，只是"魂魄"而已！他怆然地走到房间正中，看看了无生气的紫薇，看看哭成一团的福晋、小燕子、晴儿和福伦，一急之下，顾不得自己是鬼是魂，只想安慰每一个人，他上前急促地说：

"你们不要这么伤心，好吗？我虽然走了，我的魂魄还在这儿，我和你们都紧密地生活在一起！阿玛，额娘，不要哭！"

没有任何人看到他，也没有人注意他，房里依旧愁云惨雾。

紫薇不动，不哭，也不说话，整个人好像进入一种全然麻木的状态。晴儿守在她身边，摇着她，喊着她，自己也是泪如雨下。

"紫薇！紫薇……你不要吓我，你说话呀！你已经一整天，一句话都没有说过……紫薇……没有了尔康，你还有我，有小燕子，有永琪，有你的阿玛额娘，还有你的皇阿玛……我们都会陪着你，跟你一起度过以后的日子，你有我们每一个啊！还有……还有你的东儿啊！"

紫薇依旧不动不哭，眼神空洞。尔康看着这一切，越听越凄惨，忍不住喊："紫薇！你没有失去我，我还在！你看你看，我还在，我会陪着你一起面对任何事情，你不要难过，不要伤心！我记得我的诺言，我会遵守承诺……"尔康说着，就情急地去扶紫薇的肩，谁知，竟扶了一个空，自己的身子，穿过紫薇，掠到后面去了。他大惊之下，这才真正了解，他只有魂魄，没有躯体。顿时，一阵茫然和无助把他打倒了，他不知道，一个"魂魄"还有什么用？他还没适应当魂魄的日子，只能呆呆地站在那儿，凄凄惶惶地看着紫薇。

这时，福晋注意到紫薇的失常了，哭着奔过来，把她一把抱住，痛哭着说：

"紫薇啊！在这人世间，只有你对尔康的感情，可以和我的爱相提并论，我知道你有多痛，因为我也一样地痛啊！上苍对我们婆媳二人，实在太残忍了！他怎么忍心剥夺我们的尔康？紫薇……和额娘一起哭吧！"

紫薇被众人摇得东倒西歪，却依然不动也不说话，脸色惨白如死，直到听到福晋的话，眼角才挂下一滴泪，身子仍然僵着。

小燕子和晴儿，一边一个，摇着她，小燕子哭着喊：

"紫薇！大声哭出来吧！我知道你想哭，我知道你想大叫，我知道你恨不得把老天给杀了……你要做什么就做什么，不要让自己这样憋着……求求你呀！"

晴儿抓着紫薇的手，哭着哀求：

"紫薇，我们大家虽然微不足道，但是，你还有东儿！他是尔康生命的延续，为了他，你一定要勇敢、要振作！"她回头喊，"奶娘！赶快把东儿抱过来！让他跟额娘说话！"现在，恐怕只有东儿，才能让紫薇稍减哀痛吧！

奶娘抱着东儿走了过来，落泪喊：

"东儿来了！东儿……赶快跟额娘说，额娘，东儿要你！东儿爱你！"

东儿看着哭成一团的众人，早就吓傻了，这时，伸出小手，去抹着紫薇的泪：

"额娘哭哭……"东儿又去抹福晋的泪，"奶奶也哭哭……"东儿再去抹小燕子的泪，"姨姨也哭哭……"小嘴一瘪，"东儿也哭哭……"说着，就哇的一声，痛哭起来。

尔康看得热泪盈眶。

晴儿把东儿塞进紫薇怀里，悲切地说：

"看看东儿！他长得跟尔康一模一样，他是你和尔康这场感情的见证，他是你未来的希望，抱着他，抱紧他！"

福晋更是泪落如雨了，啜泣着喊：

"紫薇，让我们祖孙三代，同声一哭吧！"

紫薇终于被东儿惊动了，她看着东儿，忽然从椅子里跳了起来，大喊：

"抱走他！抱走他！我不要见到他……没有尔康，什么都没有了！我不要在孩子身上，去找尔康的影子！我不要尔康生命的延续！我不要在东儿身上找希望，没有尔康，哪有希望？我没有希望！尔康答应过我，他会对我和东儿负责任，他怎么可以不守信用？他这样走了，我不会原谅他！我今生今世都不原谅他，我来生来世也不原谅他！我恨他恨他恨他恨他……"

尔康一直站在那儿，听到紫薇这样强烈的呼喊，越听越惨，越听越惊，这时，再也忍不住，痛喊出叫声：

"紫薇！不要恨我，我不能带着你的恨离开，你不能恨我，更不能赶走东儿！你爱东儿，他是我们两个的骨肉，你怎么可以赶走东儿！抱住他！抱住他……"

尔康一面喊，一面激动地把东儿往紫薇怀里推。但是，他哪里推得到东儿，他的身子，穿越了东儿，穿越了紫薇，又掠到后面去了。他傻傻地站在那儿，整个人都惊怔着。"我只有魂魄，我没有形体，他们都感觉不到我，我要怎么办？"他忽然明白，他的生命即将结束，或者，正在结束。但是，他的爱，不会结束，永远不会结束。可是，他如何让紫薇明白，他的爱不会结束呢？

只见奶娘赶紧把东儿抱走。福晋张着手，把紫薇一把抱住，拥在怀里，痛哭着说："紫薇啊！如果恨能够把他叫回来，我们就一起恨他吧！他丢下的，不只你和东儿，还有我们两老呀！"福伦看到这儿，老泪更是疯狂地掉下，拭泪长叹："人间，还有比这个更惨的事吗？尔康，这么多人爱你、需要你……你怎么可以走呢？"一屋子的人，这个也哭，那个也哭，真是惨绝人寰。紫薇伏在福晋肩上，依然无泪，一脸的凄绝。尔康看着这一切，心底在强烈地呐喊：

"我不走我不走……这么多人爱我，牵挂我，需要我……我没有资格走！我不走……紫薇，不要恨我……不要恨我……"尔康忽然觉得，自己的身子，在被一个很大的力量拉扯着，他身不由己地飞出了那间房间，看不到他的紫薇、他的额娘、他的阿玛、他的东儿……他大急，喊着："紫薇……不要恨我……我不走……我不能走……紫薇……"

尔康断断续续地喊着，感到自己像是从云端往下坠落，坠落，坠落，坠落……坠落到一间完全陌生的房间里，坠落到一堆绫罗锦缎的床上，坠落到一个残破的躯壳里去了。

这个躯壳，正躺在缅甸皇宫里。这是一间充满异国情调的卧室，房里金碧辉煌，到处都是灯火，香烟缭绕。他身上穿着缅甸人的服装，头上的包扎换成了缅甸的头巾，额上有一道伤痕，手脚仍然密密麻麻地包扎着……这个躯壳很痛，到处都痛，他忍不住痛楚地呻吟，他的魂魄和他的躯壳，分别在呼唤：

"紫薇……不……要恨……我……痛……痛……好痛……"
慕沙带着宫女兰花、桂花正在捣药，巫师和大夫都围在旁边观
察、配药。听到尔康的呻吟，慕沙着急地问："大夫，你们两个
怎么治的？不是九味药都配全了吗？怎么还是一点起色都没有？
他很痛，你们给他止痛呀！"

大夫把捣好的药拿了过来："这个银朱粉里有罂粟花的种子，
对止痛很有效，不过，如果将来治好了，他一辈子都离不开这种
药！"尔康在枕上挣扎着，好像被烈火烤着一样。他要回去，他
要去跟紫薇说清楚。"紫……紫……薇……薇……薇……"他的
躯壳，发出颤抖的声音。慕沙抢过药来：

"怎么吃？就这样吃吗？我不管他将来怎样，现在，先得把
他的命救过来，才谈得到将来！只要能救命，你们把所有的药都
拿来……反正已经这样了，试一样算一样，最坏就是死！"

"是是是！不能这样吃，我还得调配！"

大夫配药，慕沙就走到床边，坐在床沿上，对尔康坚决
地说：

"驸马！我这样大费工夫，布置你的死亡，骗过清军，把你
带到缅甸来！又这样拼了命救你，你争点气，不要死掉！只要你
活过来，你的生命就重新开始，没有过去，没有大清，没有你口
口声声喊的紫紫薇薇！你会活得很快乐，不过，你一定要先活
过来！"

尔康昏迷着，挣扎在生死边缘。他的魂魄拼命想挣脱他的躯
壳，飞回紫薇身边去。他嘴里喃喃不清地低喊："紫……紫……

薇……薇……不……不……要……要……恨……恨……恨……我……我来了！我来找你……我来了！"

　　紫薇不在房里，她在幽幽谷。她坐在水边哭，身上堆着许多花瓣，手里也握着许多花瓣。她一边哭，一边把花一瓣一瓣地撒进水里，说：

　　"尔康，在家里我没办法哭，这儿，是我们两个的天地，只有在这儿，我才能好好地哭一场！还记得以前，我在这里撒花瓣的情形吗？我又在这儿撒花瓣了，我让这些花瓣，变成一条条的小船，它们会漂到你的身边，告诉你，我有多么想你！"

　　水面的花瓣，一片一片，顺水而下，如诗如梦。紫薇看着那些花瓣，继续说：

　　"尔康，大家要我节哀顺变，我怎能节哀顺变呢？失去了你，那不是一个'哀'字，那是彻底的'绝望'呀！失去你，那也不是一个'变'字，而是彻底的'空虚'呀！我不知道没有你的日子，我这个人，还有什么意义？尔康，不管你在哪儿，我的小船会漂向你，看到了小船，请你记得回家的路……我在等你！我还要等多久呢？"她抬眼看着四周，"这是我们的幽幽谷，你记得吗？"

　　紫薇这样的呼唤，这样的低语，这样的泪……尔康怎么能够抗拒这样的呼唤？他终于挣脱了那个讨厌的躯壳，向着紫薇飞去！"紫薇，我向你飞，尽管旅途中，有着痛和泪，我向你飞！"他飞到了幽幽谷，他拼命地喊着：

　　"紫薇……紫薇……紫薇……"紫薇一凛，隐隐约约中，尔康的喊声随风而至，她不禁凝神细听。忽然，她听到马蹄嗒嗒，好像看到尔康骑着马，正向幽幽谷疾驰，好像听到他的声音在喊："紫薇……紫薇……紫薇……我来了！我回来了！"紫薇惊愕着，不相信地循声看去。蓦然间，她看到尔康了，他骑着马出现。"紫薇！我是尔康啊！我回来了！"紫薇目瞪口呆，看着尔康骑马奔来的身影。尔康也看到她了，大喊："紫薇！"他滚鞍下马，拼命地喊，"紫薇……"

紫薇狂喜地跳起身子，手里的花瓣一撒，随风四散，她就向着他飞奔。他张开双臂，也向着她飞奔。两人终于奔到了一起，紧紧地拥抱。这次，尔康没有抱一个空，他的手臂里，确确实实抱着紫薇！紫薇又哭又笑地喊：

"我不相信，我真的不相信，这样的情形，以前曾经发生过，在我最绝望的时候，你出现了！现在，你又出现了……这是真实的你，还是我幻想中的你呢？这是真的幽幽谷，还是我梦里的幽幽谷呢？"

是真？是幻？是梦？尔康也不知道。他紧拥着她，生怕转眼间，又会抱一个空，生怕转眼间，自己又会坠落到别的地方去。魂兮梦兮？真兮幻兮？唯一可以确定的，是他爱她，他要她，不论生或死！他急切地含泪说：

"我答应过你，我会守着你！紫薇，不管天上人间，我都会守着你！你哭，我跟你一起哭；你笑，我跟你一起笑！我是你永远的尔康！穿越了时间空间，穿越了生和死，我永远在你身边！"

紫薇害怕地、颤声地说："你说得好奇怪啊！什么穿越时间空间，什么穿越生和死，我不要你穿越，我要你真真实实地在我身边，我要你牢牢地抱着我！""是！现在，我不是牢牢地抱住你了吗？”他加重了手臂的力量，心里在哀号，让我抱着她！让我抱紧她！让我不要消失！

紫薇又急忙推开他一些，去看他的脸孔："你有没有受伤？你好好的吗？你的手、你的脚，都好好的吗？让我看看你！""是！你看你看，都好好的！"

紫薇就含泪打量他，他也含泪看着她。她就慢慢地伸手，仔细地抚摸着他的额头、面颊、鼻子和嘴唇。他抓住她的手吻着，泪水落在她的手背上。紫薇喜极而泣了："你真的回来了！我就知道你不会辜负我！你的承诺一直在我耳边响着，尽管所有的人，都说你走了，我仍然相信你会回来！""相信你所相信的！相信你所看见的！我不管身在何方，我的心和魂魄，一定守在你的身边！紫薇……还记得我们面对东儿的生死关头吗？那个孩子，是我们两个的生命，凝聚着我们两个的爱！为了我，好好地爱东儿，好好地爱自己！要不然，我会心神不安，魂无所归！生不能生，死不能死！"

紫薇大吃一惊，她的心抽痛起来："尔康……你为什么这样说？"尔康觉得，那个"大力量"又在拉扯着自己，要把他从她身边拉开。他惶急地、凄楚地叮咛："记住我的话，我……要走了！"他抱不住她，身子往后退去。"你要去哪里？你不是说，你回来了吗？"紫薇感到他松了手，看到他的身子向后退，惨切地呼号，"你不可以走……尔康……尔康……"尔康一跃上马，马儿疾驰而去。紫薇跌跌撞撞，开始追马，狂喊着："尔康……尔康……尔康……尔康……"紫薇喊着喊着，觉得自己砰然一声，摔落在地上。这一震，就把她震醒了，哪儿有尔康？她正从椅子上跌到地上。

小燕子和晴儿，扑奔过去，赶快把她扶了起来。晴儿说："紫薇！你怎么摔到地上去了？不要一直坐在这张椅子里，去床上躺着，好不好？""我和晴儿，都在这儿陪你！我们挤一张床，我们两个陪你睡！"小燕子说。

紫薇茫然四顾，只见卧室里一灯荧然。她颤抖着，神思恍惚地说："我不是在幽幽谷吗？我怎么会在房间里？为什么点着灯？现在是晚上？尔康呢？尔康在哪里？他不是回来了吗？"尔康的确在房里，怎么进房的，他也不知道。他满脸忧惧地看着紫薇，走到了她的身边，不管她听得见还是听不见，沉痛地说："紫薇，你这么强烈的呼唤，我走不了！你的魂魄在幽幽谷，我跟着你去幽幽谷；你回了家，我也跟着你回家……你看到我了吗？"他伸手去摸她的头发，摸了一个空。没有人看到尔康。小燕子和晴儿，忧惧地互视了一眼。小燕子就再也忍受不了，抓着紫薇的双肩，一阵猛烈地摇撼，喊着说："不要这个样子……接受事实吧！尔康已经离开我们了，他死了，不会回来了！但是，紫薇，你还活着呀！"死了？是的，死了！尔康凄然地伫立。晴儿哀求地喊着紫薇：

"紫薇，如果尔康死而有知，一定会为你这个样子，心痛得不得了……你让他没有牵挂地安息吧！把你对尔康的思念，全部转移给东儿吧！"紫薇听到小燕子和晴儿这样的呼喊，眼前，浮起梦里尔康的脸孔，耳边，响起他的声音："为了我，好好地爱东儿，好好地爱自己！要不然，我心神不安，魂无所归！生不能生，死不能死！"紫薇乍然剧痛，放声狂叫：

"不！不！不！不要！尔康……不能这样，我不接受，我绝对不能接受！你心神不安也好，你魂无所归也好……什么生不能生，死不能死……那不是你，那是我！你把我陷进这样绝望的深渊里，然后你就逃走了吗？我不要！我恨你恨你恨你恨你恨你……你这样待我，我怎么能够不恨你？我恨你恨你恨你恨你……"

尔康痛楚无比地听着，悲切地说："我不逃走……我不逃走，但是，我只剩下魂魄了，转眼间，魂魄也会消失……我怎么办？你这个样子，我怎能安心地走？我不能代你痛，不能代你伤心，你要我怎么办？"没有人听到他的呐喊，也没有人看到他。小燕子和晴儿，赶紧搂着紫薇，两人都泪落如雨。晴儿着急地说：

"你在说些什么？什么魂无所归？你是不是生病了？让太医进来诊治一下，开个方子吃点药，你需要睡觉，你已经几天没睡了！如果你再倒下，你要伯父和伯母，怎么承担呢？"紫薇看着四周，神思缥缈，做梦似的说："他听得到我，他看得到我……"

"是！是！是！"尔康急忙站在紫薇身前，"我听得到，我看得到！"他双手去抓紫薇的手，又抓了一个空。

小燕子看到紫薇这个样子，害怕极了，喊着："紫薇，你不要这样子，你醒醒呀！""他说，不管他在哪儿，天上人间，他都守着我！"她伸手对虚空中抓去，什么都抓不到，大痛，喊着，"他骗我骗我骗我！他不在，他哪儿都不在！我抓不到他……什么天上人间，都是骗人的鬼话！"她一手握住小燕子，一手握住晴儿，痛定思痛，惨切地说："小燕子，晴儿……没有幽幽谷，没有尔康，没有花瓣和小船……原来，那都是我的幻想，是梦里的尔康，梦里的幽幽谷……”

尔康凄然地看着她，听着她，无助已极。他心里在呐喊着，紫薇，梦也是真，真也是梦，我与你共有一个梦啊！晴儿和小燕子，睁大眼睛看着紫薇，除了跟着心碎，简直不知道要说什么才好。这时，房门开了，福晋和奶娘，抱着东儿进房来。福晋含着泪，哽咽地说：

“紫薇，东儿一直哭着要娘，我和奶娘都没办法让他安静……这几天，他也吓坏了，在这种时候，只有额娘的怀抱，才能安慰他……”福晋一边说，一边牵着东儿，把东儿的小手放进紫薇手中。东儿哭着喊：“额娘……额娘……东儿要跟额娘一起睡……”

紫薇一动也不动，瞅着东儿。当东儿的手，拉住了她的手，她忽然像触电般跳了起来，激动地喊：

“带走他！带走他！他不能替代尔康，他不能挤走尔康的位置……现在，我懂了，我把太多时间花在他身上，我疏忽了尔康！现在，没有尔康，我不能面对这个孩子……带走他！带走他！我不要看到他，我不要让尔康觉得，有了东儿，我就有了一切……东儿不是一切！尔康加东儿，才是一切……只有东儿，那叫'破碎'，我不要'破碎'，我要尔康……”

紫薇一面叫，一面推开东儿，东儿吓得大哭起来。尔康大震，扑上前来，把东儿拼命向紫薇推去，痛喊：“不可以！不可以！你不可以不要东儿，这太惨了！太惨太惨了！”东儿穿过了尔康，跌落在地，放声大哭。福晋又惊又痛，赶紧抱起东儿，和奶娘逃出门去。福晋边跑边喊：“我怎么办？尔康死了，紫薇疯了！哪有母亲不要亲生的儿子呢？”眼看福晋、奶娘带着东儿夺门而去，晴儿和小燕子面面相觑，惊痛得无以复加。在一旁看着的尔康，也惊痛得无以复加，忍不住彷徨地呐喊：

"我的形体在哪儿呢？我不要死，我不能死！这样的我，还能做什么？紫薇，我在、在、在！"

是的，他的形体依旧存在。一番痛楚的挣扎后，他再度从高高的天上，突然下坠，掉回他的躯壳里。他从床上一惊坐起，哑声地嚷着："紫薇，我在、我在！"慕沙看到尔康坐起身子，又惊又喜，大喊："大夫！他坐起来了！他醒了！"岂料，尔康砰的一声，又跌回床上，躺着不动了。慕沙急喊：

"大夫！快救他，他又厥过去了！"大夫冲到床前，招呼着两个宫女："兰花！桂花！赶快来帮忙！把'银朱粉'拿来！"

兰花桂花奔来，一个压住尔康，一个强迫地捏住他的下巴，让他张嘴。大夫就把一包药粉倒进他嘴里，再用药汁灌进他嘴里。躺在床上的尔康，身子颤抖着，药汁进去一半，流掉一半，脸色惨白如死。大夫摇摇头，说：

"八公主，这个'银朱粉'可能用得太多了，他的发抖和这味药有关，这药本身就有毒，用多了，他也活不成！再说，这一小包'银朱粉'，要几百棵罂粟才能做出来，很名贵的！他已经吃了好多，还是半死不活，要不放弃算了？"

"不放弃！我绝不放弃！要用多少'银朱粉'我不管！你尽管配来！"慕沙坚决地喊，眼前，浮起的不是这个不死不活的尔康，而是在战场捉住她又放了她的尔康！那个英姿飒爽、风度翩翩、不许她自尽的尔康！那个驸马，像天际云端的一匹骏马，驰骋在云里，驰骋在风里，也驰骋在她情窦初开的梦里！

　　床上的尔康，颤抖过去了，额上冷汗涔涔，神志不清地呓语着：

　　"生不能生，死不能死……心神不安，魂无所归……"慕沙扑在床前，闪亮的眸子，一眨也不眨地看着他。"你在说什么？我听不懂！"她笑着，充满信心地说，"但是，你可以说话了！只要你能说话，大概就有希望了！"这时，房门一开，猛白大步进房来。看了尔康一眼，就气冲冲地喊："慕沙！你还要浪费多少时间在这个驸马身上？你看看他，瘦得像个猴子，半死不活……我们缅甸英雄多得很，你为什么认定一匹'死马'呢？""爹，我救了这么久，你就让我救嘛！好不容易，他已经会说话了，有希望了！"慕沙振奋地看着猛白。"会说话了？"猛白一怔，"我从来没有看过伤得那么重，还能救活的人！他说什么话？"

　　尔康确实在说话，他直着眼睛，低语着："紫薇，等我，我会找到路……我来了！"说完，他的眼睛一闭，头一歪，动也不动了。"什么会说话了？"猛白惊喊，"那是回光返照！死啦！""死了？"慕沙急扑到床前，大叫，"大夫！大夫……""我没办法了，让巫师接手吧！"大夫投降了。"巫师！巫师！"慕沙又大叫，"快想办法！"

　　一直在旁边观望的巫师一步上前，说："是！我来！"巫师手里拿着一根长管的烟管，点燃了烟，吸了一口，对着尔康喷去，然后，他就跑到窗前去，那儿有一个供桌，上面供着各色鲜果，他就用缅甸话，为尔康喊魂："驸马的魂魄啊！你不要在外面飘飘荡荡了，外面太阳会晒你，大风会吹你，野狼会咬你……天黑的时候，夜猫子会吵你……你赶快回来吧……"尔康就这样一动也不动地，躺在烟雾腾腾中。

第
四
十
三
章

乾隆三十一年二月十一日。

乾隆一早就带着福伦和小燕子，还有文武百官，亲自策马到北京城外的郊道上，迎接胜利归来的永琪。早在三天前，快马传书就带来永琪回京的确切时间，所以，大家已经期待很久了。乾隆在华盖遮阳下，群臣簇拥下，伫立远眺。小燕子骑着马，站在一旁，伸长脖子看。即将看到永琪，她满心期盼，但是失去了尔康，她满怀悲惨。在这等待的一刻，心里已经像滚烫的沸油，煎煎熬熬，热血沸腾。福伦跟在乾隆身边，也在伫立远眺，眼里，一直强忍着泪。

只见前面，烟尘滚滚，旗帜飘飘，大队人马，正浩浩荡荡而来。小燕子一指，惊喜交集地喊："皇阿玛！他们来了！"是，永琪归来了！他风尘仆仆地骑着马，近乡情怯，心里悲苦而凄凉。傅恒也骑着马，神情肃穆地走在他旁边。后面，许多全身缟素的士兵，簇拥着尔康的灵车，一路撒着纸钱，哀凄地跟着大军出现了。

"回来了，"乾隆悲喜交集地喊，"总算回来了，这一去，足足大半年！"福伦含着泪一语不发。小燕子远远地看到永琪，再也忍不住了，喊：

"皇阿玛！我可不可以'飞奔'上去，迎接他们？"乾隆看了小燕子一眼，点点头说："既然都把你带来了，也不在乎规矩了！去吧！'飞奔'过去吧！"小燕子就一拉马缰，向前飞奔，并且，放声大叫："永琪……永琪……永琪……"永琪听到小燕子的喊声，看到那疾驰而来的身影，心脏狂跳，悲喜交集，大喊："小燕子！"

永琪一拉马缰，也向小燕子飞奔。两匹快马，就在众目睽睽下，飞奔向彼此。两人都情不自禁地喊着对方的名字。此情此景，早在梦中重复过几千几万次！两匹马越奔越近，越奔越近，越奔越近，终于相遇。两人勒住马，喘息着，含泪彼此注视，恍如隔世。永琪终于开口了：

"小燕子，又见到你了！好不容易！"

小燕子心头一热，泪水立刻蒙住了视线，激动地喊：

"我完了！我准备了一肚子的话，都不见了！你知道吗？三天前，我们就算准你今天要回来，我去求皇阿玛，要他带我来接你，皇阿玛居然答应了。我一连三个晚上都没睡，一直想一直想，见到了你，我要说一点特别的话，像是'山无陵，天地合'那种，让你惊喜一下！我真的准备了，谁知道，现在全部忘了！"

重新听到小燕子的叽叽喳喳，重新看到这张充满活力的脸庞，再加上她眼中那闪亮的泪光……他忍不住喉中哽塞，眼中，也被泪雾所模糊了。"这就是我听到的，最有意义、最难忘的一番话！"他伸手握住她的手，握得好紧好紧，"小燕子，我好想你！""我也是，我也是！"她用袖子拭了拭泪，"我天天想你，有一次闹着要上前线找你，还被皇阿玛大骂过一场！"他更紧地握着她，深深地凝视她。"我猜你有很多话要告诉我，我也有好多话要告诉你！我们慢慢谈！"他咽了口气，"能够再度握住你的手……我……"他的声音颤抖着，"人生，还有什么可求的？尤其经过尔康的死……"他四面看看，颤声问："紫薇呢？来了没有？""她不能来，她病了……她好惨，自从收到尔康去世的消息，她就像个死人一样……我和晴儿想尽办法，也叫不醒她。最惨的是，她居然不要东儿了，她完全失去理智了，我们不敢让她来接，但是，福伯父来了！"她看了看尔康的棺木，指了指，问："那是……""是尔康，我把他从几千里以外，带回来了！"两人相对凝视，泪珠都在眼眶里打转。"我该去见皇阿玛了！"永琪说。这时，大队人马已经走近，两人就骑马奔向乾隆。永琪一见乾隆和福伦，就滚鞍下马，一跪落地："皇阿玛！儿臣该死！"乾隆身不由己，伸手扶起永琪，充满感情地说：

"起来！永琪，我知道你已经尽力了！打了胜仗，收复失地，把缅甸人赶出了我们的国土，你建立了大大的功勋，朕决定封你为王！在朕现在的儿子中，你是第一个封王的！至于尔康，他英勇捐躯，朕要封他为贝子！"

乾隆说话间，大队人马，已到眼前，全部停止。傅恒带着众武将，下马行礼："臣傅恒叩见皇上，皇上万岁万岁万万岁！"

所有文武百官和士兵们，就同声高呼，声震四野："征南将军，胜利归来，五阿哥胜利！傅将军胜利！皇上万岁万岁万万岁！""起来起来！傅恒免礼！"乾隆说。

众人起身，福伦已经忍不住了，奔到尔康的灵柩前，抚棺痛哭，忘形地喊：

"尔康！尔康……尔康！你的魂也跟着回来了吧？没想到今天，要让我白发人送你黑发人！"是，尔康的魂魄，也跟着回来了，只是没有任何人看得见这个"魂魄"。乾隆眼中，蓦然充泪，走上前去，伸手摸着灵柩，对灵柩说："尔康，你好好地安息吧！你的阿玛额娘，你的紫薇东儿，朕都会帮你照顾！他们是朕和永琪的事了！"永琪和小燕子，站在一边掉泪，文武百官和士兵，个个拭泪了。福伦勉强压制了悲痛，一边拭泪，一边颤巍巍地起立，对乾隆说："皇上，请允许臣把尔康的灵柩，带回学士府！"乾隆含泪点头。永琪就往前一迈步，说："皇阿玛！请允许我送尔康回家！""还有我，我也要送尔康回家！"小燕子跟着说。"好！"乾隆颔首拭泪，"你们两个，就代替朕，送他回家吧！"于是，福伦、小燕子、永琪上马，带着灵车往前走。乾隆带着文武百官，肃立目送着。学士府中，早已一片悲凄。浑身素服的家丁、丫头都跪在院落里，等待着尔康的灵柩。

永琪、福伦、小燕子走进院子，福晋带着披麻戴孝的东儿，站在那儿等候，福晋早就哭成了泪人。小东儿还不知道发生了什么，见到人人都哭，也跟着掉泪。两个浑身素服的士兵，一个手捧尔康的盔甲，一个手捧尔康的宝剑，走在前面，后面紧跟着由士兵抬着的灵柩，在纸钱飞撒中，进了院子。众家丁、丫头看到灵柩，立刻放声痛哭，喊着：

　　"大少爷！大少爷！大少爷……"福晋一见灵柩，就扑奔过来，痛哭失声。"尔康！尔康！"福晋伏在灵柩上，捶着棺木，"你怎么可以这样一走了之？老的老，小的小，还有你最爱的紫薇，你都不要了吗？尔康……狠心的尔康，不孝的尔康啊！"这么惨痛的呼唤，超越了时空，超越了生死，直达尔康的心魂。他飘飘荡荡地进门，默然伫立，凄凄惶惶地看着众人。福伦老泪纵横，走过去扶起福晋。小燕子哭得稀里哗啦。永琪含泪上前，对着福伦、福晋一跪，哑声说："伯父伯母！永琪向你们请罪！请原谅我，来不及救尔康！"福晋泪眼看永琪，赶紧把他拉起来，泣不成声："五阿哥……五阿哥……这不能怪你……我们都知道，你跟我们一样痛心啊！"奶娘牵着东儿，在旁边掉泪。东儿很害怕，把小脸躲进奶娘怀里。小燕子看到东儿，更加伤心，走过去拉东儿的手，蹲下身子说："东儿，来跟你阿玛说两句话！"东儿拼命往奶娘怀里钻，抗拒地喊：

　　"没有阿玛！哪里有阿玛？"尔康哀伤地看着。东儿，我在！你虽然看不到我，但是，我在呀！福晋、福伦听到东儿这么说，更是泣不成声。这时，紫薇浑身缟素，冲了出来，见到灵柩，她就整个呆住了。众人全部鸦雀无声地看着她。只见她一眨也不眨地瞪着灵柩，半晌，动也不动。尔康看到紫薇，就跟着她一起"心碎"了。紫薇，你不要害怕，那里面躺的不是我！他焦灼地、急切地想把自己的思想和意识，传达到她心里去。

　　永琪一见紫薇，整颗心都揪在一起，说不出来有多痛。他走到她面前，含泪看着她，半晌，才鼓起勇气，颤声地说：

　　"紫薇，从前线到这里，我们在路上走了一个多月，我每天都在想，我要怎么跟你说？现在，终于面对了你，我什么话都说不出来，只有一句……"他发自肺腑地、沉重地说了三个字，"对不起！"

紫薇抬起眼睛，直勾勾地看着永琪，再看看那具灵枢，问："那是什么？"

永琪惊愕地说："是尔康啊！我不能把他留在云南，我把他带回来了！""打开它！"紫薇定定地说。

众人全部一惊。"什么？"永琪问。紫薇冲到灵枢前，推着棺盖，大喊："打开它！我不相信尔康在里面！这不是尔康！"永琪追过来，着急地喊：

"紫薇，不要开棺，千万不要！我们在路上就走了一个多月，里面可能已经只有一堆白骨，你要证明什么呢？紫薇，对不起，对不起……我亲眼看到尔康中箭，当他倒下的时候，缅甸军队的刀、剑、战斧都对他砍过去……我们找到他的时候，他已经面目全非了，唯一安慰的，大概他走得很快，没有痛苦太久……"

永琪这番话，更让所有的人，听得心惊胆战，泪落如雨。紫薇扑在灵枢上，开始疯狂般地捶棺大喊：

"我要打开它！我不相信尔康在里面！他一定不在里面！我要亲眼看到才能相信……尔康不会这样对我，他不能这样对我……打开打开它，如果是尔康的白骨，有什么可怕？他化为白骨、化为灰尘、化为烟雾……都是我的尔康呀！打开打开打开……打开它！"

"好！"福伦含泪喊，"大家帮忙，我们打开它！紫薇说得对，尔康的白骨，我们怕什么？开棺！"众士兵就上前，敲的敲，打的打，弄松了闩头。奶娘赶紧蒙住东儿的眼睛。福晋、福伦、紫薇、小燕子、永琪都站在棺木旁边。家丁、丫头、士兵等人围绕。棺木赫然打开，棺盖移开了。大家都围了过去，只见一堆白骨，穿着尔康的官服。在白骨胸前，醒目地放着紫薇做的"同心护身符"。那护身符的红色同心结，颜色依旧鲜艳。永琪看着呆若木鸡的紫薇，悲切地解释："这个护身符，是我亲自从他脖子上取下来，再放到他身上去的！还有他的盔甲，他的剑，都是我亲手收拾的！"

紫薇并没有看到尔康的脸，那张脸，盖着尔康的官帽，根本看不到什么。她一眼看到的，是这个"同心护身符"，以她对尔康的知心和了解，她深深明白，尔康和这个同心护身符，是"生死不离"的！她的祝福，她的爱，她的心……全在这同心结里！尔康至死，也不会抛下她的同心结！所以，一看到这个"同心护身符"，紫薇就再也没有怀疑，而且彻底崩溃了！她发出一声撕心裂肺般的狂叫：

"尔康……"

她扑上前去，一把抓起那个"同心护身符"。她看着上面的同心结，身子往后退去，一面退，一面对棺木一字一字地痛喊："你虽然言而无信，我依旧生死相随！"说完，她就握住护身符，一头向棺木上撞去。众人大惊，全部惊呼出声："紫薇！格格……"大家喊得心魂俱裂。

站在一边的尔康，情急地往前一扑，没有形体的他，哪儿阻止得了紫薇。幸好永琪和小燕子，早就胆战心惊地防备着，这时，永琪身子一挡，紫薇就撞在永琪身上。小燕子更像箭一般地冲上前去，一把抱住她。但是，紫薇居然力大无比，挣脱了小燕子，再度对棺木撞去，小燕子哭着、喊着，扑在紫薇身上，两人双双滚落在地。

"紫薇……"小燕子哭着喊，"我们大家守着你！不要这样，请你，求你，求求你……求求你……"福晋哭倒在地，拉着紫薇的手，哭喊着：

"紫薇啊……可怜可怜我们两老，可怜可怜东儿吧！"东儿吓得泪流满面，躲在奶娘的怀里。永琪落泪，福伦落泪，丫头家丁哭成一团。尔康凄然地看着这一切。我，不走！我，要留在这儿！我，要照顾我的阿玛额娘，我的东儿，我可怜的、可怜的、可怜的紫薇！但是，我，在哪儿呢？

眼看着众人，架着紫薇，把她拖进房里去了，尔康凄凄惨惨地跟在后面，也进了房。我，不走！我跟着你！无论天上，还是人间！

大家把紫薇拉进了卧室，她筋疲力尽地坐在床沿，神情有如槁木死灰。手里，紧紧地握着那个同心护身符。小燕子、永琪、福晋都围绕着她。尔康知道没有人能够看到他，就站在她身前，悲哀地凝视她。小燕子扑在她身前，痛楚地、急切地说：

"紫薇，这个寻死的念头，你一定要打消！你看看伯母，头发都白了，难道，你要把东儿这个重担，交给伯父伯母来承担吗？你恨尔康不负责任，丢下你们一走了之！那么，同样的事，你为什么要做呢？你教过我的格言，我都记住了！'己所不欲，勿施于人'！你，也不要再把这么大的悲痛，留给伯父伯母吧！"

小燕子一番话，说得如此有情有理，众人都感动得稀里哗啦。福晋一面哭，一面坐在紫薇身边，伸手抓住了她的手，说：

"紫薇，你听听，小燕子这番话，说进我的心坎里了！我已经失去了尔康，再也没有力量来承受失去你……紫薇，自从七年前，你进了学士府，我待你就像自己的女儿一样，等到你嫁进我们家，再生下东儿，你就支撑着三代的幸福，是家里最重要的人！别人家有的婆媳问题，咱们家都没有！是不是我们家太幸福了，上苍才要给我们这么巨大的不幸？夺走了我们的尔康！紫薇，我老了……我真的承受不了这么多，你如果再寻死，我看，不如我先死吧……"福晋越说越痛，说到这儿，不禁掩面痛哭着，站起身就往门外奔去。尔康一看，大急，冲过去就从后面抱住福晋。忘了自己是魂魄，他痛喊着："额娘！尔康该死，给了你们这么大的悲痛！我对不起你们两老，我太不孝了！请额娘千万不要激动……"尔康一抱，抱了个空，福晋依然对门口奔去。永琪赶紧一拦，惊喊：

"伯母，你要干什么？"福晋痛哭着喊："我也想撞棺啊！我也想死啊！我要到地下去，问问尔康，他怎么忍心离开我们？让我们全家这么惨……"边说边想绕过永琪，要冲出门。尔康无助地、惨切地看着这一幕。我，要怎么办？我怎样才能让你们知道，我在这儿呢？我怎样才能帮助你们，让你们不要这么悲痛呢？小燕子跳起身子，赶紧扑上前来，抱住福晋喊："伯母，不要这样啊！一个还没劝好，一个又这样！"急切中，对门外大叫："伯父，快来啊！"福伦跌跌撞撞地跑了进来，含泪喊：

"干什么？我总要把尔康的灵堂布置起来，赶紧挑个日子，让他入土为安！你们看他那个样子，怎么能再耽搁呢？你们不要再大呼小叫了，好不好？"他扶着福晋，沉痛至极地说，"别哭了，无论你怎么哭，也哭不回尔康了！"

福伦这话一出口，福晋更是泪不可止。永琪见这种惨状，眼泪也忍不住落下来，走上前去，他含泪说：

"伯父伯母，以后，我是你们的儿子，尔康能做的，我都尽量去做！"他再走到紫薇面前，惨切地说，"紫薇……对不起，我没有办法取代尔康，我想，全天下，没有任何人能够取代你心里的尔康。我这个哥哥，实在该死！辜负了你的托付，眼看尔康的死，却无法救他！我也难过得快要死掉，自责得快要疯掉！但是，紫薇，你是皇阿玛的骨肉，爱新觉罗家的人，都是勇敢的！请你为了尔康，为了伯父伯母和东儿，勇敢一点吧！"

紫薇充耳不闻，一直像是泥塑木雕一样。小燕子又扑了过来，摇着她说：

"紫薇，你说说话！让我们大家放心，好不好？"

紫薇终于抬眼看了看小燕子，看了看纷乱的众人，拿起那个护身符，说：

"同心护身符！他走以前，我用丝线，左缠一道，右缠一道。我一根根缠上去，每缠一圈，说一句'平安'，每缠一根，说一句'保重'！缠好了，我对它说，你帮我保护他，陪着他，跟着他远走天涯！我想，等到下次这个护身符回到我手里，就是我和尔康团圆的日子！你们知道吗？我一直等待重新握住这个护身符的一刻，现在，它回到我手里了，我握住它了，却再也没有团圆的日子……"她说到这儿，声音小了下去，痴痴地看着护身符，不再说话了。

大家看着如此惨切的紫薇，人人都痛楚着，谁都没有力气再去安慰她了。

尔康也痴痴地站在那儿，他凝视紫薇，轻声地说：

"紫薇，你的'平安'，你的'保重'，我都收着！你千丝万缕的深情，左缠一道，右缠一道，早已把我牢牢系住，我没办法现身，没办法让你了解我的存在，可是，我看着你，感觉着你，陪着你。死亡也没有办法，把我从你身边带走！你握住了护身符，你也握住了我！"

尔康说得刻骨铭心，但是，没有人听得到他、感觉得到他。

大家依旧陷在巨大的悲伤里。

（未完待续）

（京权）图字：01-2024-1706

图书在版编目（CIP）数据

还珠格格.第三部.天上人间.2 / 琼瑶著.--北京：作家出版社，2024.10

（琼瑶作品大合集）

ISBN 978-7-5212-2881-6

Ⅰ.①还… Ⅱ.①琼… Ⅲ.①长篇小说-中国-当代 Ⅳ.①I247.5

中国国家版本馆 CIP 数据核字（2024）第 098317 号

还珠格格　第三部　天上人间 2

作　　者：琼　瑶

责任编辑：张　平

装帧设计：棱角视觉　纸方程·于文妍

出版发行：作家出版社有限公司

社　　址：北京农展馆南里 10 号　　　　邮　　编：100125

电话传真：86-10-65067186（发行中心）

　　　　　　86-10-65004079（总编室）

E-mail: zuojia@zuojia.net.cn

http://www.zuojiachubanshe.com

字　　数：235 千

印　　张：10.5

版　　次：2024 年 10 月第 1 版

印　　次：2024 年 10 月第 1 次印刷

ISBN 978-7-5212-2881-6

定　　价：46.00 元

品　琼　瑶　经　典

忆　匆　匆　那　年